폭염의 용제

Dragon order
of FLAME

FANTASY FRONTIER SPIRIT
김재한 판타지 장편 소설

폭염의 용제 6

김재한 판타지 장편소설

초판 1쇄 찍은 날 § 2011년 5월 23일
초판 1쇄 펴낸 날 § 2011년 5월 30일

지은이 § 김재한
펴낸이 § 서경석

총괄팀장 § 유경화
편집책임 § 박우진
편집 § 주소영

펴낸곳 § 도서출판 청어람
등록번호 § 제1081-1-89호
등록일자 § 1999. 5. 31
어람번호 § 제1-1242호

주소 § 경기도 부천시 원미구 심곡2동 163-2 서경B/D 3F (우) 420-822
전화 § 032-656-4452 팩스 § 032-656-4453
http://www.chungeoram.com
E-mail § chungeoram@chungeoram.com

ISBN 978-89-251-2517-6 04810
ISBN 978-89-251-2419-3 (세트)

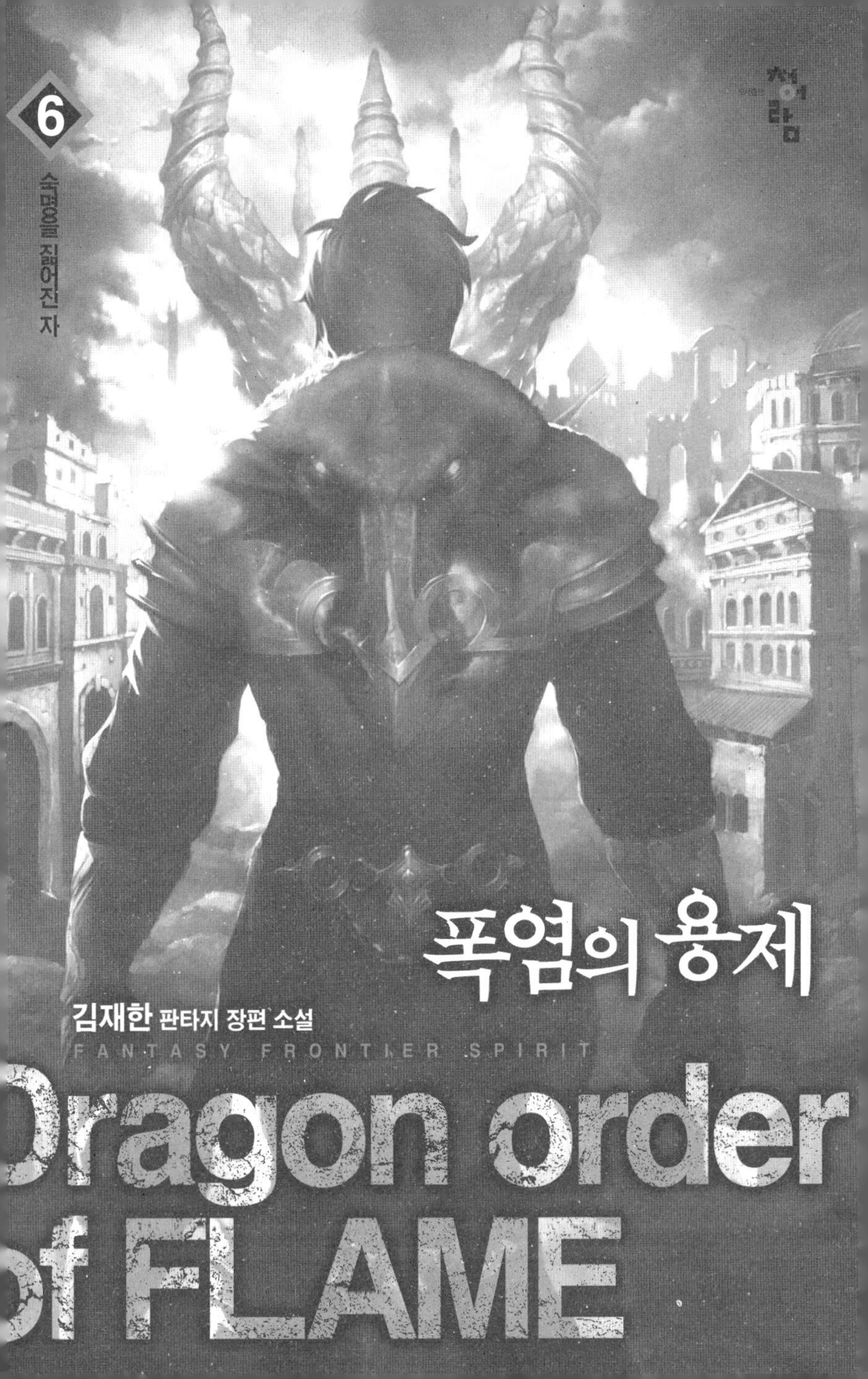
6
숙명을 짊어진 자
청어람
폭염의 용제
김재한 판타지 장편 소설
FANTASY FRONTIER SPIRIT
Dragon order
of FLAME

Dragon order of FLAME

CHAPTER 23
고통을 배우는 자

폭염의 용제

1

　현재와 과거가 겹쳐져 루그의 뇌리 속에서 혼돈의 파문을 일으켰다. 압도적인 힘으로 파괴되어 불타고 있는 도시 한가운데에 서서 오만하게 붉은 머리카락을 휘날리고 있던 과거의 그와 어둠 속에서 홍옥 같은 눈동자로 자신을 바라보고 있는 현재의 그가 겹쳐진다.

　충격으로 굳어 있는 루그에게 볼카르가 말했다.

　〈틀렸다. 불카누스다.〉

　"아."

　그 말을 듣는 순간 루그는 이성이 돌아오는 것을 느꼈다. 동시에 자신이 주먹을 으스러져라 꽉 쥐고 있다는 사실을 깨달았다. 어느새 주먹이 땀으로 흠뻑 젖어 있었다.

'하마터면 이성을 잃을 뻔했군.'

가슴속에서 분노가 부글부글 끓어오른다. 루그가 기억하는 모습 그대로 오만한 미소를 짓고 있는 그를 당장에라도 박살 내버리고 싶었다.

하지만 상대에 대해서 아무것도 모르는 상황에서 격정에 몸을 맡기고 달려들 수는 없다. 예전에 겪었던 그의 재앙에 가까운 힘이 루그의 행동에 제동을 걸었다.

이윽고 그가 입을 열었다.

"역시 나를 알고 있군."

그는 흥미롭다는 듯 루그를 관찰하며 말을 이었다.

"하지만 하나 정정하지. 내 이름은 볼카르가 아니야."

"뭐라고?"

루그의 눈썹이 꿈틀거렸다. 그런 루그의 반응을 즐기듯이 그의 입가에 걸린 미소가 짙어진다.

"내 이름은 불카누스."

그 말에 루그도 메이즈도 눈을 크게 떴다. 하지만 불카누스는 둘의 반응을 전혀 개의치 않고 말했다.

"볼카르 또한 나의 이름이지만, 이제는 결별한 과거의 이름일 뿐. 그러니 나를 그 이름으로 부르지 마라."

〈왠지 네 성격이라면 여기서 오기로라도 볼카르라고 불러주고 싶어할 것 같지만, 나도 진지하게 불쾌해지니 그만둬라.〉

"칫."

마치 자신의 마음을 꿰뚫어 본 듯한 볼카르의 말에 루그가 작게 혀를 찼다. 볼카르가 말했다.

〈하지만 정말 이상한 일이군. 우리가 나와 저놈을 구분 짓기 위해 사용한 이름을 저놈도 스스로 선택하다니. 루그, 이 부분은 정보를 수집할 필요가 있다. 저놈의 속을 떠봐라.〉

—으, 쫑알쫑알 요구 사항도 많네. 나 지금 열 받아서 터져 버리기 직전이거든? 저놈하고 한가하게 대화를 나눌 여유는……

〈그래서 더욱 여유를 발휘해야 한다. 저놈이 우리에 대해서 모르는 만큼이나 우리도 저놈의 현재 상태에 대해서 모른다. 설령 지금 이 자리에서 저놈을 격파하더라도 그건 진짜 결판이 아니라는 점을 잊지 마라. 저놈의 육체는 진신(眞身)이 아니고 외유용으로 만들어진 것이다.〉

"젠장."

루그는 입술을 깨물었다.

볼카르의 말대로였다. 불카누스가 진신을 봉인 속에 두고 외유용 몸을 만들어서 나온 이상, 이 자리에서 그를 격파한다고 해도 별로 의미가 없었다. 그는 새로운 외유용 몸을 만들어서 부활할 테니까.

그렇다면 단순히 싸움을 벌이기보다는 정보를 얻어야 한다. 불카누스가 외유가 가능해졌다는 사실 외에도 좀 더 많은 정보를.

루그는 가까스로 분노를 가라앉히며 물었다.

"언제부터 그런 이름이었지?"

"언제부터? 이상한 것을 묻는군. 그리고 질문하고 싶은 것은 내 쪽이다."

"내게 질문을 하고 싶으면 먼저 이쪽의 질문에 대답하시지?"

"감히 나와 거래를 하고 싶다는 건가?"

화르르륵!

불카누스가 싸늘한 표정을 지으며 불길을 일으켰다. 압도적인 마력 파동이 주변으로 퍼져 나가며 호박색 불길이 그를 감쌌다.

루그가 혀를 찼다.

―이 마력은 리제이라보다도 위군. 그렇게 마력이 못 돌아가게 막았는데도 이 정도라니.

〈무슨 소릴 하는 건가? 이 정도면 충분히 해볼 만한 수준이다. 내가 예측한 것과 별로 오차가 크지 않군.〉

―그런 거야? 내가 느끼기에는 출력이 리제이라의 두 배도 넘는 것 같은데?

루그가 어이없어하며 물었다. 리제이라는 시공 회귀 후 만난 상대 중에서 마력으로만 보면 가장 뛰어난 존재였다. 메이즈와 비교해도 마력 저장치와 출력 모두 두 배 가까이 높을 정도였으니까.

하지만 지금 불카누스가 발하는 마력 파동은 리제이라조차 압도한다.

볼카르가 말했다.

〈내가 보기에는 리제이라 바레론과 비교했을 때 저장치는 네 배 이상, 출력은 두 배 정도는 되어 보이는군.〉

─맙소사. 완전 괴물이잖아?

〈글쎄. 덧붙여서, 저 육체는 그리 상태가 좋은 것 같지 않다. 연결 상태가 불량해. 아마 추후에 제대로 된 육체를 만들어서 보다 일체화 수준이 높아진다면 마력이 좀 더 상승할 것이다. 내가 보기엔 저장치와 출력 모두 다섯 배 정도는 상승할 여지가 있어 보인다.〉

─저기서 다섯 배 정도나 더 높아진다고?

〈겁먹지 마라. 시공 회귀 전에 싸웠던 상태와 비교하면 아무것도 아니다. 그리고 마법은 마력의 높고 낮음만으로 결정되지 않는 법.〉

─맞아, 주인님.

메이즈가 끼어들었다. 그녀는 불카누스를 보는 순간 맹렬하게 일어나는 두려움에 굳어버렸다. 하지만 루그와 볼카르의 대화를 들으며 애써 마음을 다잡고 전의를 불태우고 있었다.

그 말에 루그는 두려움을 가라앉혔다. 불카누스는 강하지만, 시공 회귀 전에 싸웠던 그때에 비할 바는 아니다. 루그는 자신도 속성력을 전개해서 불꽃을 일으켰다.

화르르르륵!

그것을 본 불카누스의 눈이 이채를 띠었다. 그가 흥미롭다는 듯 말했다.

"보고받은 대로군. 불꽃의 속성력, 구성을 읽을 수 없는 기이한 마법, 그리고… 나와 똑같은 느낌을 발하는 용제의 힘."

"대담하시지, 불카누스. 네가 자신의 이름을 볼카르가 아니고 불카누스로 정한 것은 언제였지?"

"정말 건방지구나. 벌레 주제에 감히 내 앞에서 당당하다니……."

불카누스가 손을 들어 올리는 찰나, 루그가 물었다.

"설마 삼 개월 전인가?"

그 말에 불카누스가 움찔했다. 그가 눈살을 찌푸리며 물었다.

"어떻게 그걸 알고 있지? 네 정체는 도대체 뭐냐?"

〈역시. 우리가 저놈을 불카누스라고 칭하는 것과 거의 같은 시기에 그도 스스로의 이름을 불카누스라고 인식한 것 같군. 이건 아무래도 나의 인식이 영향을 끼친 결과라고 판단된다.〉

―즉, 너와 저 녀석은 아직도 연결되어 있다는 건가?

〈그럴 것이다. 내 영혼은 네게 깃들어 있지만, 근본은 진신

에 연결되어 있다는 것이지. 내가 세웠던 가설 하나가 맞아떨어졌군.〉

　─어떤 가설?

〈어이없을 정도로 우둔한 인간의 몸에 깃들었으면서도 내 본연의 사고 능력을 쓸 수 있는 이유에 대한 가설이다. 내가 진신에서 완전히 떨어져 나와 네 육체에만 깃들었다면 나의 사고 능력도 네 육체의 성능에 많은 영향을 받았을 터. 하지만 그렇지 않았지. 즉, 나는 아직도 내 진신을 이용해서 사고하고 있는 것이다.〉

　─그런가. 근데 말이 심한 거 아냐? 너 요즘 은근히 너무한다?

〈사실을 말할 뿐이다. 아, 혹시 1+1의 답이 뭔지는 알고 있나?〉

　─너 진짜······!

"대답해라!"

화아아아악!

불카누스의 분노가 폭발했다. 그의 몸을 감싸고 타올랐던 불길이 무수한 불꽃의 구체로 응축되어서 쏟아져 나온다. 루그는 불꽃의 속성력을 이용, 그것을 받아내면서 허공으로 솟구쳤다.

"대답하라면서 죽일 듯이 공격하냐? 성질 급한 놈!"

"외쳐라, 구속하는 독풍(毒風)!"

후우우우우우!

불카누스는 대답 대신 주문을 외쳤다. 그러자 기류가 격하게 뒤틀리면서 맹독이 섞인 돌풍이 루그를 잡아서 땅에 내리꽂을 기세로 덮쳐 왔다.

루그가 양손을 겹치며 외쳤다.

"명령한다! 그대의 독설을 금하노라!"

우우우웅!

그러자 주변을 둘러싼 결계가 요동치며 압도적인 마력 파동이 쏟아졌다. 막강한 마력으로 구현되었던 맹독의 바람이 한순간에 와해되고, 그 틈을 타서 루그가 바람의 정령을 소환했다.

"나칼라즈티."

녹색의 환영이 떠오르며 주변 기류가 루그의 제어하에 들어갔다. 루그는 반투명한 녹색으로 그려진 리루의 모습을 보며 말했다.

"또 이런 상황이야. 잘 부탁해."

「루그는 정말 싸움을 좋아하는군요.」

리루가 쓴웃음을 지었다. 루그가 인상을 팍 구겼다.

"딱히 좋아하는 건 아니거든? 그냥 싸울 일이 생길 뿐이야. 오해하지 마."

〈거짓말이다. 실은 싸우고 싶어서 안달이 났지. 밥보다 싸움에 더 굶주린 흉악한 쌈닭 같은 놈이니 가까이하지 마라.

쌈닭 균이 옮는다.)

"누가 쌈닭이야!"

볼카르의 말에 루그가 버럭 화를 냈다. 사정을 모르는 이가 보면 혼자서 횡설수설하는 것으로밖에 보이지 않는 그 모습을 보며 불카누스가 분노했다.

"여유가 넘치는구나. 결계를 믿고 기고만장했군. 와라, 이프리트!"

화아아아악!

불카누스의 몸을 감싼 불꽃에서 불의 정령들이 출현했다. 열두 개체나 되는 불의 거인들을 보며 루그가 투덜거렸다.

"마력이 남아도니 저런 짓도 할 수 있군. 좋아, 어느 정도나 되는지 한번 붙어보자. 메이즈, 리제이라와 티아나를 맡아!"

"응!"

메이즈가 고개를 끄덕이고는 하늘로 날아올랐다. 불카누스가 눈을 치켜떴다.

"호오, 메이즈 오르시아. 배신자 주제에 뻔뻔하게 내게 칼을 들이대겠다는 거냐? 그럴 용기가 있다니 놀랍구나."

그 말에 루그가 손가락을 머리 위에서 빙빙 돌리며 비아냥거렸다.

"너 바보 아냐? 배신자니까 뻔뻔하게 칼을 들이대지 배신자가 아니면 그런 짓을 하겠냐?"

"뭐라고?"

불카누스가 발끈했다. 그 모습에 루그가 볼카르에게 속닥거렸다.

─야, 아무래도 저놈 성격 무지 단순한 것 같지 않아? 찌르면 찌르는 대로 반응이 오는데? 게다가 인내심이라곤 전혀 없고 폭급한 게 과연 어디의 누구 씨의 다른 인격답다, 야.

〈무슨 말인가. 이중성이라고 하면 당연히 빛과 그림자, 극단과 극단인 게 당연하지 않은가. 그 어디의 누구 씨가 누군지는 모르겠지만 너는 그를 오해하고 있는 게 틀림없다. 저놈의 성격으로 보건대 분명 그는 아주 현명하고 선량하고 존경받아 마땅한 존재인데 천둥벌거숭이 같은 놈한테 부당한 대접을 받으면서도 탁월한 인내심으로 그것을 참아주는 중일거다.〉

─과연 그럴까?

루그가 코웃음을 치는 동안 불카누스가 티아나를 돌아보았다. 티아나는 겁에 질린 표정으로 붕괴되었던 마법들을 재구축하고 있었다.

불카누스가 말했다.

"한심한 꼴이구나, 티아나."

"죄, 죄송합니다."

"너 혼자서 대적할 수 있는 상대였다면 지금까지 애를 먹지도 않았겠지. 귀중한 기회를 얻었으니 용서하마. 저들을 붙

잡아라.”

“예.”

티아나는 침을 꿀꺽 삼키며 고개를 끄덕였다. 그녀의 붉은
눈동자가 증오를 담고 메이즈에게 향했다.

2

선공을 가한 것은 불카누스였다. 그는 이프리트들을 루그
를 향해 날려 보내면서 메이즈에게 시선을 주었다. 그리고 강
렬한 마력 파동을 발하면서 외쳤다.

“네 영혼에 명하노라! 메이즈 오르시아, 전의(戰意)를 버려
라! 무릎을 꿇고 머리를 땅에 처박아라!”

순간 루그는 전신에 소름이 돋는 것 같았다. 분명 똑같은
용제의 힘인데도 자신과는 격이 다른 강제력을 가졌다는 것
이 생생하게 느껴졌다.

하지만 메이즈는 투구 속에서 코웃음을 쳤다.

“거절한다, 불카누스! 내 영혼의 주인은 네가 아니야. 너는
더 이상 내게 명령할 수 없어!”

“역시 믿는 구석이 있었군. 저놈인가? 종속의 계약으로 저
놈을 영혼의 주인으로 설정해서 내 명령을 이겨내다니, 제법
머리가 잘 돌아가는구나.”

불카누스는 놀라는 기색도 없이 루그에게 시선을 던졌다.

루그가 손을 흔들었다.

"아, 메이즈는 너보다 훨씬 현명하거든. 널 따라봤자 좋을 일이 없다는 걸 깨닫고 인격도 좋고 능력도 좋고 대우도 좋은 내 밑으로 들어오는 걸 택한 거지."

"물에 던져 놓으면 입만 동동 뜰 것 같은 놈이로군. 어디 내 앞에 무릎 꿇어서도 그 입을 계속 나불거릴 수 있을지 두고 보마."

"너야말로 나한테 박살이 나고서도 계속 그렇게 건방질 수 있을지 두고 보마."

파아아아앙!

루그는 다가오는 불의 정령들을 향해 손날을 휘둘렀다. 그러자 거대한, 직경 수십 미터에 달하는 반월형의 라이징 블레이드가 전개되면서 일순간에 세 개체를 박살 내버렸다. 볼카르와 동조한 리루의 지원이 더해진 결과였다.

볼카르가 말했다.

〈근거리용으로 기류를 조절했다. 대신 증폭된 사정거리는 30미터 이내로 짧아지니 주의하도록.〉

"좋아!"

루그는 고속 비행 마법으로 허공으로 솟구치면서 불카누스를 향해 마법을 쏘아냈다. 수십 발의 섬광과 뇌격이 소나기처럼 불카누스를 노리고 날아들었다.

"빠르군. 게다가 정확하고 읽을 수 없어."

불카누스는 혀를 차며 대응에 들어갔다. 마법사끼리의 싸움은 서로의 마법 구성을 사전에 읽고 완성된 마법이 발동되기 전에 대응하는 형식이 되게 마련이지만, 루그를 상대로는 그럴 수가 없었다. 어쩔 수 없이 겹겹이 방어 결계를 둘러쳐서 막아내는 무식한 방법을 써야만 했다.

그동안 루그는 리제이라를 향해 돌격했다. 리제이라는 처음 등장했을 때부터 지금까지 계속 드레이크 형태로 공중을 날고 있었다.

"나와 너의 몸에 흐르는 드래곤의 피에 걸고 네 영혼에 명한다!"

두근!

그 목소리를 듣는 순간, 리제이라의 심장이 크게 고동쳤다. 그런데 그때였다.

"리제이라 바레론, 티아라 아카라즈난! 불카누스가 명한다! 이 전장에서는 오로지 내 명령만이 너희의 영혼에 닿을 것이다!"

불카누스가 한발 먼저 리제이라에게 외쳤다. 그 직후 루그의 명령이 떨어졌다.

"오로지 인간 형태로만 전투에 임하라!"

키에에에에!

그 명령에 리제이라는 가소롭다는 듯 입을 벌리고 포효했다. 그러자 입에서 응축된 한기가 쏘아져 루그를 노렸다. 루그는 마법으로 그것을 방어하며 투덜거렸다.

"칫. 불카누스가 있으면 내 명령은 개 짖는 소리랑 똑같다 이건가?"

〈알았으면 그만 멍멍거리고 현자의 독이나 써라. 그건 리제이라 바레론에게도 확실하게 유효한 공격 수단이니.〉

"열 받네, 이거."

루그는 투덜거리면서 현자의 독을 발동시켜서 날렸다. 막 눈과 얼음의 정령 프로스티아를 소환하던 리제이라는 방어막으로 마법 문자의 군집을 받아냈고…….

파치칫! 파밧!

"뭐야?"

한순간에 마법 구성이 절반 이상 날아가 버리는 사태에 경악했다.

파아아아아앙!

그 위로 루그의 라이징 블레이드가 작렬했다. 방어가 반 이상 와해되었던 리제이라는 균형을 잃고 그대로 추락해 버렸다.

쿠콰아아앙!

드레이크의 거체가 추락하면서 빈민가의 가옥이 파괴되고 흙먼지가 피어올랐다.

그러나 루그는 거기에 신경 쓸 여력이 없었다. 불카누스가 날아오르면서 마법을 난사하기 시작했기 때문이다. 구현 시간이 긴 마법은 루그가 결계의 힘을 이용해서 와해할 수 있다고 판단, 섬광과 뇌격 위주로 공격해 오고 있었다.

파아아앙! 콰쾅!

루그는 처음에는 잘 막아냈지만 점점 밀리기 시작했다. 불카누스의 화력이 예상을 뛰어넘었기 때문이다.

〈루그, 방어가 못 따라가고 있다. 기압차를 이용해서 흘려주는 것도 한계가 있다는 것을 잊지 마라.〉

볼카르는 리루의 힘을 이용, 주변에 기압차를 일으켜서 섬광과 뇌격을 분산시켜 주고 있었다. 하지만 그것도 한계가 있었다.

"나도 알아! 이 자식, 진짜 빠르네!"

불카누스는 실로 단순한 마법만 연타로 써대고 있었다. 그런데 문제는 시전 속도가 루그가 따라가기 버거울 정도로 빠르고, 마법 한 발 한 발의 위력이 무식하게 강하다는 점이다. 거기에다가 초당 수십 발씩 쏟아내는 일을 몇 분간이나 지속하는 화력에 벌써 결계 안이 초토화되어 버렸다.

후우우우우우!

결국 보다 못한 볼카르가 대응에 들어갔다. 불카누스가 비행을 위해 제어하던 기류가 낱낱이 흩어지면서 위쪽에서 응축된 기류가 해머처럼 그를 후려쳤다.

쾅!

그것을 받아낸 불카누스가 지상으로 추락해 갔다. 루그는 즉시 그에게로 달려들며 라이징 블레이드를 사용했다. 볼카르와 리루의 지원이 더해지면서 거대한 역장의 칼날이 불카누스를 덮쳤다.

파아아아아앙!

단 일격에 수십 미터가 휩쓸리면서 무너진 건물들의 잔해가 일제히 허공으로 날아올랐다.

불카누스는 겹겹이 둘러친 방어 결계로 그 일격을 받아내면서 뒤로 수십 미터나 밀려나 있었다. 그 앞으로 루그가 맹렬히 돌진해 왔다.

루그와 불카누스의 시선이 마주쳤다. 순간 불카누스의 눈이 기이한 빛을 발하더니 맹렬한 환영이 덮쳐 왔다.

"어딜!"

루그는 자신의 감각을 공격하는 환영을 모조리 뿌리치면서 돌격했다. 거리가 좁혀지는 순간, 불카누스의 눈앞에서 불꽃이 폭발한다.

압도적인 폭염이 덮쳐 왔지만 루그는 조금도 멈칫거리지 않았다. 자신의 속성력과 방어 마법을 믿고 그대로 돌파했다.

'박살 내주지!'

그 너머에 불카누스가 있었다. 증오스러운 그 얼굴에 그대로 전력을 다한 주먹을 꽂아 넣는다.

후우우웅!

'빗나갔어?'

루그의 눈이 크게 떠졌다. 분명히 환영 마법은 모두 뿌리쳤다. 급히 감각을 더듬어봐도 감각이 침범당한 기색은 없었다. 그런데 어째서 자신이 헛손질을 했단 말인가?

볼카르가 다급하게 경고했다.

〈실체는 왼쪽이다! 불을 이용해서 허공에 직접 환영을 그려내고 있다!〉

'말도 안 돼!'

불을 이용해서 이 정도로 현실적이고 세밀한 환영을 그려내다니!

루그가 그 사실에 경악하는 순간, 옆쪽에서 강렬한 충격이 엄습해 왔다.

3

메이즈는 상당히 쉽게 전투를 풀어나가고 있었다.

리제이라와 티아나를 동시에 상대하는 것은 예전 같으면 엄두도 내지 못했을 일이다. 사실 지금도 마찬가지였다. 볼카르에게 마법을 전수받기 시작한 이후 실력이 많이 늘긴 했지만, 아직까지 리제이라와 티아나 둘 중 누구도 마법으로는 능가하지 못했다.

하지만 '현자의 독'은 그 모든 불리함을 한 방에 우위로 바꿔주었다.

"이런 말도 안 되는 마법이 있다니……!"

인간 형태로 변한 리제이라가 어이없어했다.

연속적으로 마법이 와해되어서 패닉에 빠진 티아나와 달리, 그녀는 루그와 메이즈에게 한 번씩 현자의 독을 맞은 후에 그 정체를 파악했다.

리제이라가 맞은 현자의 독은 오로지 그녀의 마법을 와해시키기 위한 목적으로만 만들어진 마법이다. 다른 이들에게 써봤자 아무런 효과도 거둘 수 없을 것이다.

그것은 리제이라의 근본적인 마력 패턴, 그리고 마력을 조합하기 위해 선택한 기본 공식, 그리고 습성까지 완벽하게 파악한 뒤 그 약점을 찌르고 있었다. 시간을 두고 차분하게 연구해서 대응책을 만들어낸다면 모를까, 한참 싸우고 있는 와중에 막아내기는 불가능하다.

"누가 이런 마법을 만들었지?"

리제이라는 의문을 참지 못하고 물었다. 그녀는 프로스트 로브를 포함한 마법 도구들의 힘과 속성력을 이용해서 겨우겨우 메이즈의 맹공을 피해내는 중이었다.

메이즈가 말했다.

"미안하지만 알려 드릴 수 없어요. 당신이 저와 같은 선택을 한다면 모르지만."

"네가 선택한 주인은 정말 무서운 인간이로군."

"당신들이 마법에 의존하는 한 승산은 없어요. 리제이라,

현명하게 판단하세요."

"글쎄. 우리 주인도 상당히 무서운 편이거든."

리제이라가 쓴웃음을 지었다. 불카누스가 발하는 용제의 힘이 그녀의 영혼을 움켜쥐고 싸움을 강요하고 있었다. 용족으로 태어난 이상 그 명령에 반항하는 것은 불가능하다.

쿵쿵쿵쿵쿵!

메이즈의 뒤쪽에서 네발로 걷는, 개를 닮은 커다란 어둠의 혈족이 달려들었다. 메이즈는 자신을 덮치는 개를 피하는 대신 호쾌하게 보이드 블레이드로 후려쳤다.

파학!

어둠의 혈족이 단번에 두 동강 나서 환염에 불탔다. 메이즈는 그 너머에서 씩씩거리는 티아나를 향해 현자의 독을 날렸다. 화살처럼 날아간 현자의 독을 또 하나의 어둠의 혈족이 뛰어들어서 몸으로 막아내고, 그 너머에서 티아나가 저주를 응집시킨 어둠의 탄환을 쏘아냈다.

파바바바밧!

메이즈는 그것을 보이드 블레이드로 쳐내고, 보이드 아머로 받아내면서 전진했다. 본래부터 마법사에게는 까다로운 상대였던 메이즈는 지금은 완전히 티아나와 리제이라의 천적이라고 해도 과언이 아니었다.

그렇게 둘을 차근차근 궁지로 몰아가고 있을 때였다. 루그의 비명이 울려 퍼졌다.

"카아아아악!"

파지지지지직!

"주인님?"

메이즈가 깜짝 놀라서 비명이 들려온 곳을 바라보았다.

불카누스가 허공에서 수십 줄기의 뇌격을 발생시켜서 한 점에 집중, 루그를 감전시키고 있었다. 허를 찔려서 크게 한 방 먹은 루그는 방어가 모두 날아가 버리는 바람에 완벽하게 뇌격의 집중타에 걸려들었다.

메이즈는 즉시 땅을 박찼다.

"안 돼!"

루그가 아무리 강인하다고 해도 육체는 인간의 것이다. 저런 뇌격에 사로잡히면 충격으로 심장이 멎어버리게 된다.

우우우우우우!

그때 메이즈의 눈앞을 시커먼 어둠이 가로막았다. 그녀가 보이드 블레이드로 그것을 후려치자 그 앞을 거미를 닮은 어둠의 혈족이 가로막는다. 그 위에서 티아나가 일그러진 미소를 짓고 있었다.

"갈 수 없을 거예요."

"티아나……!"

메이즈가 분노하며 황금의 뇌격을 쏘아냈다. 티아나가 그것을 막는 순간, 보이드 블레이드의 힘을 개방해서 '공허의 칼날'을 사용한다. 칠흑으로 물든 거대한 칼날이 티아나와 어둠의 혈족을 한꺼번에 갈라 버릴 기세로 가속했다.

콰아아앙!

그러나 바로 그때, 옆쪽에서 날아든 뭔가가 메이즈를 후려 갈겼다. 대지가 쩌렁쩌렁 울리는 충격에 메이즈는 숨이 턱 막히는 것을 느끼며 밀려났다.

새하얀 한기가 몰아치며 그 너머에서 리제이라가 싸늘한 어조로 말했다.

"나를 잊으면 곤란해, 메이즈."

"리제이라······!"

"장기전으로 가면 우리가 패하겠지. 하지만 네 주인이 무너질 때까지만 너를 막는다면 우리의 승리야."

리제이라가 냉정하게 말했다.

새하얀 블리자드 로브를 펄럭이는 그녀의 주변에는 은백색을 띤 항아리와 커다란 얼음 덩어리 여덟 개가 떠 있었다. 한기를 자유자재로 제어하는 마법 도구였다. 방금 전에는 역장을 덮씌운 얼음 덩어리를 탄환처럼 쏘아내서 메이즈를 날려 버린 것이다.

메이즈는 초조함을 느꼈다. 현자의 독으로 마법을 봉한다고 해도 리제이라와 티아나는 만만한 상대가 아니었다. 강력한 마법 도구와 그것을 완벽하게 다루는 기술, 거기에 티아나가 부리는 어둠의 혈족까지 더해지니 단기간에 해치우기는 힘들다.

티아나가 말했다.

"이제 슬슬 공허의 칼날도 거의 다 소모되었겠죠. 필살의 일격이 바닥나면 우리를 돌파하기는 더 힘들어질 거예요, 메이즈 오르시아."

"……."

아픈 곳을 찌르는 말에 메이즈는 투구 속에서 입술을 깨물었다.

티아나와 리제이라의 방어 결계조차 종잇장처럼 찢어버리는 '공허의 칼날'은 사용 시간이 제약되어 있는 힘이다. 지금까지 싸우면서 꽤 많이 사용했기 때문에 앞으로 발동시킬 수 있는 시간은 불과 몇 초 정도였다.

쾅!

그때 폭음이 울려 퍼지며 돌풍이 휘몰아쳤다. 깜짝 놀라서 폭음의 진원지를 본 세 용족은 경악했다.

어느새 루그가 뇌격의 주박에서 풀려나 불카누스를 노려보고 있었고, 불카누스는 이마에서 피를 철철 흘리고 있었다.

메이즈가 마법 통신으로 물었다.

―주인님, 괜찮아?

루그가 흘끔 그녀를 바라보며 대답했다.

―걱정 마. 슬슬 이 녀석을 때려눕힐 방법이 떠올랐으니까.

불카누스는 생전 처음 느끼는 고통 속에서 이를 갈았다.

"으윽, 이 주제도 모르는 벌레가 감히 내 몸에 상처를 내다니!"

"사실 내가 낸 건 아니지만."

"뭐라고?"

루그가 히죽 웃으며 던진 말에 불카누스가 발끈했다. 그 앞에서 루그가 다시 자세를 잡고 강체력을 운용해서 몸 상태를 진정시켰다.

뇌격에 당한 여파로 몸이 부들부들 떨린다. 벗어나는 게 조금만 늦었어도 심장이 멎을 뻔했다.

후우우우우……!

그런 루그의 뒤쪽에서 녹색의 환영으로 그려진 리루가 불카누스를 노려보았다.

불카누스에게 일격을 가한 것은 리루였다. 루그의 방어 마법이 해체당하고 무수한 뇌격의 실이 육체를 휘감는 순간, 리루와 동조한 볼카르가 기류를 제어해서 불카누스에게 공격을 먹였던 것이다. 갑작스럽게 뒤틀리는 기류 속에서 불카누스는 균형을 잃었고, 그 빈틈으로 진공의 칼날이 작렬해서 겹겹이 둘러쳐진 방어막을 베어버렸다.

"죽여 버리겠다!"

불카누스가 노성을 지르자 자연스럽게 불꽃이 일어났다. 하지만 거세게 타오르는 불길 속에서 불카누스의 몸이 비틀거렸다.

'뭐지? 시력이, 아니, 청각까지 이상해. 왜 감각기관에 이상이 발생하는 거지? 저놈이 나한테 무슨 짓을 했나? 아니야. 마법은 작용하고 있지 않아. 그럼 어째서…….'

불카누스는 눈앞이 아찔하면서 현기증이 일어나는 것에 혼란스러워했다. 그 모습을 본 루그는 예전의 기억을 떠올리며 말했다.

"고통 때문에 혼란스러운가 보군. 인간의 몸은 아프면 기능이 떨어진단다, 이 바보 녀석아. 예전하고 하는 짓이 똑같아서 그립기까지 하구만."

"뭐? 무슨 소릴 하는 거지?"

"고통이 뭔지도 모르는 놈한테 해설해 줄 의무 따윈 없어."

루그가 차갑게 쏘아붙이며 돌진했다. 불카누스가 뇌격으로 공격했지만 허공을 치고 만다.

"이놈! 죽어버려라!"

콰콰콰콰콰콰!

분노한 불카누스가 사방으로 마법을 난사하기 시작했다. 교란해 볼 틈조차 없을 정도로 빠르게 난사되는 섬광과 뇌격이 사방을 초토화시킨다.

그러나 루그는 그 공격을 여유있게 받아내면서 주변을 돌고 있었다. 방어 마법을 재구축하고, 볼카르와 리루가 제어하는 기류의 힘으로 대다수의 공격을 흩어뜨리면서 몸 상태를 회복시키는 데 주력한다. 막대한 강체력이 몸을 돌면서 저하되었던 신체 기능을 활성화시켰다.

볼카르가 말했다.

〈유감스럽지만 마법전으론 승산이 없다. 예상은 했지만 짧은 기간 동안 상당한 수준까지 마법을 학습했군.〉

─그러게. 열 받는데, 이거. 나보다 마법을 익힌 기간이 훨씬 짧을 텐데 내가 밀리다니, 짜증나.

〈바보이긴 하지만 내 몸을 차지하고 있는 녀석이니 당연하다. 인간 중에서도 손꼽히는 돌대가리인 너와 학습 능력을 비교하면 곤란하지.〉

─네 몸이라고 편드는 거냐, 지금? 저놈은 적이라고, 적!

〈정당한 평가를 내렸을 뿐이다. 어쨌든 저놈의 마법 실력에 대한 데이터는 충분히 모았다. 더 이상 마법전에 집착하지 마라.〉

─좋아, 저놈은 아직 인간의 몸에 대한 경험이 없어. 여기서 고통이 무엇인지 뼛속 깊이 새겨주지.

머릿속에서 예전의 기억이 되살아난다.

사라진 미래 속에서 그와 처음으로 마주쳤을 때, 그는 막강한 힘을 가졌지만 자신이 사용하는 인간의 육체에 대해 아는 것이 없었다. 고통에 면역이 없어서 지금처럼 마법을 실패했고, 부상 때문에 신체 기능에 이상이 일어나는 것도 이해하지 못해서 루그와 동료들에게 승기를 주고 말았다.

'절대로 이 순간을 잊지 못하게 해주마.'

루그는 뇌격 때문에 부들부들 떨리던 몸이 정상으로 돌아오자 즉시 공격에 나섰다.

쏟아지는 섬광과 뇌격의 비를 현란한 움직임으로 돌파하면서 거리를 좁힌다. 거리가 줄어드는 순간, 불카누스가 양손을 모으더니 새로운 마법을 사용했다.

쿠과과과과과!

그를 중심으로 발생한 충격파가 대지를 타고 원형으로 퍼져 나갔다. 땅이 크게 요동치더니 그대로 지면이 박살 나면서 무수한 파편이 튀어오른다.

땅에 발을 붙이고 달려들던 루그도 어쩔 수 없이 움직임이 묶였다. 불카누스는 그 한순간 루그를 손가락으로 가리키며 잔인하게 웃었다.

"잡았다."

쫘르르르릉!

쏘아져 나간 뇌격이 루그에게 직격했다. 마력이 남아도는 불카누스는 전방위로 마법을 난사하면서도 그보다 수십 배 위력을 가진 뇌격 주문을 준비하고 있었던 것이다.

섬광이 흩어지고 흙먼지가 피어오르는 것을 보며 불카누스는 머리를 쓸어 넘겼다. 전방에서는 더 이상 생명 반응이

느껴지지 않았다. 방금 전 그 일격으로 산산조각 난 게 틀림
없었다.

"홋. 아쉽게 됐군. 들을 이야기가 아주 많았는데…….."

"아, 그래?"

갑자기 들려온 대꾸에 불카누스는 전신의 털이 곤두서는
듯한 감각을 느꼈다. 그리고 아무것도 없는 전방에서 루그가
불쑥 솟아나는 게 아닌가?

기겁한 불카누스가 팔을 휘둘렀다. 그러자 화염을 휘감은
손이 루그의 몸에 닿는가 싶더니 그대로 통과해 버렸다.

'이럴 수가!'

불카누스가 경악했다. 그는 반사적으로 감각기관을 점검
했다. 하지만 마법이 침투해 온 기미는 전혀 없었다.

꽝!

그 직후 옆구리에서 폭음이 울려 퍼졌다. 겹겹이 둘러처져
있던 방어 마법이 와장창 박살 나면서 충격이 몸통을 꿰뚫었
다.

"크어억!"

그와 동시에 몸속에서 콰지직 하고 기분 나쁜 소리가 울려
퍼졌다. 몸통 뼈가 왕창 부서져 나가는 소리였다.

날아가는 불카누스에게 루그가 따라붙었다. 왼 주먹으로
라이트닝 바운드를 먹이면서 스톰 브링거를 장전한 오른 주
먹을 뻗는다.

화아아아악!

그러나 그 앞을 불카누스의 몸을 휘감은 불길에서 튀어나온 이프리트가 가로막았다. 스톰 브링거는 불의 거인을 단 일격으로 분쇄했지만, 그 너머에 있는 불카누스는 이미 마법을 완성하고 있었다.

꽈과과과광!

충격파가 연달아 터지면서 루그를 밀어냈다. 그리고 불카누스가 다시금 전방위로 마법을 난사하면서 하늘로 날아올랐다.

"으으으으윽······!"

생전 처음 느끼는 격통 속에서 불카누스는 피가 나도록 이를 악물었다. 아픔으로 미쳐 버릴 것 같았다. 고통 때문에 정신이 분산되고, 감각기관이 이상을 일으켜서 혼란을 가져온다.

"이, 이게 도대체 어떻게 된 거지? 어째서 내 몸이······!"

"그 고통이야말로 네가 인간에게 주고 싶어하는 것이지."

또다시 루그의 목소리가 가까이서 들려왔다. 불카누스는 심장이 튀어나올 듯이 놀랐다.

'어떻게 접근했지?'

분명히 충격파를 써서 밀어냈는데, 그리고 계속해서 마법을 난사하고 있었는데 어떻게 접근해 왔단 말인가?

그 답은 기격이었다. 루그는 실체를 뒤에 둔 채 기격으로 불카누스의 감각에 혼란을 일으키기 시작했다.

"이 자식!"

놀란 불카누스는 급히 새로운 마법을 짜냈다. 공기를 초고속으로 진동시켜 발생한 충격파가 사방을 휩쓸고, 그 직후 뇌격이, 그리고 그다음으로 역장으로 벼려낸 칼날이 무서운 기세로 회전하며 모든 것을 파괴한다.

"넌 아무것도 모르고 있어. 네가 무엇을 하려고 하는지도 모르는 것 아니냐?"

그러나 루그의 목소리는 그치지 않고 따라붙었다. 주변을 갈가리 찢는 마법의 폭풍 속에서 루그의 모습이 사라졌다가 나타나기를 반복하며 목소리가 계속 다른 방향에서 들려온다.

"인간의 육체는 섬세하고 연약해. 마법으로 강화한다고 끝이 아니지. 그 상태로 얼마나 더 버틸 수 있을까?"

"네놈의 건방진 입을 찢어버릴 때까지다!"

혼란에 빠진 불카누스는 악에 받쳐 소리쳤다. 하지만 전신을 감싸고 달리는 통증 때문에 정신이 집중되지 않는다. 놀라운 연산 능력 때문에 찰나의 집중만으로도 마법을 시전하고 있었지만, 조금이라도 길게 마법을 이어나가려고 하면 실패하고 만다.

퍼억!

되는대로 마법을 난사하고 있던 불카누스의 복부에 숨 막히는 충격이 닥쳐왔다. 어느새 눈앞에 나타난 루그가 주먹을 꽂아 넣고 있었다.

"이럴 리가 없어……!"

방어 마법이 멀쩡하게 기능하고 있거늘 그것을 뚫고 복부에 주먹을 찔러 넣다니 이건 불가능한 일이다. 하지만 복부에서 느껴지는 통증은 진짜였다.

불카누스가 조금만 냉정하게 생각했다면, 아니, 인간의 몸으로 살아본 경험이 있었다면 뭔가 이상함을 느꼈을지도 모른다. 그의 몸통은 이미 온전한 뼈가 남아 있지 않은 상태다. 그런 상태에서 주먹을 맞았는데도 멀쩡한 몸에 맞은 것 같은 통증밖에 없었던 것이다. 루그가 기격으로 자신이 체험한 고통을 재현했기 때문이다.

"하아아!"

불카누스가 쥐어짜 낸 마법의 섬광이 루그의 몸을 갈가리 찢는다. 그러나 루그의 몸은 신기루처럼 흩어져 버렸다. 그 직후 입안에 견딜 수 없는 통증이 작렬했다. 멀쩡한 이빨이 생으로 뽑혀져 나가는 고통이었다.

"크아아아아악!"

불카누스가 비명을 질렀다.

그에게 있어 고통은 미지의 감각이었다.

봉인된 후 그는 한 번도 고통에 시달려 본 적이 없었다. 기억을 잃어버렸다는 사실에서 오는 상실감과 공허, 그리고 그 상태로 자유가 제약되어 이대로 삶이 끝나 버릴지도 모른다는 정신적인 고통만이 그를 괴롭혀 온 모든 것이었다.

지금 이 순간, 처음으로 경험하는 육체의 고통이 수십 년 동안 고뇌와 갈증 위에 쌓여온 정신의 성벽을 박살 내려 하고 있었다. 완전무결한 드래곤의 육체로 숨 쉬고 있을 때는 알 수 없었던, 연약한 인간의 육체가 부서지는 고통은 그의 상상을 초월했다.

'인간의 몸! 이 쓰레기보다 못한 육체 때문이다!'

불카누스는 격노했다.

모든 것이 이 육체 때문이었다. 자신이 증오하면서도 사용할 수밖에 없는 인간의 육체가 그에게 생전 처음으로 지옥 같은 고통을 느끼게 만들고 있었다.

"고통이 나를 약하게 만든다면… 필요없다!"

"필요없다고 버릴 수 있는 것 같으냐, 그게?"

어느새 앞에 나타난 루그가 그를 비웃었다. 불카누스는 이글거리는 눈으로 루그를 노려보았다.

그는 자신이 환영 마법에 걸렸다고 생각했다. 인정하고 싶진 않았지만 루그는 자신이 방어할 수도 없고 감지할 수도 없는 악랄한 환영 마법을 쓴 것이 틀림없었다. 그렇지 않고서야 이 상황이 설명되지 않았다.

'떨쳐 버린다! 모든 것을!'

불카누스는 불꽃을 휘감은 주먹을 휘둘렀다. 일단 눈앞의 환영을 부수고 최후의 수단을 쓸 생각이었다.

퍅!

하지만 루그는 왼손을 들어서 그 주먹을 잡아버렸다. 흩어지는 불길 속에서 불카누스의 눈이 찢어져라 크게 떠졌고, 그 표정을 본 루그가 잔인하게 웃으며 말했다.

"이빨을 생으로 뽑히는 고통이 제법 상큼했지?"

그 직후 회오리치는 섬광에 휘감긴 오른 주먹이 무시무시한 기세로 쏘아져 나갔다.

콰아아앙!

폭음과 함께 주먹이 불카누스의 몸통에 꽂혔다. 불카누스는 입을 찢어져라 벌렸지만 비명조차 지르지 못했다. 이 일격으로 그의 몸통 뼈가 모조리 부서지고 내장이 파열되었다.

나가떨어지는 그를 보며 루그가 투덜거렸다.

"방어가 질리게 단단하네, 젠장."

불카누스의 육체는 강철 이상의 강도를 갖도록 강화되어 있었고, 남아도는 마력을 이용해서 충격을 막고 분산시키는 역장을 17겹으로 둘러치고 있었다. 그렇기에 스톰 브링거를 얻어맞고도 육체가 형상을 보존하고 있는 것이다.

〈루그, 조심해라!〉

"응?"

막 결정타를 날리려던 루그에게 볼카르가 다급하게 경고했다. 루그는 거의 반사적으로 뒤쪽으로 몸을 날렸다.

쉬이이이잉!

간발의 차로 그 자리를 역장의 칼날이 가르고 지나갔다. 루그는 섬뜩함을 느끼며 중얼거렸다.

"저 자식, 아직도 마법을 쓸 여력이 있는 거야? 아무리 마력이 넘쳐 나도 그렇지 저런 상태면……."

불카누스는 생명 반응이 끊어져야 마땅할 중상을 입은 상태다. 살아 있는 게 이상한 일이고, 고속으로 마법을 시전할 사고 능력 자체가 없어야 했다.

그런데도 불카누스는 마법으로 루그를 공격한 뒤 몸을 일으키고 있었다.

"그래, 인정하지. 네 덕분에 고통이 무엇인지 알았다."

피투성이가 된 그가 키득거리며 웃었다. 얼굴의 피를 닦아 내는 그의 눈은 섬뜩한 광기로 번들거리고 있었다.

"이 고통을 모든 인간에게 겪게 한다고 생각하니 아주 즐겁군. 지금까지 막연히 상상만 하고 있던 것보다 훨씬 더 멋진 지옥을 만들 수 있을 것 같아."

불카누스의 목소리에서는 전혀 고통의 기색을 찾아볼 수 없었다. 심지어 성대의 진동으로 나는 것조차 아니고 공기의 진동을 마법으로 조작해서 목소리를 구현하고 있었다.

루그는 한 가지 사실을 깨달았다.

"이 자식, 죽은 몸으로 싸우겠다는 거야?"

5

불길하고 음습한 마력 파동이 사방으로 퍼져 나가고 있었다. 몸의 구조상 절대 움직일 수 없는 부상을 입었으면서도, 아니, 그것을 넘어 아예 심장이 찢어져서 멈춰 버렸으면서도 불카누스는 움직였다.

볼카르가 혀를 찼다.

〈부서져도 상관없는 육체라고 막 굴리는군. 하지만 흑마법을 응용하는 솜씨는 제법 괜찮아. 목 위쪽만 살아 있는 채로 남겨두고 아래쪽은 죽이다니…….〉

볼카르가 혀를 찼다.

불카누스의 육체는 죽었다.

아니, 정확히는 생명 반응이 완전히 끊어지지는 않았다. 목 위쪽은 마법으로 생체 기능을 이어놓고 있었다. 하지만 목 아래쪽은 완전히 시체로 변해서 마법의 힘으로 움직이는 상태였다.

〈몸을 완전한 시귀(屍鬼)로 바꿔 버릴 경우 그 속에 담긴 영혼도 타락하지. 그래서 저런 방법을 쓴 거겠지만 오래가지는 못할 거다.〉

"목 아래쪽만 시체라고? 우웩, 기분 나빠."

루그가 인상을 찌푸렸다.

불카누스가 기분 나쁘게 웃었다.

"아무리 내가 불완전한 몸을 쓰고 있다고 해도 이렇게 지독한 꼴을 당할 거라고는 생각 못했다. 하지만 고통이 사라진 이상 네놈을 죽이는 것은 어려운 일이 아니야."

"흥! 그 상태로 싸울 수 있는 시간이 그리 길지 않을 텐데 아주 자신만만하시군."

"너를 죽이는 데는 충분하고도 남는 시간이다."

불카누스의 눈동자가 분노로 타올랐다. 몸이 전하는 지옥 같은 고통에서 벗어난 지금, 그의 정신은 더없이 명료했다. 한순간에 수십 개의 마법이 조합되어서 전개되었다.

꽈르르릉! 꽈과광!

마구 난사하던 때와는 전혀 다른 정확성으로 마법이 날아들었다. 동시에 발사된 수십 발의 섬광이 모조리 루그를 정확히 포착해서 두들겨 댄다.

그러나 루그는 불카누스의 시야가 붙잡는 곳과는 다른 위치에 있었다. 몇 번의 공격 끝에 그 사실을 깨달은 불카누스는 혼란스러워했다.

'도대체 어떤 수법을 쓰고 있는 거지? 무슨 수로 내 감각을 농락하고 있는 거냐!'

불카누스는 루그의 감각을 환영 마법으로 유린하는 데 실패했다. 그렇기에 불꽃을 이용해서 그려낸, 실체와 동일할 정도로 세밀한 환상으로 루그의 눈을 속여넘겼다.

하지만 루그는 그런 방법을 쓰고 있는 것이 아니다. 분명히 그가 알지 못하는 방법으로 감각 정보에 혼란을 일으키고 있다.

'그렇다면 내 감각을 믿지 말고 마법을 믿는 수밖에!'

불카누스는 그렇게 생각하고 마력 열을 비롯한 세분화된 에너지 정보, 영상 소리를 탐지하는 마법 센서를 구현했다. 자신의 눈이 환영에 사로잡히더라도 마법이 가리키는 곳을 치면 루그는 반드시 거기에 있을 것이다.

그렇게 생각한 순간, 갑자기 격심한 두통이 덮쳐 왔다. 뇌를 직접 찌르는 듯 날카로운 통증이었다.

"으윽."

불카누스는 머리를 붙잡으며 비틀거렸다.

아무리 목 아래쪽을 시귀로 바꾸었다고 해도 머리통의 감각은 고스란히 살아 있다. 게다가 불카누스는 고통에서 벗어나면서 통각에 대한 경계가 느슨해져 있었다. 계속 기격을 통해 불카누스의 감각 상태를 살피던 루그는 그 틈을 놓치지 않고 찌른 것이다.

고개를 숙인 채 숨을 몰아쉬는 불카누스 앞에 루그가 나타났다. 불카누스가 고개를 들며 눈을 부릅떴다. 이번에는 눈으로 보는 것이 아니고 마법 센서로 잡아냈기에 확신을 갖고 공격할 수 있었다.

파아아아앙!

초진동 충격파가 작렬, 루그를 갈가리 찢었다. 그와 동시에 마법 센서가 무수한 루그의 존재를 잡아냈다.

"환상? 아니, 에너지체인가!"

어느새 그의 주변에 무수한 루그의 모습이 나타나 있었다.

그것은 단순한 환상이 아니었다. 마법 센서에는 실체와 동일하게 포착되는 에너지체들이었다.

불카누스가 마법 센서를 구현하는 순간 볼카르가 그것을 알아차렸고, 루그에게 즉시 대응책을 지시한 것이다. 수십 명의 루그가 똑같이 웃으며 달려들었다.

"으아아아아!"

불카누스는 닥치는 대로 마법을 난사했다. 섬광과 뇌격이 놀라울 정도의 정확도로 루그의 환상을 찢어발겼다. 하지만 모든 환영을 찢어발기기 전에 그와 루그의 거리가 완전히 좁혀졌다.

그 순간 불카누스는 루그의 실체를 잡아냈다. 가까운 곳으로 다가오는 순간, 마법 센서가 실체와 에너지체를 완벽하게 구분해 낸 것이다.

하지만 한발 늦었다. 불카누스가 땅을 박차고 허공으로 솟구치는 순간, 루그가 스톰 브링거를 장전한 주먹을 내질렀다.

꽈아아앙!

이번에는 불카누스의 몸도 버틸 수 없었다. 얇아진 방어 마법을 완벽하게 관통한 스톰 브링거가 그의 몸통을 박살 냈다. 단 일격에 가슴 아래쪽의 몸이 떨어져 나가면서 붉은 머리카락이 휘날렸다.

'정말 질기군! 머리를 피하다니!'

〈루그, 조심해라!〉

루그가 머리를 노렸던 공격이 몸통을 때린 것에 혀를 차는 순간, 볼카르가 다급하게 외쳤다. 그 말에 루그는 불카누스의 눈을 보았다.

홍옥 같은 눈동자는 전혀 고통스러워하는 기색 없이 살의를 불태우고 있었다. 허우적거리는 것 같았던 오른팔이 푸른 뇌광을 머금고 루그에게 날아들었다.

쫘르릉!

"크악!"

루그는 간발의 차이로 뇌격을 막아냈다. 하지만 공격이 작렬할 때의 여파로 왼팔이 뒤틀리면서 우드득 하고 기분 나쁜 소리가 울려 퍼졌다.

하지만 고통스러워할 새도 없었다. 부러진 왼팔을 붙잡기도 전에 볼카르가 경고했다.

〈뇌격의 구체가 온다! 막아라!〉

그 직후 몸통만 한 뇌격의 구체가 날아들어서 폭발했다. 시야가 온통 새하얗게 불타오르면서 전격이 몸을 두들겨 댔다. 급하게 절연성을 띤 결계를 둘러쳤지만 완벽하게 막아내지 못한 것이다.

"으아아아아아아!"

루그는 스파이럴 스트림을 일으켜서 뇌격을 떨쳐 버렸다. 그리고 오른팔에 스톰 브링거를 장전하면서 돌격했다.

불카누스는 가슴 위쪽만 남은 상태로 허공에 떠 있었다. 루그가 공격했을 때 불카누스는 허공으로 솟구치면서 머리 대신 몸을 내주었다. 이미 시귀로 바꿔 버린 몸이 부서지더라도 마법 운용의 토대가 무너질 뿐, 마법 시전 자체는 가능했기 때문이다.

파파파파파파!

또다시 셀 수 없을 정도로 많은 섬광이 날아든다. 하지만 루그는 방어 마법과 스파이럴 스트림으로 어렵지 않게 막아내면서 돌진했다.

볼카르의 마법은 확연하게 위력이 감소하고 있었다. 마법은 정신만으로 제어되는 힘이라고 착각하기 쉽지만, 마력을 발생시키고 축적시키는 기관은 전신의 뼈다. 인간의 몸에 깃들어서 그에 맞는 방식으로 마법을 구현하고 있는 이상, 몸을 잃고 마법을 제대로 쓸 수는 없었다.

그때였다. 그와 루그 사이로 시커먼 형체가 끼어들었다. 거인의 형상을 지닌 어둠의 혈족이었다.

"내 앞을 막지 마!"

루그는 신경질적으로 주먹을 내질렀다. 공격과 동시에 전개된 라이트닝 바운드가 작렬, 단 일격으로 어둠의 혈족의 머리를 날려 버렸다.

"티아나 아카라즈난! 그렇게 죽고 싶다면 소원대로 해주지!"

그 너머에서 티아나가 새카만 머리카락을 휘날리고 있었다. 그녀는 드레스가 반쯤 찢어지고 전신에 수많은 생채기가 나 있었다. 메이즈의 공격을 버텨내느라 어지간히 고생한 모양이다.

"주인님! 티아나를 잡아줘!"

그때 메이즈가 측면에서 뛰어들었다.

티아나가 반응하려고 했지만 그보다 루그가 빨랐다. 기척으로 그녀의 시각과 청각을 혼란시키고 손을 뻗어 방어 마법 위를 후려갈겼다. 폭음이 울리며 티아나의 몸이 허공으로 뜨자 그대로 현자의 독이 작렬, 그녀의 마법을 모래성처럼 허물어뜨린다.

그리고 그 틈에 메이즈가 불카누스에게 달려들며 보이드 블레이드를 내려쳤다. 거대한 칼날이 머리 위로 떨어져 내리는 것을 보며 불카누스가 역장의 칼날을 세웠다.

카아아아앙!

메이즈와 불카누스가 서로 반대편으로 튕겨 나갔다. 그러나 메이즈는 금세 자세를 바로잡고 다시 뛰어들며 황금의 뇌격을 날렸다.

꽈르르릉!

불카누스는 가까스로 그것을 흘려냈지만 이제 슬슬 한계에 달하고 있었다. 그가 속삭였다.

"불카누스의 이름으로 명한다."

동시에 압도적인 용제의 힘이 퍼져 나갔다. 하지만 메이즈는 주저없이 달려들었다.

"네 모든 것을 다해 나를 지켜라!"

불카누스가 외치자 메이즈가 대답했다.

"네 명령은 안 듣겠다고 했잖아!"

그러면서도 그녀는 불카누스가 발하는 마력에 섬뜩함을 느끼고 있었다. 어떤 마법인지는 알 수 없었지만, 쓰게 돼서는 안 된다는 확신이 들었다.

'일격에 끝내야 해!'

그렇게 판단한 메이즈는 공허의 칼날을 전개했다. 티아나, 리제이라와 싸우면서 마지막으로 아껴둔 일격이었다. 거대한 칼날이 순식간에 칠흑으로 물들고, 허공에 새카만 궤적이 그어졌다.

파학!

다음 순간 메이즈의 눈이 크게 떠졌다.

"리제이라……!"

메이즈가 공허의 칼날을 전개하고, 내려치는 짧은 순간에 리제이라가 맹렬하게 둘 사이로 끼어들었다. 거의 무방비 상태로 뛰어든 그녀의 몸을 보이드 블레이드가 깊숙이 가르고 지나갔다.

잠시 둘 사이에 침묵이 흘러갔다. 메이즈는 믿을 수 없다는 듯 굳어 있었고, 리제이라는 피를 뿜어내면서 비틀거렸다.

"이런, 확실히 줄을 잘못 선 것 같군. 이렇게 죽게 될 줄이 야."

리제이라는 어이없다는 듯 중얼거리며 메이즈를 바라보았 다. 드레이크의 육체는 인간보다 훨씬 강인했지만, 몸통이 비 스듬하게 절단되며 심장까지 파괴된 부상은 그녀에게 죽음을 선고하고 있었다.

"네 선택이 옳았어, 메이즈."

충격으로 굳어버린 메이즈 앞에서 리제이라는 공허한 미 소를 지은 채 무너져 내렸다.

"리제이라!"

구우우우웅!

비명을 지르는 메이즈의 앞쪽에서 공간이 진동했다. 리제 이라의 시체를 안아 든 메이즈가 고개를 들자 불카누스가 일 그러진 미소를 지은 채 중얼거렸다.

"허약한 것. 설마 일격에 당해 버리다니."

"불카누스! 용서 못해!"

메이즈가 증오로 외쳤다.

불카누스의 명령은 메이즈가 아니고 리제이라에게 내려졌 던 것이다.

티아나와 함께 루그를 막고 있던 리제이라는 그 명령을 거 역하지 못하고 그대로 뛰어들었다. 하지만 완벽한 타이밍에 내려쳐진 공허의 칼날은 현자의 독으로 방어 마법이 와해된 그녀가 막을 수 있는 것이 아니었다.

"지긋지긋한 것들! 전부 죽어버려라!"

외침과 함께 섬광이 폭발했다. 불카누스에게 달려들려던 메이즈가 충격으로 뒤로 날아가 버리고, 티아나가 부리는 어둠의 혈족을 모조리 박살 낸 루그에게 강력한 마법이 엄습해 왔다.

〈루그, 결계에서 빠져나가라! 저 녀석, 자신의 마력을 폭주시켜서 주변을 모조리 날려 버릴 생각이다!〉

"이런!"

하지만 이미 불카누스의 마법은 전개되고 있었다. 폭주한 마력을 견디지 못한 그의 몸이 산산조각 나서 흩어지고, 그곳에 마력의 핵만이 남아서 무시무시한 기세로 주변의 마나를 집어삼키며 순식간에 덩치를 불려갔다. 동시에 불카누스가 마력 폭주 직전에 곳곳에 흩뿌려 둔 갖가지 마법들이 아무런 절제 없이 구현되었다.

쿠과아아아앙!

수십 발의 섬광과 뇌격, 화염과 역장의 탄환이 사방으로 쏟아졌다. 루그는 그것을 막으면서 결계에서 빠져나가려고 했다. 그런데 그때였다.

기이이잉!

루그의 뒤쪽 공간에 시커먼 구체가 나타났다. 정체를 알 수 없는 그 구체가 시커먼 스파크를 튀기더니 루그를 향해 보이지 않는 손을 뻗었다. 가만히 서 있다간 단번에 끌려 들어갈 것 같은 흡입력이 발생하기 시작했다.

"이, 이거 설마……!"

루그는 강체술로 몸을 땅에 고정시킨 뒤 마법으로 흡입력을 버텨내면서 표정을 일그러뜨렸다. 볼카르가 말했다.

〈리루 나칼라즈티, 저 구체를 부수자. 순차적으로 여덟 개 방향에 같은 마법이 나타날 거다.〉

「네.」

"이 자식, 아주 악랄한 선물을 준비하고 가셨구만."

루그가 이를 가는 동안 리루가 움직였다. 진공의 칼날이 연달아 날아들어서 흡입력을 발생시키는 구체를 날려 버렸다.

하지만 그 틈에 사방에서 똑같이 흡입력을 발휘하는 마법들이 구현되기 시작했다. 리루가 마법들이 나타나는 족족 날려 버렸지만, 그동안 마법의 폭풍은 완전히 루그가 있는 자리를 집어삼켜 버리고 있었다.

"빠져나갈 수 없겠는데……."

루그는 입술이 바짝 마르는 것을 느끼며 중얼거렸다. 마력의 폭주는 매 순간마다 점점 더 기세를 더해가고 있었다. 쏟아지는 마법의 파괴력도 점점 늘어서 방어하기가 버거워져 갔다.

"주인님!"

메이즈가 달려왔다. 그녀를 본 루그가 말했다.

"메이즈."

"기다려! 지금 갈 테니까!"

하지만 그 순간 루그가 청천벽력 같은 소리를 했다.

"오지 마! 휘말리기 전에 도망쳐!"

"주인님!"

"빨리 가! 네 주인으로서의 명령이야!"

루그는 지금까지 한 번도 사용해 본 적이 없는, 종속의 계약을 통한 절대명령권을 행사했다.

그러자 메이즈의 몸이 그녀의 의지와는 상관없이 움직였다. 몸을 돌리기 직전, 그녀가 울먹이는 표정으로 외쳤다.

"주인님! 이 나쁜 놈아!"

전력을 다해서 마법의 소나기를 헤치고 결계를 빠져나가는 그녀를 보며 루그가 중얼거렸다.

"하하! 미움받겠네, 이거."

〈언제나 생각하는 거지만 너는 바보다, 루그.〉

"그러게."

루그는 겹겹이 둘러친 방어막 속에서 쓴웃음을 지었다. 메이즈와 함께했다면 살 확률이 좀 더 높아졌을 것이다. 하지만 루그는 그녀를 위험 속으로 끌어들이는 대신 보내는 길을 택했다.

문득 리루가 손을 뻗어 루그의 얼굴을 만졌다. 부드러운 바람이 얼굴을 쓸고 가는 듯한 감촉이 느껴졌다.

「하지만 나는 루그가 바보라도 싫지 않아요. 죽게 놔두지 않을 거예요.」

"고마워."

루그는 대답하면서 살 방법을 궁리했다. 하지만 아무것도 떠오르지 않는다. 이미 주변은 폭주하는 수백 발의 마법에 휩쓸려 아무것도 보이지 않았다. 다만 자신의 결계가 위태롭게 흔들리며 조금씩 깨져 나가는 것이 절망을 가져다줄 뿐.

볼카르가 말했다.

〈다시 말하지만, 너는 바보다.〉

"알아. 이런 상황에서 꼭 그런 소릴 연거푸 해야겠냐?"

〈하지만 다행히 널 돕는 이들은 바보가 아니다.〉

"뭐?"

루그가 눈을 크게 뜨는 순간 볼카르가 말했다.

〈정신을 집중해서 네게 연결된 것들을 파악해라. 네가 무엇을 할 수 있게 되었는지 모를 정도로 둔감하진 않겠지.〉

"이런 게 가능할 줄이야."

다음 순간 공간이 진동하기 시작했다. 녹아내리듯이 흐트러지는 주변 풍경 속에서 시커먼 그림자가 날카로운 이빨을 드러내어 루그를 덮쳤다.

그리고… 섬광이 모든 것을 집어삼켰다.

6

쿠아아아아앙!

먼 곳에서 폭음이 울려 퍼지며 땅이 흔들렸다. 그리고 섬광이 온 도시를 환하게 밝혔다.

란티스를 상대로 격렬한 검투를 벌이고 있던 요르드는 흠칫하며 멈춰 섰다.

"…루그?"

그는 불길한 예감을 느끼며 중얼거렸다.

오늘 밤에 일어나는 모든 일은 어둠 속에 묻혀야만 했다. 루그가 며칠 동안 준비한 결계는 안에서 어떤 일이 있든 밖에서는 알 수도 없고 관여할 수도 없는 격리된 세계였다.

그런데 지금 폭발은 분명 루그가 말해준 또 하나의 결계 쪽에서 일어났다. 빛기둥이 하늘 높이 치솟으면서 하늘이 불타고 있었다.

"무슨 일이 벌어진 거지?"

요르드는 아연해하며 중얼거렸다. 뭔가 루그도 예상치 못한 큰일이 벌어진 것만은 분명해 보였다.

그런 그에게 란티스가 달려들었다. 마검 라이트 브링거가 섬광의 궤적을 그리며 내려쳐진다.

카아아아앙!

요르드가 마검 샤이닝 스타로 그것을 받아치자 빛의 파문이 퍼져 나갔다. 란티스가 내려치는 힘이 어찌나 강했는지 그의 몸이 뒤로 주르륵 미끄러져 나간다.

채채채채채챙!

두 사람은 갑옷을 입었다고는 생각할 수 없을 정도로 현란한 검투를 벌였다. 마검과 마검이 격돌하며 공간을 쩌렁쩌렁 울리고, 둘의 숨소리가 조금씩 거칠어져 간다.

카아앙!

요르드의 일격이 란티스의 몸통에 작렬했다. 란티스의 몸이 흔들리는 틈을 타서 옆으로 돌아간 요르드가 연거푸 검격을 그의 몸에 때려 넣었다.

카가강! 카앙!

"크윽, 으아아아!"

란티스의 마갑 실버라이트 가드가 섬광을 발하면서 조금씩 흠집이 늘어갔다.

갑옷의 방어력이 워낙 높아서 아직까지는 부서지지도, 몸통까지 베이지도 않았지만 타격을 받지 않는 것은 아니었다. 요르드의 일격은 바위도 가를 정도로 강맹한지라 맞을 때마다 충격이 뼛속까지 전달되었다. 란티스의 몸이 괴물같이 강해졌기에 망정이지 보통 인간이었다면 벌써 쓰러졌을 것이다.

"이 자식……!"

우우우우우우!

두들겨 맞던 란티스가 이를 갈며 실버라이트 가드의 힘을 해방시켰다. 그를 중심으로 원형의 충격파가 터져 나가면서 요르드를 밀어냈다.

"후우……."

요르드는 숨을 고르며 란티스를 노려보았다.

전세는 요르드가 압도하고 있었다. 아까 전부터 요르드는 일방적으로 란티스를 몰아붙이고 스무 번 넘게 몸통에, 팔에, 다리에, 어깨에 검격을 때려 넣었다. 그에 비해 란티스는 단 한 번도 요르드의 방어를 뚫지 못한 상태였다.

'정말 질릴 정도로 단단하군. 저 갑옷도, 란티스 경의 육체도.'

보통 갑옷이었다면 그대로 두 동강 났을 만한 공격이 적지 않았고, 그럴 때마다 란티스도 괴로워하는 기색이 역력했다. 아무리 강인한 육체라도 타격이 상당할 것이다. 지칠 줄 모르는 것 같았던 란티스의 움직임은 많이 느려졌고, 부상 때문에 동작이 어긋나기 시작했다.

'장비가 동등하지 않았다면 힘들었겠군.'

요르드는 새삼 루그와 메이즈에게 감사했다.

란티스의 장비는 아무것도 모르는 일반인이 써도 수십 명을 학살할 수 있는 막강한 성능을 가졌다. 요르드가 아무리 뛰어난 기술을 구사하더라도 보통 장비였다면 승산이 없었을 것이다.

하지만 메이즈가 만들어준 마검 샤이닝 스타와 마갑 화이트 스톰은 란티스와 동등한 조건에서 겨루는 것을 가능케 만들어주었다.

'조금만 더 하면 쓰러뜨릴 수 있어.'

란티스는 이미 만신창이다. 몸통뼈가 부러졌는지 검격에 힘이 들어가지 않았고, 다리에 부상을 입어서 돌진력을 잃었다. 이제는 차분하게 두들겨서 끝장을 내는 것만 남았다.

―요르드 경.

그때였다. 마법 통신으로 메이즈의 목소리가 들려왔다. 요르드는 놀라서 자신도 마갑 화이트 스톰에 내장된 마법 통신 기능으로 응답했다.

―오르시아 양?

―시간이 다 됐어요. 당장 물러나서 돌아가세요.

―벌써? 하지만…….

―죄송하지만 형편을 봐드릴 만한 여유가 없어요. 당장 돌아오도록 하세요. 예상치 못한 적이 나타나는 바람에 주인님도 크게 당하셨어요.

―루그가 당했다고요?

―일단 통신을 끊겠어요. 혹시 추적당할지도 모르니까요.

메이즈는 그 말을 끝으로 마법 통신을 끊었다. 잠시 동안 멍청하니 서 있던 요르드는 입술을 깨물었다.

눈앞에 란티스가 헉헉거리고 있는 것이 보인다. 이대로 끝장을 보고 싶은 마음이 간절했다.

'어쩔 수 없군.'

요르드는 한숨을 쉬며 검을 내렸다.

란티스가 놀라서 물었다.

"무슨 짓이지?"

"유감스럽게도 시간이 다 됐소. 다음을 기약하도록 하지."

"뭐라고? 말도 안 되는 소리 지껄이지 마라. 도망치게 놔두지는 않아!"

란티스가 노성을 지르며 달려들었다. 하지만 다리가 망가진 그의 돌진력은 크게 떨어진 상태였다. 요르드는 냉정하게 그의 검격을 받고 흘린 뒤 무릎차기를 복부에 꽂아 넣었다. 그리고 마갑이 일으킨 반발력으로 튕겨 나가는 그의 몸통에 검격을 넣어서 날려 버렸다.

쿠당탕탕!

란티스는 비명조차 지르지 못하고 요란하게 나가떨어졌다. 요르드는 그를 바라보며 품에서 뭔가를 꺼내 들었다. 메이즈에게 받은 도주용 섬광탄이었다.

"그럼 이만."

"이, 이 개자식……!"

비틀거리며 일어나던 란티스의 눈앞에서 섬광탄이 터졌다. 망막을 태울 것 같은 섬광이 터지면서 격통이 눈을 덮쳤다.

"크악!"

란티스가 눈을 붙잡고 비틀거리는 동안 요르드는 재빨리 결계에서 빠져나가며 정해진 주문을 읊조렸다.

"눈을 가려라, 참혹한 새벽이 올 때까지."

그러자 반경 50미터에 걸쳐 펼쳐져 있던 결계의 규모가 급속도로 줄어들었다. 동시에 결계의 성격이 안에 있는 존재를 가두는 것으로 변했다. 란티스가 아무리 날뛰어도 쉽게 빠져나오지는 못할 것이다.

마갑을 해제해서 공간 저편으로 돌려보내고, 마법으로 위장된 모습으로 골목길을 달리면서 요르드가 중얼거렸다.

"란티스 경, 다음번에는 확실하게 승부를 내도록 하죠."

요르드의 목소리는 아쉬움이 깃들어 있었지만, 그 얼굴에는 자신감 넘치는 미소가 걸려 있었다.

그리고 홀로 남겨진 란티스는 자신이 결계 속에 갇혔다는 사실을 깨닫고 분노했다. 뭐라고 말할 수 없을 정도로 참담한 심정이었다. 루그가 아니라 그 하수인에 불과한 자에게 일방적으로 압도당해 패배하다니!

그는 주체할 수 없는 분노와 절망을 참지 못하고 검을 내던져 버렸다. 그리고 단단하게 그를 가로막는 결계를 주먹으로 두들겨 대면서 절규했다.

"으아아아아아아!"

7

메이즈는 폐허가 된 빈민가를 뒤로한 채 어두운 골목을 질주하고 있었다. 높이 날았다가는 블레이즈 원의 잔존 세력의 눈에 띌 수도 있다는 판단하에 지면에 스치듯이 저공비행하는 중이었다.

그런 그녀의 뒤에는 한 사람이 업혀 있었다. 피투성이가 된 루그였다.

"으윽……."

시체처럼 늘어져 있던 루그가 문득 신음하며 몸을 뒤척였다. 메이즈는 흠칫하며 그 자리에 멈춰 섰다.

"주인님, 정신이 들어?"

"그, 그런 것 같은데… 심하게… 아프군……."

"조금만 참아. 요르드 경하고 합류하면 바로 성직자를 불러서 치료하면 돼."

"아니… 그러면 안 돼……."

"뭐?"

"우리는 이 도시에서는 더 이상… 아무것도 하지 말고… 떠나야 해."

루그가 힘겹게 말했다. 메이즈가 발끈했다.

"무슨 소리야! 주인님은 당장에라도 치료받지 않으면 죽어!"

루그의 상태는 심각했다. 왼팔과 왼쪽 다리는 아예 부러졌고, 갈비뼈도 몇 대나 나가서 그중 하나는 내장을 찌르고 있고, 흘린 피의 양도 보통이 아니다. 사실 벌써 죽었어도 이상하지 않은 중상이었다. 일단 마법으로 출혈을 막아두긴 했지만 빨리 치료하지 않으면 위험했다.

'무조건 성직자에게 치료받아야 해. 상처를 봉합하는 것만 으로는 도저히…….'

메이즈는 루그를 벽에 기대 앉혀놓고 입술을 깨물었다. 출혈을 막고, 상처를 봉합하고, 뼈를 맞추고, 혈행을 돕는 것까지는 그녀가 할 수 있다. 200년 이상을 살아오면서 그녀는 인간의 몸을 해부하고 치료하는 방법도 익혔으니까. 거기에 마법이 더해지면 성직자가 아닌 한 흉내도 낼 수 없는 기적 같은 회복술을 펼칠 수 있었다.

하지만 루그의 상태는 그것만으로는 살릴 수 없을 정도로 위중했다.

'내가 같이 있었더라면…….'

그녀는 루그의 명령에 따를 수밖에 없었던 자신에게 화가 났고, 자신에게 그런 명령을 내린 루그가 미웠다.

불카누스가 외유용 육체의 생명을 불태워서 작렬시킨 마법의 폭풍에서 빠져나온 메이즈는 제발 루그와 볼카르가 알아차려 주길 바라며 구원의 한 수를 던졌다. 그것은 바로 보이드 아머였다.

그녀는 루그와 맺은 종속의 계약을 이용, 루그에게 보이드 아머의 소유권을 이전시켰던 것이다. 볼카르는 곧바로 그것을 알아차렸고 루그가 보이드 아머를 소환해서 장착하도록 했다.

보이드 아머가 없었다면 루그는 죽었을 것이다.

루그가 말했다.

"하지만… 티아나를 죽이지 못했지……. 우리가 사제를 부르면… 어쩌면 그 녀석의 귀에 들어갈 수도… 있어……."

〈그런 걸 염려하고 있을 때가 아니다, 루그. 내 생각에도 넌 빨리 치료받지 않으면 위험하다.〉

"이번에는 닥치고 내 말을 들어. 바보같이 다른 사람 생각만 하느라 이 꼴이 되어놓고……."

"하하……."

메이즈의 비난에 루그는 자신도 모르게 웃었다.

확실히 바보 같은 일이었다, 마지막 순간에 자신이 살 수 있는 확률을 줄여가면서까지 인명 피해를 막으려고 했던 것은.

마법의 폭주가 정점에 달했을 때, 루그가 티아나와의 결전을 위해 설치해 둔 결계는 부서져 나가려고 했다. 만약 그렇게 되었다면 폭발이 사방을 휩쓸면서 결계 밖의 빈민가를 파괴해 엄청난 수의 사람이 죽었을 것이다.

루그는 그것을 막기 위해 볼카르의 지시에 따라 결계를 조작, 폭주하는 마법의 힘을 모조리 한곳으로 모아서 위쪽으로 쏘아 보냈다. 결계의 파탄과 함께 폭주한 마법은 거대한 빛기둥으로 화해서 높디높은 상공에서 대폭발을 일으켰다.

그 대가는 컸다. 차라리 결계가 깨지고 마법이 사방으로 흩어지게 놔두었다면 루그는 무사히 빠져나올 수 있었을 것이다. 하지만 그것을 한곳으로 모으는 과정에서 결국 루그의 방어 마법이 무너지고 말았던 것이다.

'정말 바보 같은 일인데… 그럴 수밖에 없었지.'

후회는 없었다. 결과를 아는 지금, 그 순간으로 돌아가더라도 루그는 똑같은 선택을 할 것이다.

"걱정 마. 내 몸은… 강하니까… 오더 시그마의 권사는 그리… 쉽게 죽지는……."

"바보 같은 소리 하지 마! 주인님은 인간이잖아! 팔이 잘려도 돋아나는 재생력을 가진 우리하곤 달라!"

메이즈가 소리를 빽 질렀다. 루그는 피식 웃으며 뭐라고 대꾸하려고 했지만, 바람 새는 소리만 흘러나올 뿐 목소리가 나오지 않는다.

목소리가 나오지 않으면 마법으로 말하면 된다. 그렇게 생각하고 마법을 쓰려고 했지만 그것조차 뜻대로 되지 않는다. 마지막에 모든 마력을 다 써버려서 그런지 통신 마법조차 제대로 쓸 수 없었다.

'아니, 마력이 아니고… 내 상태가 문젠가…….'

춥고, 졸린다.

피를 많이 흘리긴 한 모양이다. 루그는 그렇게 생각하며 눈을 감았다.

"주인님, 정신 차려! 잠들면 안 돼!"

"……."

"죽지 마! 당신이 죽으면 나는 어쩌란 말야!"

소리치는 메이즈의 목소리에 울먹임이 섞이고 있었다. 루그는 아무것도 보지 못하면서도 손을 들어 허공을 더듬었다. 아마도 메이즈의 얼굴이 있을 곳에.

문득 따뜻한 손이 루그의 손을 붙잡았다. 그리고 손끝에 부드러운 감촉이, 축축하고 뜨거운 느낌이 와 닿았다.

메이즈는 울고 있었다.

"싫어……."

루그의 입술이 달싹였다.

하지만 목소리가 나오지 않는다.

울지 말라고, 나는 죽지 않는다고 말해주고 싶은데 한마디도 할 수가 없었다.

문득 루그의 손을 쥔 메이즈의 손에 힘이 들어갔다. 그녀가 결연한 의지를 담아 말했다.

"절대로 죽게 놔두지 않겠어."

그녀는 아공간에 보관하고 있던 장비 중에 마법의 망토를 꺼내서 바닥에 깔았다. 주인을 열기와 한기로부터 보호해 주고 체온을 유지시켜 주는 힘이 있는 망토였다.

그 위에 루그를 조심스럽게 눕힌 그녀가 볼카르에게 말했다.

"볼카르님, 당신의 도움이 필요해요."

〈무엇이든 말해라.〉

"주인님은 더 이상 이동을 견딜 수 있는 상태가 아니라고 판단됩니다. 그러니까 여기서 상처를 치료하겠어요. 내가 쓰려는 마법들을 사전에 점검하고 더 나은 방책이 있으면 조언해 주세요."

〈알겠다. 하지만 메이즈 오르시아, 루그를 치료하기 전에 한 가지는 유념해라.〉

"뭐죠?"

〈루그의 몸을 다른 인간과 똑같이 생각하면 안 된다. 강체술사들이 기맥(氣脈)이라고 정의한 육체의 통로를 통해서 지금도 강체력이 흐르고 있다. 그리고 그것을 이용해서 루그는 본능적으로 자신을 일종의 가사 상태로 이끌고 있는 것으로 보인다. 나도 그 이상은 모르겠지만… 이놈은 절대 쉽게 죽을 놈이 아니다.〉

"그렇군요. 나도 알아요. 절대로 쉽게 죽을 사람이 아니죠."

메이즈는 눈물을 닦으며 작은 칼을 꺼냈다. 이것으로 상처투성이가 된 루그의 몸을 가르고 엉망이 된 내부를 짜 맞출 것이다.

'주인님의 체력이 버텨주길 바라는 수밖에……'

성직자의 치유력이 있다면 훨씬 걱정이 덜할 텐데, 지금은 자신의 솜씨와 마법을 믿는 수밖에 없었다.

메이즈는 전력을 다해 루그의 치료에 들어갔다.

CHAPTER 24
스승을 이해하는 법

폭염의 용제

1

불카누스에게 있어 긴 잠이라는 것은 생소한 일이었다. 그는 기억을 잃은 후 80여 년의 세월을 보내면서 언제나 한 시간 정도밖에 잠들지 않았다. 일주일에 한 번씩 한 시간을 자는 것만으로도 그의 육체는 완벽하게 회복되었다.

그러나 이번에는 아주 오랫동안 잠을 잤다. 그리고 그동안 잃어버린 과거 속의 일들이 꿈이라는 형태로 그를 찾아왔다.

'몇 번째지?'

불카누스는 꿈속을 몽유하며 자문했다.

시간이 얼마나 흘렀는지, 몇 번이나 꿈을 꾸었는지 모르겠다. 의식이 어둠 속에 묻혀 미약하게 시간의 흐름을 느끼며 잠들어 있다가, 극도로 파편화된 추억이 꿈의 형태로 그를 찾아올 때마다 깨어난다. 그리고 다시 잠들었다가 꿈꾸기를 반복한다.

'한심한 일들뿐이야.'

불카누스는 꿈을 꿀 때마다 생각했다.

과거의 자신, 볼카르라 불리던 그를 도무지 이해할 수 없었다. 아무리 기억을 잃었다 한들 같은 육체를 공유하는 정신이 이 정도로 괴리감이 크다는 것을 납득하기 어렵다.

꿈속에서 볼카르는 엉뚱하고 바보 같았다. 그런 주제에 터무니없이 강력한 힘을 가져서 불카누스가 보기에는 신이라고 칭해도 부족함이 없어 보였다.

어째서 그런 힘이 자신이 아니고 저런 바보 같은 방구석 마법 폐인에게만 있는 것일까. 전능에 가까운 권능을 소유하기에 어울리는 것은 숭고한 사명을 가진 자신이거늘.

그렇게 꿈을 주목하는 대신 다른 생각에 잠겨 있던 그에게 귀에 거슬리는 말이 들려왔다. 디르커스의 목소리였다.

"볼카르, 항의가 들어왔어."

그 말에 다시 꿈에 집중한 불카누스는 처음으로 디르커스의 드래곤 모습을 볼 수 있었다.

그는 새카만 비늘과 두 개의 뿔을 가진 드래곤이었다. 두터운 두 개의 뿔은 드래코니안의 그것을 닮아서 얼굴 앞쪽으로 휘어져 뻗어 나와 있었고, 청백색을 띤 눈동자 사이로 정수리를 따라서 새하얀 갈기가 솟아 있는 것이 특이해 보였다.

디르커스 자신은 거처에서 움직일 수 없었으므로 그 모습은 볼카르의 거처에 영상 통신으로 투영된 것이었다. 그 사실을 알아챈 불카누스는 어이없어했다.

'아니, 이런 식으로 통신을 하면 될 것을 그놈은 왜 매번 일일이 찾아온 거지?'

지금까지 불카누스가 본 기억 속에서 디르커스는 언제나 다양한 종족의 모습을 취한 채 볼카르를 찾아왔다. 본체의 모습으로 통신을 시도해 온 것은 이번이 처음이었다.

볼카르가 물었다.

"항의라니, 무슨 소리지?"

"샤카―두메쉬가 나한테 사자를 보냈어."

그 말에 불카누스는 흠칫했다. 샤카―두메쉬는 오크들이 섬기는 신의 이름이었다. 신이 직접 사자를 보내다니 뭔가 엄청난 사건 같았다.

"사자라니?"

볼카르가 고개를 갸웃했다. 디르커스가 혀를 찼다.

"신들은 지상에 목소리를 보낼 수 있는 방법도 극히 제약되는데다가 우리는 다들 신들과의 교신 채널을 닫아두고 있잖아. 그래서 자신의 성직자 하나에게 계시를 내려서 메시지를 전했더라고. 참고로 이 메시지는 너한테 가는 메시지야."

"그럼 그 사자를 왜 내게 보내지 않고 네게 보낸 거지?"

"그야 네 거처는 아예 접근을 불허하잖아. 오크가 아무리 능력이 있어봤자 오크인데 어떻게 거길 가겠냐?"

"흠. 확실히 네 거처는 개방적이지."

볼카르가 납득했다는 듯 고개를 끄덕였다.

그의 거처는 상위 용족들이 아닌 한 아예 출입이 불가능했다. 오크 따윈 거처 주변에 형성된 광대한 수림에 우글거리는 마물들의 먹이가 될 뿐이다.

디르커스가 말했다.

"어쨌든 샤카─두메쉬의 메시지는 이거야. 네가 최근에 만들어서 풀고 있는 용족 레서 드라칸을 당장 폐기해라."

그 말에 불카누스가 눈살을 찌푸렸다. 레서 드라칸이라니, 들어본 적도 없는 종족이다.

볼카르가 의아해하며 물었다.

"레서 드라칸을? 어째서지?"

"오크들이랑 활동 영역이 겹치는 데다가 너무 번식력이 좋기 때문이래. 레서 드래곤들이 잘살고 있던 오크들의 영역에 자리 잡아서 전쟁을 벌인 결과 1만 이상의 오크들을 학살했다는군. 일리있는 항의이긴 해. 평균 수명 150년, 지능은 인간보다 좀 높고, 마력도 어느 정도 타고났고, 신체 조건은 오크보다도 훨씬 좋고, 기후에 대한 적응력도 뛰어나지. 거기에 번식력도 인간보다 약간 못한 정도니… 지금까지 용족 중에 이 정도로 인간과 오크에 가까우면서 그들 모두를 능가하는 종족은 없었잖아."

"인간과 오크를 참고한 것이 좀 과했나 보군."

"이 정도면 앞으로 50세대쯤 지나면 아예 세계를 지배할 수도 있어. 용족이 선도 종족이 되는 건 확실히 문제가 있으니 폐기해야 할 것 같은데. 안 그러면 세계의 균형이 어쩌고 하면서 신들이 강림하는 게 가능해지는 순간이 올 수도 있고, 계시로 다른 종족들을 한데 모아서 용족을 공격할 수도 있고……."

"알겠다. 신들이 강림하는 사태가 벌어지면 확실히 곤란하지. 또 우리에게 무슨 짓을 하려고 할지 알 수 없으니… 당장 조치를 취하겠다."

"내가 알아보니 레서 드라칸의 개체 수는 지금 벌써 700개체가 넘었네. 초기에 일곱 개체로 시작해서 17세대 만에 이 정도로 불어난 건 확실히 위험하지. 근데 이걸 전부 폐기하는 건 좀 아까운걸."

"폐기하지 않을 것이다."

"그럼?"

"개조하면 된다. 같은 골격으로 두 가지 안을 고려하다가 한쪽을 택한 결과니, 그들 전부를 다른 종족으로 개조해 버리면 그만이지. 드래고닉 리저드라 이름 붙이겠다. 지금보다 지능과 마력 면에서는 뛰어나지만 육체적으로는 약해지고 번식력은 훨씬 떨어지는 개체다."

"그 정도면 문제없겠네. 하지만 어떻게 개조할지 결정하면 나한테도 설계를 한번 보여줘. 검토해 볼 테니까."

"알겠다."

생명을 창조하고, 전혀 다른 존재로 개조하는 이야기를 그들은 점심 식사 메뉴를 결정하듯이 가볍게 이야기하고 있었다. 불카누스에게는 기가 막힌 일이었다.

'이래서야 정말로 신이라고 불러야 할 것 같지 않은가?'

용족이 드래곤이 만든 존재들이라는 것은 알고 있었다. 하지만 그중 하나가 비록 잃어버린 과거의 일이긴 해도 자신의 손으로 만들어졌다는 것은 충격이었다.

디르커스가 말했다.

"그나저나 용족들의 눈으로 세상을 보는 것도 슬슬 질리지 않아?"

"충분하지 않은가? 단순히 마법으로 세상을 살필 때보다는 훨씬 더 생생하게 작은 생명들의 감각을 체감할 수 있으니."

"하지만 우리가 직접 체감하는 것만은 못하지. 조만간 좋은 소식이 있을 거야."

"글쎄. 크게 기대는 안 하겠다."

볼카르가 시큰둥하게 대꾸했다.

그들의 대화를 들은 불카누스는 한 가지 사실을 깨달을 수 있었다. 지금 이 기억이 드래곤들이 외유 방법을 개발하기 이전의 이야기라는 것을.

'까마득하군.'

그 깨달음과 함께 꿈이 끝났다. 그리고 그의 의식은 어둠 속에 파묻혔다가 다시 현실을 향해 부상하기 시작했다.

눈을 떴을 때는 익숙한 풍경이 불카누스를 반기고 있었다. 80년 가까이 갇혀 있었던 삭막한 거처의 봉인 공간.

그 너머에서 용족의 기척이 느껴졌다. 불카누스는 그 기척의 주인이 엘토바스 바이에임을 알고 말했다.

"무슨 일이지?"

"17일 만입니다."

"뭐라고?"

불카누스가 묻자 엘토바스가 일어났다. 불카누스는 비로소 의자를 갖다 놓고 앉아서 책을 읽고 있었다는 사실을 알아차렸다. 그의 긴 백발이 등 뒤로 흘러내리고 있었다.

엘토바스가 대답했다.

"불카누스님이 깨어나신 것이 17일 만이라는 겁니다. 외유를 시작하신 시점부터 잠들어 계시더군요. 티아나의 보고로는 외유용 육체가 파괴된 후로도 깨어나지 않았다고 해서 걱정했습니다."

"17일? 그렇게나 시간이 흘렀다고?"

불카누스는 아연해했다.

확실히 계속해서 꿈을 꾸면서 평소 잠들었을 때보다 훨씬 많은 시간이 경과했음을 실감하긴 했다. 하지만 17일이나 잠들어 있었을 줄이야.

엘토바스가 미소 지었다.

"아무래도 불카누스님의 외유는 완전하지 않은 모양이군요."

"무슨 말을 하고 싶은 거냐, 엘토바스?"

불카누스의 눈썹이 꿈틀거렸다. 하지만 엘토바스는 움츠러드는 기색 없이 말했다.

"필요할 것 같아서 다르칸에게 자료를 수집시켜 두었습니다. 예전, 그러니까 봉인당하시기 전에는 외유할 당시에도 잠들지 않았다고 합니다."

"그게 무슨 의미지?"

"말 그대로입니다. 드래곤의 몸과 외유용 몸이 동시에 깨어서 각기 다른 행동을 했다는 것이죠. 안과 밖에서 마치 하나의 정신이 둘로 분화되기라도 한 것처럼."

"음......."

불카누스는 분노를 가라앉히고 생각에 잠겼다.

자신의 외유가 불완전하다는 것은 알고 있었다. 하지만 대체 완전한 것과 어떤 차이가 있는지는 알 수 없었는데, 엘토바스의 말을 들으니 모든 것이 명확해졌다.

드래곤의 외유는 하나의 육체를 잠재우고 다른 육체를 움직이는 것이 아니다. 그들의 정신력은 인간과는 비교를 불허

할 정도로 방대하기에 두 개의 육체를 움직이면서도 전혀 혼란해지지 않는다. 동시에 다른 육체로 다른 행동을 하고 다른 감각을 느끼고 다른 생각을 하는 일이 가능한 것이다.

하지만 불카누스는 그렇게 할 수 없다. 그는 한 번에 하나의 육체만을 제어하는 게 한계였다.

'그리고 육체가 손상을 입어 파괴되면 깨어날 때까지 간극이 생기는 건가? 이건 실험이 필요하겠군. 새로 외유용 육체를 만들어서 두 육체를 오가면서 생기는 현상을 점검해야겠어.'

생각에 잠긴 불카누스에게 엘토바스가 말했다.

"제 생각에는 아마 봉인의 영향으로 추정됩니다만."

"아마도 그렇겠지."

"하긴 봉인을 전부 해제시키면 본체로 움직이실 수 있을 테니 문제없겠지요. 그리고 또 요청 드리고 싶은 사안이 있습니다."

"뭐지?"

"상위 용족 간부를 보충하는 문제입니다. 메이즈가 배신했고, 리제이라가 죽었습니다. 적의 강대함을 생각하면 적어도 그 둘만큼 뛰어난 힘을 가진 상위 용족을 간부로 충원할 필요가 있습니다."

"일리있는 말이군. 알겠다. 실행에 옮겨라. 되도록 그들보다 더욱 강력한 용족을 찾아내도록."

불카누스가 고개를 끄덕였다.

본래 불카누스는 엘토바스에게 마법을 배우려고 했다. 하지만 그의 요청에는 일리가 있었다. 루그라는 인간은 내버려 둘 수 없을 정도로 위험하고 강력하다. 이쪽도 소모된 전력을 보충해서 처리할 필요가 있었다.

'어차피 한동안은 점검해 볼 사항이 많지. 루그가 도대체 어떤 방식으로 내 감각을 비틀어놓았는지도 파악해야 하고……'

허락을 받은 엘토바스가 우아하게 고개를 숙여 보이며 말했다.

"그럼 즉시 후보를 물색해 보겠습니다. 후보가 나오는 대로 보고 드리도록 하죠. 당분간은 그 일을 최우선으로 하고 봉인의 조각을 찾는 일은 다른 이들에게 맡기겠습니다."

"알았다."

불카누스는 고개를 끄덕이고 엘토바스를 내보냈다. 그리고 생각만 해도 분노가 치솟는 루그와의 전투를 반추하며 필요한 사항을 점검하고 분석하기 시작했다.

2

아주 긴 시간 동안 잠들어 있던 것 같다.

루그는 오랫동안 자신의 의식을 묻어두고 있던 어둠에서

벗어나 눈을 떴다. 그러자 온통 이글거리는 불길로 가득한 공간에서 작고 붉은 날개를 파닥거리며 날고 있는 귀여운 붉은 드레키의 모습이 보였다.

"음?"

문득 붉은 드레키가 뒤를 돌아보았다. 루그는 비로소 그것이 볼카르임을 깨닫고 눈살을 찌푸렸다.

"뭐지? 이거 몽상 세계야?"

"평소 네가 들어오는 영역은 아니고 내가 사용하는 심상 공간이다. 네가 이곳으로 들어오다니 별일이군."

볼카르가 신기해하며 대답했다. 루그와 그는 한 몸에 거하고 있지만 서로 공유하는 영역이 별로 없다. 서로의 꿈을 엿보는 것을 차단한 지금, 볼카르가 루그의 꿈을 이용해 몽상 세계를 만들기는 해도 루그가 볼카르의 심상 공간에 들어온 것은 처음이다.

날개를 파닥거리며 루그에게 다가온 볼카르가 말했다.

"하지만 넌 여기에 있으면 안 된다."

"어째서?"

"네가 받아들이기에는 너무 많은 정보량에 휩쓸려서 미칠 수도 있으니까. 봐라."

볼카르가 짧은 팔로 불꽃 너머를 가리켰다.

그곳에는 뭔가 기괴한 풍경들이 있었다. 마치 세계의 한 부분을 종이 위에 옮겨 담은 다음 갈가리 찢어서 무절제하게 뿌려놓은 것 같다.

여름과 가을이 공존하고, 겨울과 심해의 어둠이 겹쳐 있는
풍경 속에서 무수한 목소리가 속삭인다. 이글거리는 불길 위
로 과거, 현재, 미래의 환영들이 떠다니면서 그들 모두의 심
상이 문자의 형태로 변해서 흘러 다녔다. 수천 개, 수만 개,
아니, 어쩌면 수천억 개도 넘는 문자가 불꽃 위를 떠다니며
세계의 일부가 되었다가 다른 무언가로 변하기를 반복했다.

"허억, 허억, 헉⋯⋯."

루그는 어느새 자신이 덜덜 떨고 있다는 사실을 깨달았다.
온몸이 땀으로 흠뻑 젖었고 숨이 턱 끝까지 차오른다. 이유는
모르겠지만 괴롭다. 이대로 있다가는 죽어버릴 것 같았다.

그런 루그의 뒤에서 볼카르가 혀를 차며 말했다.

"이제 알았겠지. 얼른 나가라."

볼카르는 그렇게 말하더니 루그의 뒤통수를 작은 발로 뻥
차버렸다. 루그는 퍼뜩 정신을 차리고 뒤를 돌아보았지만 그
곳에는 이미 볼카르의 모습이 없었다.

"볼카르?"

어둠 속에 홀로 남겨진 루그는 그렇게 중얼거리는 자신의
의식이 급속도로 잠들어간다는 사실을 깨달았다. 더 이상 무
슨 생각을 떠올릴 새도 없이 어둠이 모든 것을 덮어버렸다.

그리고 다시 눈을 떴을 때는 날카로운 햇살이 눈을 찔렀다.

"으윽……."

신음하며 눈을 가린 루그는 천천히 상반신을 일으켜 보았다. 엄청 기운이 없고 몸 여기저기 안 아픈 곳이 없긴 했지만 겨우 일어나는 데 성공했다.

"여긴 어디지?"

주변을 둘러본 루그가 중얼거렸다. 고급스럽고 푹신한 침대도, 깨끗한 인테리어의 방도 기억에 없는 것이었다. 아무래도 누군가의 귀족의 집인 모양이다.

볼카르가 대답했다.

〈시레크 백작가의 저택이다.〉

"시레크 백작가? 거기까지 왔다고?"

루그가 눈을 휘둥그레 떴다.

혼란을 가라앉히고 가만히 기억을 되새겨 보자 의식을 잃기 전까지의 일들이 생각났다. 왕도 아라로스에서 티아나를 암살하기 위해 싸웠던 일, 불카누스가 난입해 왔던 일, 그리고 목숨이 오락가락할 정도로 중상을 입었던 일까지…….

왕도에서 시레크 백작가까지는 꽤나 먼 거리다. 대체 얼마나 길게 의식을 잃고 있었던 것인지 짐작조차 할 수 없었다.

〈네가 의식을 잃고 있었던 기간은 오늘로 아흐레째다.〉

"아흐레? 그거밖에 안 됐어? 근데 어떻게 여기까지 온 건데?"

〈그야 메이즈의 마법으로 왔기 때문이지. 물론 요르드 시

레크도 함께 왔다.〉

그때 밖에서 우당탕 하는 소리가 나더니 문이 벌컥 열리며 메이즈가 뛰어들어 왔다. 긴 금발을 뒤로 모아서 비녀를 꽂은 그녀가 잽싸게 다가와서 루그의 손을 덥석 잡았다.

"주인님, 깨어났구나!"

"으, 으응."

"일주일도 넘게 의식 불명 상태라서 정말 걱정했어! 치료가 잘못되지 않았나 수백 번도 넘게 점검해 봤는데… 정말 다행이야."

메이즈는 루그의 손을 꼬옥 잡은 채 안도의 한숨을 쉬었다. 문득 그녀가 숨결이 닿을 정도로 얼굴을 가까이 들이대고 루그의 얼굴을 빤히 바라보았다. 루그가 당황하고 있으려니 자신의 앞머리를 걷어내고 이마를 루그의 이마에다 가져다 대본다. 예상치 못한 행동에 루그는 심장이 쿵쾅거리기 시작했다.

하지만 메이즈는 살짝 얼굴을 앞으로 더 내밀기만 해도 입술이 닿아버릴 것 같은 상황에서도 태연했다. 곧 그녀가 이마를 떼면서 말했다.

"이제 열도 별로 없네. 주인님, 정말 인간치고는 튼튼하구나."

"어, 열이 있는지 꼭 그런 식으로 확인해야겠어? 그냥 손을 대보면 되잖아?"

"응? 그냥 습관적으로… 주인님, 왜 얼굴이 빨개졌어? 어디 아파?"

"아니, 아니야. 전혀 아무렇지도 않다. 진짜야."

루그는 잽싸게 대답하며 슬쩍 시선을 피했다. 볼카르가 혀를 찼다.

〈쯧쯧, 하여튼 인간이란…….〉

"왜요? 무슨 일인데요?"

메이즈가 눈을 동그랗게 뜬 채 고개를 갸웃했다. 루그는 볼카르가 더 뭐라고 하기 전에 허겁지겁 말했다.

"허약하니 뭐니 하고 비아냥거리려던 거지, 또. 하여튼 지금 내가 상황 파악이 안 되어서 그러는데 설명을 좀 해줘."

"응, 그럴게."

메이즈는 의문이 남은 기색으로 고개를 끄덕였다.

3

루그의 생명이 경각에 달했다고 판단한 메이즈는 그 자리에서 치료를 행했다. 마법으로 루그의 통각을 잠재운 뒤 피부를 갈라서 몸 안쪽을 드러내어 손상된 내장과 뼈를 바로 맞추고 아껴두었던 마법의 약들을 아낌없이 사용하는 작업은 네 시간 이상이나 걸렸다.

메이즈는 그동안 루그의 생명이 유지된 것이 기적이라고

생각했다. 당장 숨이 끊어져도 이상한 상황에도 생명 활동을 유지해 준 강체술의 힘은 경이로울 정도였다.

하지만 일단 치료가 끝났어도 워낙 많은 피를 흘렸기 때문에 살아날 수 있을 거라고 장담할 수 없었다. 그렇기에 메이즈는 요르드와 합류한 뒤 곧바로 왕도를 빠져나왔다.

"주인님이 고집부리지만 않았다면 왕도에서 치료를 받게 했을 거야."

그 말에 루그는 쓴웃음을 지었다. 메이즈는 루그가 왕도에서 사제를 불러 치료받을 경우 티아나에게 추적당할 수도 있다고 한 말을 잊지 않았던 것이다.

그래서 요르드와 함께 하루 정도 거리에 있는 다른 지역으로 가서 사제의 치료를 받고, 그 후에는 시레크 백작가의 저택으로 왔다고 했다. 그것이 나흘 전의 일이다.

설명을 다 들은 루그가 한숨을 쉬었다.

"후우, 정말 가까스로 살아났군."

"주인님은 바보야."

메이즈가 입술을 삐죽였다. 루그가 피식 웃었다.

"그러게. 어쨌든 네 덕분에 살았어. 보이드 아머의 소유권을 이전시킨 것도 그렇고 치료해 준 것도 그렇고……."

"고마우면 내 말 좀 들어. 주인님이 실력에 자신있는 것은 알겠지만 실전에서는 무슨 일이 일어날지 모르잖아. 그러니까 좀 더 방어구를 충실하게 갖춰."

"음, 그건……."

꺼림칙한 기색을 드러내던 루그는 날카롭게 치켜 올라간 메이즈의 눈초리를 보고는 찔끔해서 고개를 끄덕였다. 확실히 이번에는 보이드 아머 때문에 목숨을 건지기도 했고, 메이즈에게 미움받을 짓도 했으니 여기서는 그녀의 의견을 따라 줘야겠다.

"그래, 그렇게 하자……."

"정말이지?"

"대신 방어구는 어디까지나 내가 원하는 사양대로 맞춰줘. 두텁고 무거운 건 질색이니까."

"그야 물론이지. 원하는 대로 만들어줄게. 대신 무조건 그걸 입고 다녀야 해. 알겠지?"

"알았다니까."

"꼭이야. 약속해."

메이즈가 새끼손가락을 들었다. 루그가 멀뚱멀뚱 쳐다보고 있자 그녀가 볼을 부풀리며 손을 뻗었다. 루그의 손을 잡고 새끼손가락을 펼쳐서 자신의 새끼손가락에다 걸고는 흔들었다.

"약속한 거다?"

"그, 그래."

루그는 당황하며 고개를 끄덕였다. 메이즈는 확답을 듣고 나서야 배시시 웃으며 몸을 일으켰다.

"그럼 뭐 먹을 것 좀 만들어 올게. 아흐레 동안이나 물밖에 안 마셨으니 배고프지?"

"어, 확실히……."

"영양을 듬뿍 섭취해야 빨리 나아. 금방 만들어 올게."

메이즈는 한쪽 눈을 찡긋해 보이고는 방에서 나갔다. 그녀의 뒷모습을 멍하니 바라보던 루그가 중얼거렸다.

"으윽, 저 녀석, 나이는 200살도 넘었다면서 왜 이렇게 하는 짓이 귀엽지?"

〈그래서 발정했나? 아래쪽이 아주 불끈불끈하던데?〉

볼카르가 코웃음을 치며 던진 말에 루그의 얼굴이 새빨개졌다.

"아, 아냐! 이건 자다 깨면 당연히 일어나는 생리현상이라고!"

〈과연 그럴까? 난 분명히 감지했지. 아까 전에 그녀가 네 이마에 자기 이마를 맞댔을 때…….〉

"아니라니까! 모함하지 마!"

루그는 펄쩍 뛰었지만 볼카르는 계속 느물거렸다.

〈글쎄. 하지만 네가 그녀에게 발정한다 한들 뭐가 문제겠나? 그녀는 몸과 마음은 물론 영혼까지도 네게 바쳤지 않은가. 잘 생각해 봐라. 원한다면 네가 좋아하는 알몸에 앞치마도 얼마든지 시킬 수 있을 거고…….〉

"끄, 끈질기군. 닥쳐!"

루그는 자연스럽게 상상이 될 뻔한 것을 필사적으로 억누르며 투덜거렸다. 그리고 볼카르가 더 뭐라고 하기 전에 재빨리 화제를 돌렸다.

"그나저나 아까 그건 대체 뭐지? 내가 깨어나기 전에 네 심상 공간이라고 하는 곳에 들어갔던 것."

〈흐응.〉

볼카르가 가소롭다는 듯 코웃음을 쳤다. 이제는 루그가 뭐라고 하든 꿍꿍이속이 빤히 읽히는 경지에 오른 모양이다. 하지만 자신도 흥미있는 부분이긴 했는지 순순히 그 화제에 응해주었다.

〈네가 혼수상태에 빠져 있는 동안 의식이 들쭉날쭉하게 각성할락 말락 하는 상태로 흐느적거리다가 우연히 거기까지 연결된 거겠지. 다음부턴 그런 일이 없도록 확실히 막아두었다.〉

"막아둔 거냐. 근데 도대체 거기서 뭘 하는 거야?"

〈뭘 하냐니? 너도 잘 알고 있지 않은가?〉

"마법 연구?"

〈그렇다.〉

"그냥 마법 연구를 하는데 내가 가서 가만히 거길 보고 있는 것만으로도 죽어버릴 것 같은 상태가 됐다고?"

〈당연한 일이다.〉

"납득이 안 가. 왜 그게 당연한데?"

루그가 어이없어하며 물었다. 그러자 볼카르도 어이없어 했다.

〈몇 번이지만 꿈을 통해 내 기억을 엿보았을 때 느꼈을 텐데? 인간은 한 번에 많은 정보를 동시에 접해 버리면 공황 상태에 빠져 버린다. 한 번에 받아들이고 이해할 수 있는 양에 한계가 있고, 또 그것이 단순한 정보가 아니라 감정을 자극하는 사실일 경우엔 그런 경향이 더 두드러지지. 그리고 드래곤인 내가 받아들이고 소화할 수 있는 정보량은 네가 견딜 수 없을 정도로 막대하다.〉

"넌 항상 그 정도 양의 정보를 처리하고 있다는 거야?"

〈그렇다. 몽상 세계에서 여러 환경을 겪는 것을 생각해 봐라. 너는 단순히 그게 현실성이 매우 강한 꿈이라고 생각하겠지만, 그 현실성을 구현해 내기 위해서는 네가 가늠하기 어려울 정도로 막대한 정보를 조합하고 처리해 내야만 한다. 세계를 분석하고 흉내 내어 구현하는 것 자체가 인간이 도달하기 이려운 영역이지. 단순히 마법적인 자극을 처리하는 것과는 차원이 다르다.〉

"날 괴롭히기 위해 그런 번거로움을 감수할 정도로 열의가 넘친다니 네 악의는 도대체 얼마나 크게 자라 있는 거야?"

〈딱히 괴롭히기 위해서만은 아니다. 좀 더 효율적인 학습을 위해서지.〉

"오호, 그러서?"

〈물론 보다 현실적인 고통을 체감시킬 때 네가 보여주는 반응이 즐겁다는 사실을 부정하진 않겠다.〉

"그럴 줄 알았어! 이 변태 드래곤 같으니!"

볼카르가 코웃음을 쳤다.

〈어쨌든 몽상 세계 구현 전에는 나도 단순히 상상만으로 모든 것을 처리할 수밖에 없었는데, 몽상 세계와 함께 심상 공간을 구현한 뒤로는 현실과 유사하게 구현한 유사 세계의 파편들을 조립할 수 있게 되어서 여러모로 작업이 편해졌지. 내 심상 공간은 말하자면 완전히 조립되기 이전의 세계다.〉

"조립되기 이전의 세계?"

〈인간들이 창세라고 부르는 시기의 모방이라고 할 수 있지. 세계를 조각조각 찢은 뒤에 한 공간 안에 흩어놓았다가 원할 때 원하는 조각을 가져와서 짜 맞추는 거다. 너는 평소에 감각기관을 통해서만 세계를 접하지만, 심상 공간 속에서는 훨씬 직접적으로 방대한 정보를 접하게 되지. 예를 들면, 지금 네가 공기에 대해 받아들이는 정보는 뭐가 있지?〉

"공기에 대한 정보? 온도, 촉감, 그리고 어떻게 움직이느냐 정도인가?"

〈그것도 인간 기준으로 보면 매우 많은 것에 속한다. 강체술을 익혔고, 마법으로 감각을 강화하기까지 한 네가 받아들이고 소화하는 정보는 시공 회귀 직후의 너와 비교하면 47배도 넘는다.〉

"확실히 지금은 그때보다 훨씬 많은 것을 감지하지. 기감이나 마력 감각은 그때는 아예 존재하지도 않았던 거니까……."

〈그런데 그것도 심상 공간에서 받아들이는 정보량에 비하면 정말 적다. 심상 공간에서 네가 받아들이는 정보는 공기의 구성에 대한 모든 것이다. 정확히 무게가 얼마인지, 네가 '공기'라고만 인식하는 대기의 구성 성분에는 무엇이 있고 그것들이 어떤 비율로 조합되어 어떻게 분포되어 있으며 그 각각의 질량을 비롯한 여러 가지 정보들까지.〉

"끄응. 확실히 그렇게 많은 정보를 한 번에 접하면 미쳐 버릴 만하겠군. 넌 잘도 그런 상태에서 버티는구나."

〈버틴다? 그 표현은 적합하지 않다. 나에게는 그게 일반적인 상태니까.〉

"인간이 평소에 일정 수준의 정보량을 처리하듯 당연하게 그 정도를 처리하고 있다는 건가?"

루그는 혀를 찼다.

새삼 드래곤이라는 존재가 얼마나 괴물 같은지 실감할 수 있었다. 볼카르는 별 자각 없이 말한 거지만 루그가 받아들이기에는 마치…….

'녀석들은 마치 자신의 내면에서 끊임없이 세계를 창조하고 재조립하는 일을 하고 있다는 거잖아?'

그건 이미 지상의 생명체라기보다는 신이라고 부르는 편

이 어울리는 존재라는 생각이 든다. 이런 놈을 상대로 싸워야 한다니…….

'이놈하고 한편이 되어서 정말 다행이군.'

루그는 쓴웃음을 지었다.

4

요르드는 근처 영지에 초대를 받아서 가 있다가 루그가 깨어났다는 소식을 듣고는 다음날 곧바로 돌아왔다. 그가 하인들이 안내하기도 전에 헐레벌떡 뛰어서 방에 들어섰을 때 본 것은…….

"주인님, 아~ 해봐."

"야, 혼자 먹을 수 있다니까 그러네. 이제 멀쩡하다고."

…왠지 보는 순간 울컥하게 되는 광경이었다.

무척이나 가정적인 차림새의 메이즈가 루그에게 바짝 달라붙은 채 죽을 떠먹여 주고 있었던 것이다. 남자라면 누구나 부러워할 수밖에 없는 광경임이 틀림없다.

순간 요르드는 내가 왜 이놈을 그렇게 열심히 걱정했을까 하는 후회가 밀려오는 것을 느꼈지만, 그다운 성실함으로 그런 마음을 물리치고 말했다.

"상태 좋은 것 같네. 다행이야, 루그."

"아, 요르드. 며칠 더 있다가 돌아온다고 들었는데 빨리 돌아왔네? 혹시 나 때문에 일찍 돌아온 거야?"

"아냐. 빌렛 자작 영애가 워낙 귀찮게 달라붙는 바람에 도망 왔어."

요르드는 농담 반 진심 반으로 말했다. 루그가 물었다.

"그 아가씨 생일이라서 초대받아서 갔다고 들었는데. 어떤 아가씨길래 피해서 도망친 거야?"

"나보다 나이가 다섯 살 많아."

"호오, 연상이군. 미인이야?"

"으음. 미인이긴 하지. 남자들한테 인기도 많은 것 같았어. 혼담도 꽤 많이 들어왔지만 여태까지 독신이라던데……."

"남자한테 인기도 있고 가문도 괜찮은데 그 나이 되도록 미혼이면 성격에 문제가 있을 수도 있지."

귀족 여자 나이가 스물두 살이 되도록 미혼이면 슬슬 노처녀란 소리가 나와도 이상하지 않았다. 스물두 살이 어디가 어떠냐고 외치고 싶은 사람이 많겠지만, 어쨌거나 귀족 사회의 상식은 그랬다.

요르드가 약간 거북한 기색으로 말했다.

"어젯밤에도 나한테 술을 몇 잔이나 권하더니 자꾸 달라붙더라고. 그러면서 으슥한 곳으로 끌고 가려고 하는 바람에 벗어나느라 아주 애먹었어."

"꽤나 적극적이네. 하긴 네가 꽤나 먹음직스러운 남편감이긴 하지. 시레크 백작가의 후계자고 최근에는 왕실 무투회에서도 우승해서 명성이 치솟고 있으니 몸을 던져서라도 잡고 싶어하는 게 당연해. 자칫 잘못했으면 그대로 코가 꿰일 수도 있는 상황이었는데 잘 피했군."

"…꼭 그렇게 노골적으로 말해야겠어?"

"이런 걸 어떻게 돌려 말하라고? 근데 그 아가씨 몸매는 어떤데?"

"풍만한 타입이야. 어제도 가슴이 파인 드레스를 입고 있었는데 엄청 두드러지는 게… 아니, 잠깐. 오르시아 양 앞에서 무슨 소리를 하는 거야? 실례잖아!"

"실례 아니에요. 계속 말씀하세요. 저도 궁금해요."

"……."

화를 내려던 요르드는 메이즈가 눈을 초롱초롱 빛내며 관심을 표하는 것을 보고는 말문이 막혀 버렸다. 얼굴이 새빨개진 그를 보며 루그가 킬킬거렸다.

"메이즈, 요르드가 그걸 네 앞에서 거리낌없이 말할 성격이었으면 어젯밤엔 그 아가씨랑 자고 왔을걸."

"그런가?"

"흠흠."

놀림거리가 된 요르드는 헛기침을 하고는 화제를 바꿨다.

"근데 몸 상태는 좀 어때? 사제님 말씀으로는 큰 후유증은 없을 거라고 하셨는데……."

"피가 워낙 많이 빠져나가서 그런지 힘이 좀 없긴 한데, 특별히 이상은 없어. 며칠간은 잘 먹고 잘 자면서 회복한 뒤에 재활훈련을 해야지."

워낙 부상이 심했고, 또 기절해 있는 9일 동안 영양 섭취가 부실했기 때문에 몸 상태는 좋지 않았다. 완전히 회복하려면 잘 먹어서 몸을 불려놓고 열심히 훈련해야 할 것이다. 원래 큰 부상을 입고 나면 회복하더라도 실력이 떨어지게 마련이라 루그는 앞으로 한 달 동안은 자신을 한계까지 몰아칠 생각이었다.

요르드가 말했다.

"훈련하게 되면 언제든지 말해줘. 훈련장을 쓸 수 있게 말해둘 테니까."

"그러지. 근데 너네 가문 훈련장이면 다른 기사들도 있을 것 아냐?"

"내 개인 훈련장을 빌려줄게. 물론 기사들하고 같이 훈련하고 싶으면 그것도 환영이고."

"외부인인 내가 끼어서 튀어봤자 좋은 눈초리는 못 받으니 그냥 한번 견학만 해볼게. 훈련법이나 시설에 대해서 조언할 수 있을지도 모르니까."

"아, 그런 거라면 환영이야. 아니, 꼭 부탁하고 싶어."

루그의 말에 요르드가 반색했다. 요르드는 가문의 훈련법에 한계를 느끼고 있었다. 고작 열일곱 살밖에 안 됐는데 가문에는 스승이 될 만한 사람이 없을 정도니 그럴 수밖에 없는 것이다.

그는 물론이고 가문의 기사들 역시 앞으로 블레이즈 원과 싸워야 할지도 모른다. 그때를 생각하면 조금이라도 더 가문의 전력을 증강시켜 둘 필요가 있었다.

문득 요르드가 말했다.

"그리고… 이번 일은 정말 감사하고 있어."

"이번 일이라니? 무슨 일을 말하는 건데?"

"란티스 경하고 싸울 수 있게 해준 것, 그리고 라이트 브링거와 화이트 스톰을 준비해 준 것도."

란티스와 싸움으로써 요르드는 자신감을 얻을 수 있었다. 계속 마음속에 자리 잡고 있던 란티스에 대한 열등감이 사라지고 더 높은 곳을 바라볼 수 있게 된 것 같았다.

루그가 말했다.

"그건 나보다는 메이즈한테 감사할 일이지."

"나한테는 벌써 감사 인사를 하셨는걸. 그래서 여기 요리장한테 이것저것 많이 배웠어."

메이즈가 배시시 웃었다. 루그가 깨어나지 못하고 있는 동안 메이즈는 시레크 백작가의 주방에 드나들면서 이 지방의 요리들을 배웠다. 어제부터 루그에게 만들어주고 있는 식사 중에 새로 배운 요리가 상당수 포함되어 있었다.

요르드가 말했다.

"앞으로 기회가 닿으면 란티스 경과는 완전히 결판을 내고 싶어."

"그렇게 될 거야. 이번에 티아나를 해치우지 못했으니 일이 커지겠어. 앞으로 이 나라 꼴이 어떻게 될지는 모르겠는데, 왕도의 동태를 살피고 가문의 힘을 키우는 것을 게을리하지 않도록 해. 그리고 믿을 만한 사람들을 많이 포섭하고."

"알겠어."

요르드는 굳은 결의를 담은 얼굴로 고개를 끄덕였다.

5

루그는 그 후 나흘간은 한두 시간씩 산책을 하는 것 외에는 침상에서만 생활했다. 볼카르도 루그가 회복할 때까지는 마법 교육을 쉬기로 해주었기 때문에 오랜만에 심신을 완벽하게 휴식 상태에 둘 수 있었다.

"이렇게 한가로운 것도 오랜만이네."

한 시간 정도 저택의 드넓은 정원을 돌아보며 산책한 뒤 가볍게 강체력 운용을 끝낸 루그가 중얼거렸다. 생각해 보면 시공 회귀 후 이렇게까지 느긋하게 쉬어본 적도 별로 없는 것 같다.

볼카르가 물었다.

〈그러고 보니, 루그.〉

"응?"

〈네 행보에 대해서 한 가지 궁금한 게 있다.〉

"아직도 궁금한 게 남았어? 어떻게 할지는 다 말해줬잖아?"

〈그렇긴 하다만, 아무리 생각해 봐도 이해할 수 없는 문제가 하나 있어서 말이다.〉

볼카르는 정말 궁금하다는 듯 물었다.

〈너는 왜 좀 더 적극적으로 과거의 동료들을 찾지 않는 건가?〉

"과거의 동료들? 찾고 있잖아? 스승님하고도 다시 만났고, 요르드하고도 친구가 됐고……."

〈…그 외에는 아무도 없지 않은가? 혹시 요르드 시레크 말고는 친구가 없었나?〉

"그럴 리가 있냐."

루그가 발끈했다.

"생각해 봐. 내가 지금 몇 살이지?"

〈열일곱 살이지.〉

"근데 내가 시공 회귀 전에 블레이즈 원이랑 싸우기 시작한 시기는 지금으로부터 10년 후거든?"

〈그랬었지. 라나 아룬데와 만난 것이 스물일곱 살 때라고 했으니…….〉

"즉, 그 당시에 내 동료였던 놈들 대부분은 이 시기에는 어디서 뭘 하고 있는지조차 알 수 없는 놈들뿐이야. 대체로 과거 따윈 캐묻지 말라고 하는 놈들이 대부분이라서 내가 알고 있던 이름이 본명인지조차 몰라. 찾고 싶어도 찾을 수가 없어."

요르드를 찾은 것은 그가 신분이 확실한 귀족이기 때문이었다. 그리고 루그와 란티스의 관계로 인해 요르드의 미래가 뒤틀렸기 때문에 우선적으로 찾은 것이기도 했다.

〈그럼 귀족들이라도 찾아가면 되지 않나?〉

"없어."

〈뭐가 없다는 건가?〉

"귀족 친구 따윈 없다고. 요르드 말고는 칼리아의 측근들 정도뿐이야."

루그가 한숨을 푹 쉬었다.

시공 회귀 전의 루그는 귀족들과는 친해지지 못했다. 아니, 오히려 같은 편이면서도 서로 적대적이었을 정도다. 요르드와 친해질 수 있었던 것은 그가 귀족 중에서는 정말 희귀할 정도로 편견없이 사람을 대하는 인격자였기 때문이지 루그가 귀족들을 잘 대할 수 있어서는 아니다.

볼카르가 어이없어했다.

〈하지만 너는 상당수의 귀족들을 포섭해서 대동맹을 결성하지 않았나? 그래서 불카누스와 싸울 수 있었던 것이고……〉

"그렇긴 한데 그 동맹을 결성하는 과정에서 정치적으로 활약한 것은 내가 아니야. 사실 동맹의 구심점이고 얼굴 마담이었던 것은 요르드와 칼리아였다고. 내가 한 일이라고는 암흑가의 정보망을 이용해서 블레이즈 원의 정보를 캐고 그들과 싸우는 것뿐이었지."

루그와 만났을 당시에 요르드는 아네르 왕국 최고의 기사라 불리고 있었다. 역사적인 적국이었던 바레스 왕국에서조차 그의 명성을 인정했을 정도니까.

그리고 칼리아는 매우 고귀한 신분의 여성이었다. 그녀와 요르드가 중심에 있는 것만으로도 숱한 귀족들이 동맹에 참여할 정도로.

잃어버린 미래를 생각하던 루그가 어깨를 으쓱했다.

"지난번에 행사에 나가서 그랬잖아, 난 그런 호화로운 자리는 익숙하지 않다고. 그런 자리에서 활약하는 것은 다른 녀석들 몫이었어."

〈그랬군. 난 인간들의 중심이 될 영웅이라 믿고 선택했거늘 설마 친구도 없는 왕따였을 줄이야…….〉

"아, 아니라고 그랬지! 나 친구 많았다니까!"

〈글쎄다. 내가 지금까지 너를 보면서 언제나 이런 놈이 어떻게 그 많은 인간을 모으는 영웅이 될 수 있었을까 의문이었는데 이제야 의문이 풀렸다.〉

"8천 년도 넘게 친구가 없던 놈한테 그런 소리 듣고 싶지 않아!"

〈어허, 무슨 말을 하는 건가. 드래곤에게는 친구라는 개념이 없다. 하지만 인간은 친구가 없는 개체는 사회적으로 상당히 가치가 떨어지지. 불쌍한 녀석. 쯧쯧.〉

"이익……!"

〈알았다, 알았어. 믿어주지. 넌 친구가 많다. 비록 네 망상 속에만 존재하는 친구지만, 어쨌든 친구가 많다는 것은 좋은 일이지.〉

"카아아악!"

루그는 결국 폭발했다.

물론 폭발해 봤자 혼자서 발광할 뿐이긴 했지만.

6

몸이 어느 정도 회복되자 루그는 재활훈련에 들어갔다. 처음이라 강도를 적당히 조절하긴 했지만, 훈련을 시작하고 사흘쯤 지나자 메이즈나 요르드와 대련을 하기까지 했다.

요르드가 어이없어했다.

"정말 회복력이 굉장하네. 오더 시그마의 권사는 다 그렇게 회복력이 좋은 거야?"

"다들 터프하지. 우리 유파는 신체 능력 증폭도가 다른 유파보다 낮은 대신 몸이 강건하고 회복력이 뛰어나니까."

물론 루그의 회복력은 오더 시그마 기준으로 봐도 독보적이었다. 이미 기격의 경지에 달한 데다가 강체력도 보통이 아니기 때문이었다.

불과 며칠간의 훈련으로 루그는 기술적인 감각을 되찾았다. 하지만 체력과 근력은 당분간 꾸준히 노력해야 돌아올 것 같았다.

"에구구, 확실히 몸조심을 하긴 해야지."

그동안은 방어구를 걸치는 것을 거추장스러워했는데, 이제는 그런 말을 하고 있을 수가 없을 것 같다. 메이즈의 말대로 실전에서 몸을 지킬 방어구를 갖출 필요가 있었다.

'뭐, 볼카르와 메이즈가 힘을 합치면 꽤나 쓸 만한 게 나와 줄 테니…….'

메이즈는 매일매일 장비의 주문 사항을 말해보라고 루그를 닦달하고 있었다. 하지만 루그는 아직 몸도 회복되지 않았으니 느긋하게 생각해 보자면서 차일피일 미루는 중이었다.

그렇게 며칠을 보내는 동안, 훈련 중에 재미있는 일이 생겼다. 메이즈 역시 격투 기술에 흥미가 많은지라 적극적으로 훈련에 임하고 있었는데, 그러다가 문득 루그가 한마디를 던졌던 것이다.

"그러고 보니 메이즈랑 요르드는 한 번도 대련 안 해봤잖아? 한 번쯤 해보지 그래?"

"응? 요르드 경하고?"

메이즈가 눈을 동그랗게 뜨고 요르드를 바라보았다. 요르드가 흠칫했다.

"아니, 나는 여성하고 검을 맞대는 건 아무래도……."

"블레이즈 원의 조직원은 남녀를 가리지 않는다고. 티아나도 여자지만 일인군단이라고 할 수 있을 정도로 강하고."

"그렇긴 하지만……."

"해봐요, 요르드 경. 주인님이 요르드 경의 검술을 많이 칭찬해서 한 번쯤 겪어보고 싶었어요."

메이즈가 생긋 웃으며 훈련용 검을 들었다. 그녀는 훈련할 때도 일반적인 장검보다는 두텁고 무거운 검을 쓰고 있었다. 드래코니안다운 괴력 때문인지 보통 검은 너무 가벼워서 쓰다 보면 짜증이 난다고 했다.

머뭇거리던 요르드가 결국 고개를 끄덕였다.

"알겠습니다."

요르드 역시 그동안 메이즈가 루그와 훈련하는 것을 보면서 그녀의 실력에 호기심이 생겼다. 두 사람은 훈련용 장비를 걸친 채 격돌했다.

카아아앙!

첫 일격은 서로 정직하게 검을 맞부딪치는 것이었다. 그리고 그 결과 메이즈는 격돌한 자리에서 정지, 요르드는 몇 미터나 뒤로 밀려나는 것으로 나타났다.

"으윽……."

요르드는 손이 저릿저릿한 것을 느끼며 신음했다.

메이즈의 힘이 인간 남자를 뛰어넘는다는 것은 익히 알고 있었다. 하지만 직접 부딪쳐 보니 강체술을 4단계까지 연마한 그보다도 더 강력했다.

'이 정도면 란티스 경의 괴력과 비교해도 떨어지지 않겠어.'

요르드는 왕도에서 란티스와 맞붙었을 때를 생각했다. 메이즈의 일격은 란티스의 일격과 비교해도 조금도 떨어지지 않는 위력을 자랑했다.

루그가 말했다.

"얕보지 마, 요르드. 그래 봬도 메이즈는 네가 태어나기도 전부터 검술을 연마했으니까. 마법을 쓰지 않는 만큼 평소보다는 신체 능력이 떨어지지만, 너보다 못한 구석은 단 하나도 없어."

"아, 그러고 보니 그러네."

요르드는 루그의 말에 충격을 받았다.

생각해 보면 메이즈는 겉보기로는 그와 동갑내기로 보이지만 실은 200년 이상을 살아왔다. 요르드가 아는 그 어떤 달인보다도 오랫동안 기술을 연마해 온 것이다.

그 사실을 인식하는 순간, 마음속에 남아 있던 망설임과 자만심이 깨끗하게 사라졌다. 요르드는 도전자의 자세가 되어 메이즈와 맞섰다.

둘이 열심히 싸우는 것을 보던 루그가 피식 웃었다.

"이것 참, 확실히 남자와 여자의 장단점이 완전히 거꾸로네."

〈그건 무슨 의미인가?〉

"보통 남자의 장점하면 강맹함이고 여자의 장점은 유연함이라고 하거든. 근육을 남자 수준으로 키운 여전사들이라고 해도 힘은 남자 전사만 못하고 속도와 기술로 승부하는 편이야."

〈확실히 그렇게 보면 정말 거꾸로군. 그런데 메이즈가 요르드보다 기술이 떨어지는 건가?〉

"그렇지도 않지."

루그가 씩 웃었다.

그 말대로였다. 메이즈는 힘과 속도만이 아니고 기술적으로도 요르드보다 위였다. 괴력을 살리기 위해 큰 검을 쓰고 있어서 움직임이 굵고 강렬해 보이지만, 그것을 제어하는 능력이 혀를 내두를 정도로 섬세하다. 무엇보다 자신이 지닌 장점을 최대한 활용하는 능력은 아직 경험이 부족한 요르드가 따라올 수 없는 것이었다.

카앙!

결국 대련이 시작된 후 6분 정도 지났을 때 요르드가 검을 놓치고 말았다. 메이즈가 훈련용 투구를 벗으며 땀에 젖은 얼굴로 미소 지었다.

"대단하시네요, 요르드 경."

"아닙니다. 정말 못 당하겠군요."

"저와 요르드 경 사이에는 신체 능력의 차이가 있고, 경험의 차이가 있고, 기술을 연마한 시간의 차이까지 있으니까 당연해요. 하지만 요르드 경은 불과 17년밖에 살아오지 않았잖아요? 인간은 성장이 늦으니까 검술을 훈련한 시간만 치면 더 짧을 것이고. 그런데 이 정도라니, 주인님 말대로 장래가 무서울 정도예요."

노골적인 칭찬에 요르드의 얼굴이 붉어졌다. 검의 천재라는 소리를 들으면서 살긴 했지만, 메이즈에게 듣는 칭찬은 느낌이 전혀 달랐다.

그는 들뜨려는 마음을 추스르며 말했다.

"하지만 루그에 비하면 아무것도 아니죠. 루그도 저와 같은 나이이지 않습니까?"

"주인님은… 좀 해괴하니까요. 인간적인 기준으로 비교하면 안 돼요."

"해괴하다니, 사람을 무슨 괴물 취급하면 쓰나?"

루그가 투덜거렸다. 메이즈가 땀에 젖은 머리칼을 쓸어 넘기며 웃었다.

"하지만 주인님은 이상한걸. 내가 지금껏 수많은 인간을 보아왔지만 주인님 같은 사람은 본 적 없어."

"나는 그냥 스승님을 잘 만나서… 으음. 잘 만난 것 맞겠지."

루그는 문득 과거의 지옥 훈련들을 떠올리며 몸을 부르르 떨었다. 요르드가 호기심 어린 표정으로 물었다.

"네 스승님은 어떤 사람인데?"

"아주 무서운 분이시지. 참고로 6단계의 강체술사셔."

"6단계? 진짜야?"

그레이슨에 대해서는 처음 듣는 요르드가 눈을 휘둥그레 떴다. 5단계의 강체술사인 루그만 해도 경이로울 지경인데 6단계라니? 기격의 경지에 도달한 자는 아네르 왕국의 이름난 기사 중 서너 명은 있었지만, 6단계에 도달한 자는 저기 멀리 북방의 제국이나 동방의 사막왕국에나 있다고 알려져 있었다.

문득 루그가 좋은 생각이 났다는 듯 제안했다.

"내가 어떤 식으로 훈련받았는지 궁금하면, 너도 그렇게 훈련시켜 줄 수도 있는데, 어때?"

"진짜? 그럴 수 있다면 나야 환영이지."

"그럼 한번 해보자. 기격을 경험하는 것이 중점이 되는 훈련이야."

루그가 의미심장한 미소를 지으며 몸을 일으켰다. 평소와는 다른 루그의 사악한 웃음을 본 요르드는 왠지 불길한 예감을 느꼈지만, 그만두겠다는 생각 따위 전혀 하지 않았다.

그리고 한 걸음씩 요르드에게 다가가는 루그의 실로 음습하고도 변태적으로 들뜬 마음을 느끼면서 볼카르가 한마디

했다.

〈스스로 지옥문을 여는 불쌍한 인간이 여기에도 있었군.〉

그날, 요르드는 지금까지 자신이 '지옥 훈련'이라고 생각했던 것이 사실은 매우 상식적이고 전혀 괴롭지 않은 것이었음을 뼈저리게 깨달을 수 있었다.

"크어어억!"

요르드는 비명을 질렀다. 너무 비명을 많이 질러서 슬슬 목이 쉬어버릴 지경이었다.

지금까지 살면서 경험한 고통이라는 것들이 얼마나 단순했는지 알 수 있었다. 요르드가 경험한 고통이 흑백의 스케치라면 루그가 기격을 통해 경험하게 만들어주는 고통은 총천연색의 폭풍이었다. 요르드는 세상에 이토록 많은 감각이 '고통'으로 성립할 수 있다는 사실에 경이로움마저 느꼈다.

"으아아, 그, 그만! 여기까지만……!"

요르드는 더 버티지 못하고 애원하고 말았다. 지금까지 살면서 단 한 번도 해본 적이 없는 굴욕적인 행동이었지만 그런 생각을 할 틈도 없었다.

볼카르가 말했다.

〈불쌍한 것. 시작할 때는 네 마음대로였지만 끝낼 때는 아니란다.〉

"야, 아무리 그래도 내가 그렇게 악랄한 놈은 아니라고. 처음이고 하니까 이쯤에서 그만해야지."

루그는 위험할 정도로 흥분된 미소를 지은 채 대꾸했다. 동시에 폭풍처럼 요르드의 감각을 유린하던 기운들을 거두어들이면서 손가락을 튕겼다.

"…딱 한 방만 더 날리고."

"끄허어어어업!"

그 직후 요르드가 눈을 찢어져라 크게 뜨며 비명을 질렀다. 입을 붙잡은 채 당장에라도 토악질을 할 것 같은 얼굴로 데굴데굴 구르는 요르드를 보며 볼카르가 조심스레 물었다.

〈혹시나 해서 묻는 거다만, 저건 설마… 그거냐?〉

"그거지."

루그가 의미심장한 미소를 지으며 고개를 끄덕였다. 바닥을 뒹굴던 요르드는 숨이 넘어갈 듯한 기색으로 중얼거렸다.

"세, 세상에… 이토록 끔찍한 맛이 있었다니……."

그리고 요르드는 더 이상 버티지 못하고 의식을 잃고 말았다.

루그가 마지막으로 요르드에게 날린 한 방은 바로 오더 시그마의 비약 맛이었다.

볼카르가 혀를 찼다.

〈정말로 불쌍하군.〉

"네가 인간 보고 그런 말을 하다니 신기하네."

〈하지만 왠지 남의 일 같지가 않아서 말이다. 이것이 바로

동정심이라는 것인가.)

볼카르는 8천 년 만에 처음으로 인간에게 동병상련의 아픔을 느끼는 진귀한 경험을 했다.

7

그 후로 며칠간 루그는 그 어느 때보다도 신이 나서 요르드를 몰아쳐 댔다. 요르드는 지금까지 루그가 자기를 얼마나 배려하면서 훈련했는지, 그리고 왜 자기가 이 훈련을 경험해 보겠다고 했는지 죽도록 후회하면서 심신이 만신창이가 되어갔다.

루그가 요르드를 훈련시키는 방법은 대련만이 아니었다. 기격으로 다양한 감각을 유사 체험 시키면서 거기에 대응할 것을 요구했다.

요르드는 루그와 싸웠던 괴물들이 자신을 덮치는 환영에 사로잡혀 필사적으로 검을 휘둘러야 했고, 갑자기 나타난 벌레 떼로부터 몸을 지키기 위해 발버둥쳐야 했다.

"우아아아아아악!"

태어나서 지금껏 이렇게 꼴사납게 비명을 지르며 허우적거려 본 적이 없다. 하지만 도대체 어떻게 이런 경험을 재현할 수 있을까 의심스러울 정도로 다채로운 지옥이 연거푸 덮쳐드는 상황에서는 어쩔 수가 없었다.

〈왠지 죄를 지은 기분이군.〉

고통스러워하는 요르드를 보며 볼카르가 한숨을 쉬었다.

루그가 이토록 다양한 상황을 기격으로 체현할 수 있는 이유는 아주 간단했다.

볼카르 때문에 몽상 세계 속에서 질리도록 겪어봤으니까.

그저 고통받는 상황을 다채롭게 재현한다는 점에 한정한다면 루그는 이미 그레이슨조차도 뛰어넘었다. 기격은 자신이 경험해 본 것, 최소한 다른 기격 사용자에게 뼈저리게 당해본 것이나 생생하게 재현할 수 있는 법이다. 그 점에서 루그를 뛰어넘을 강체술사는 없다고 봐도 좋았다.

"으으으으……."

요르드는 공포 속에서 허우적거렸다.

어째서 루그가 자신과 같은 나이인데도 이렇게 강할 수가 있을까?

그 사실을 깨닫는 데는 하루도 필요하지 않았다. 요르드는 자신과 루그의 차이가 재능의 차이라고 생각했던 자신의 안이함을 뼛속 깊이 반성했다. 스승에게서 이런 훈련을 받았다면 강해지지 않을 수 없을 것 같았다.

"오늘 훈련은 여기까지 하지."

"으윽, 고, 고마워."

요르드는 겨우 한마디 하고는 풀썩 쓰러지고 말았다. 기격에 유린당한 감각이 고통을 호소하는 것이 생생하게 느껴졌다. 정작 대련할 때는 한 대도 맞지 않았거늘, 차라리 맞았으면 편해질 수 있지 않았을까 하는 생각이 스멀스멀 기어 올라온다.

'아, 나는 내가 지금까지 성실한 편이라고 생각했는데… 오만했었구나.'

어릴 적부터 검을 쥐고 힘든 훈련을 받아왔다. 사람들에게 재능이 있다는 말을 듣고는 너무 기뻐서 모든 에너지를 거기에 쏟아부었다. 다들 토악질할 정도로 힘든 훈련을 받아도 도망치고 싶다는 생각은 한 번도 한 적이 없었다.

하지만 지금은 진짜 도망가고 싶은 충동이 절절하게 들었다. 왠지 훈련 때마다 불평불만을 늘어놓고 좌절해서 도망치고 싶어했던 사람들의 심정을 사무치게 이해할 수 있을 것만 같았다. 아, 자신은 좀 더 많은 재능을 가졌다는 이유로 그들이 나약하다 비웃었으니 얼마나 치졸하고 오만방자했단 말인가!

"아, 상쾌하다!"

요르드가 쓰러진 채 자아성찰을 하든 말든 루그는 신이 나서 콧노래를 흥얼거리고 있었다. 사람 하나를 반죽음 만들어놓고 희희낙락하는 그 모습은 악마 그 자체였다.

"스승님이 왜 그렇게 나랑 코번을 들들 볶으면서 신이 나시는지 몰랐는데 내가 직접 해보니 절절하게 이해가 가는군. 누군가를 가르친다는 것은 참 즐거운 일이었어."

"주인님, 그건 좀 아니라고 봐……."

메이즈가 고개를 절레절레 저었다.

문득 그녀가 물었다.

"그런데 주인님, 혹시 나도 강체술 배울 수 있어?"

"강체술? 안 돼."

루그는 생각할 것도 없다는 듯 대답했다. 메이즈가 입술을
삐죽였다.

"그렇게 단호하게 거절할 것까지는 없잖아. 물론 주인님은
유파의 비전을 함부로 유출시킬 수 없는 입장이기는 하겠지
만……."

"무슨 소릴 하는 거야? 그런 문제가 아냐."

"그럼?"

루그가 어이없어하자 메이즈는 이해할 수 없다는 듯 눈을
껌뻑였다. 루그가 볼을 긁적이며 말했다.

"넌 인간도 오크도 아니고 드래코니안이잖아. 그러니까 익
힐 수 없지."

"응? 종족적인 문제가 있는 기술이었어, 강체술은?"

"안 그랬으면 인간이랑 오크만 익히고 있겠어? 혹시 네가
아는 용족 중에 강체술사가 있어?"

"음… 없어. 그리고 보니 익혔다는 소문도 들어본 적이 없
네."

메이즈가 고개를 갸웃했다. 루그가 말했다.

"용족들이야 타고난 신체 능력이 탁월한 데다가 마법이 뛰어나니 딱히 익힐 이유를 못 느끼기도 했겠지만, 그래도 무예에 탐닉하는 부류도 있는데 여태까지 강체술을 익힌 부류가 안 나왔다는 건 이상하잖아? 한 명이라도 익혔다면 적어도 소문이 퍼지거나 아니면 그걸 계승하는 이라도 있어야겠지."

"그러네."

"내가 아는 바로는 인간과 오크 말고는 강체술을 익힐 수 있는 종족이 없어. 그렇지 않았다면 각 종족별로 독자적으로 개량된 강체술이 존재했을걸. 특히 엘프의 경우는 몸이 워낙 약하니 강체술이 많은 도움이 될 수도 있었겠지."

"하지만 그럼 왜 오크는 가능한 건데? 인간과 오크도 전혀 다르잖아?"

"그건 나도 잘 모르겠는데, 내가 알기로는 인간의 강체술과 오크의 강체술도 좀 달라. 오크들이 익혔을 때는 강체력을 다루는 방식이 변화한다는군. 그래서 초원의 오크 부족들은 독자적인 강체술 체계를 가졌다고 들었어. 스승님이 궁금해서 한번 오크 부족들에게 쳐들어가서 확인해 보셨다고 하더라고."

"…궁금해서 쳐들어가 본 거야? 혼자서?"

"혼자서."

"……"

"오크 부족이라고 해봤자 100명 내외가 보통인 것 같긴 하지만. 그래도 강체술사까지 다수 끼어 있는데 단신으로 쳐들어가서 전원을 때려눕히고 굴복시켜서 알고 싶은 것을 알아왔다는 점에서 스승님이 좀 비범하시지."

"조금이 아니야. 한번 만나보고 싶은 사람이네."

메이즈가 흥미를 보였다.

문득 볼카르가 말했다.

〈흐음. 인간은 오크에게 강체술을 전수하면서도 왜 그게 가능한지는 모르고 있었던 건가?〉

"스승님도 기맥의 구조가 흡사하다는 것 외에는 모르시더라고."

루그가 어깨를 으쓱했다. 볼카르가 말했다.

〈재미있군. 기맥에 대해서는 잘 모르겠지만, 인간과 오크가 생물로서 닮은 것은 매우 당연한 일이다.〉

"응? 어째서?"

"왜죠?"

루그와 메이즈 둘 다 호기심 어린 기색으로 물었다. 볼카르가 말했다.

〈오크들의 신 샤카—두메쉬가 욕구가 충만하고 번식 능력이 뛰어난 인간과 장수하며 마력이 뛰어난 반요정 엘프를 보고 두 종족의 장점을 섞어서 만들려다 실패한 것이 오크이기 때문이지.〉

"…오크의 기원이 그런 거였단 말이야?"

"하지만 인간과 오크는 비슷한 구석이 있다고 해도 오크와 엘프 사이에서 닮은 구석을 찾긴 어려운데요?"

루그는 기가 막혀했고 메이즈는 의문을 제기했다. 볼카르가 대답했다.

〈그래서 실패작이라고 했지 않은가. 결과적으로 오크는 인간보다 우둔하고, 번식력도 좀 떨어지고, 평균 수명도 떨어지는 대신 신체적으로 강건하기만 한 종족이 되고 말았지. 그래서 일찌감치 인간에게 밀릴 수밖에 없었다.〉

"으, 인간과 오크가 닮았다고 하니 열 받긴 하는데 부정하긴 어렵네. 확실히 닮은 구석이 있긴 하지."

루그가 투덜거렸다. 어쨌든 그도 인간이기 때문에 이런 이야기는 별로 기분 좋게 들을 수가 없었다.

확실히 인간과 오크는 닮았다.

종족 전체로 보면 상당히 호전적이고 탐욕스럽다는 것도 닮았고, 다른 종족에 비해 번식력이 뛰어나다는 것도 닮았다. 생김새도 실루엣만 놓고 보면 신체 비율도 꽤 비슷하고 손가락, 발가락의 수 등등도 같다. 식성도 거의 흡사하고, 살기를 원하는 기후도 차이가 없다.

"그렇게 보면 결국 인간이 더 머리가 좋고 수명이 조금 더 길다는 점이 종족끼리의 승패를 가른 셈인가?"

〈그런 셈이지. 인간이 없었다면 오크가 세상을 지배하고 있을 수도 있다. 인간 중에서 지능이 뛰어난 개체가 태어나듯이 그들 사이에서도 종종 인간 이상으로 지능이 뛰어나고 마법을 터득할 수 있는 개체가 나타나 지도자가 되기도 하니까.〉

"그럼 세상은 지금보다 훨씬 단순하고 야만적이었겠지. 어쨌든 오크가 강체술을 배울 수 있는 이유가 그거였다니 어이가 없네. 신화 수준의 답이 나와 버리니 솔직히 황당하다."

"응. 근데 아쉬워. 강체술을 배울 수 있다면 많은 도움이 되리라 생각했는데. 인간은 마법도 배울 수 있는데 우리는 강체술을 배울 수 없다니 불공평해."

메이즈가 토라진 표정으로 입술을 삐죽였다.

볼카르가 말했다.

〈인간이라는 종족은 좋게 말하면 범용성이 뛰어나고, 나쁘게 말하면 번식력 빼고는 내세울 게 없지. 대신 너희에게는 어떤 인간도 따라올 수 없는 탁월한 마력이 있으니 그걸로 만족하도록 해라.〉

"네에."

메이즈는 불만으로 볼을 빵빵하게 부풀린 채 대답했다.

8

루그는 그 후 보름 정도 시레크 백작가에 머물렀다. 루그와 메이즈는 주목의 대상이라서 요르드의 가족들도 소개를 받았고 기사들에게도 소개되었다.

기사들 중에는 요르드가 루그를 존중하는 것이 마음에 안들어서 시비를 걸어오는 이도 있었다. 물론 루그는 걸어오는 싸움을 피할 필요가 없다고 생각했는지라 그들 전부를 박살내버리고 주도권을 쥐었다.

굳이 주도권을 쥔 이유는 간단했다. 시레크 백작가 기사들의 훈련 방식에 참견하기 위해서였다.

떠나기 전날, 루그는 그동안 메이즈에게 부탁해서 설계한 훈련 시설들의 도안을 요르드에게 건네주었다.

"이거 다 만들려면 돈이 만만치 않게 들겠는데."

요르드는 그것을 보고 혀를 내둘렀다.

확실히 있으면 많은 도움이 될 것들이었다. 심지어 마법을 사용하는 시설들도 꼼꼼하게 설계가 적혀 있었다. 이것들을 쓰면 다른 기사단에서는 엄두도 내지 못할 방식의 훈련도 가능해진다.

루그가 말했다.

"미래를 위한 투자라고 생각하도록 해. 하이닉스 그로쉬의 작품들도 잘 부탁한다."

"그건 걱정하지 마. 지금도 문의해 오는 고객이 많으니까."

메이즈는 이곳에서 머무르는 동안 많은 장신구들을 만들었다. 시레크 백작가의 상단에서 한동안 팔기에는 충분한 양이었다.

'이게 전부 팔리면 500만 레브도 넘는단 말이지. 흐흐흐흐.'

루그는 그동안 메이즈가 만들어둔 대량의 장신구들을 보면서 입이 귀에 걸렸다. 앞으로 들어올 돈을 생각하니 벌써부터 행복해지는 기분이었다.

문득 요르드가 넌지시 물었다.

"근데, 루그."

"응?"

"넌 따로 돈 안 버는 거야?"

"나? 그러고 보니 요즘은 딱히 한 일이 없긴 하네."

요즘은 용병 일도 안 한 지 꽤 오래됐다. 메이즈가 하이닉스 그로쉬로 활동한 후부터는 돈이 쌓여서 주체할 수 없을 정도였기 때문이다.

루그가 버는 돈이라고는 며칠에 한 번씩 금과 보석을 만들어내는 것뿐이었다. 그나마 요즘은 그것도 월등한 마력을 가진 메이즈가 만들어내는 것에 비하면 생산량이 초라하다.

요르드가 꺼림칙해하며 말했다.

"아니, 어째 돈 버는 것도 그렇고 뒷바라지도 전부 오르시아 양한테만 시키는 것 같아서……. 역시 둘이 사귀는 거야?"

"그렇지는 않은데……."

"주제 넘는 말일지도 모르겠지만 뭐든지 오르시아 양한테만 맡기는 건 좀 그렇지 않아? 비록 둘이 주종 관계라곤 해도 오르시아 양은 200년도 넘게 살아오신 드래코니안이고 학식도 능력도 뛰어나시잖아. 그런 분이라면 좀 더 존중해 드려야 하지 않을까?'

"맞는 말이긴 하지만⋯⋯."

"그리고 남자가 돈 버는 일까지 다 여자한테 맡겨놓고 자기는 놀고 있으면 그건 아무래도⋯⋯."

"⋯⋯."

요르드의 말은 루그의 가슴을 콕콕 찔러댔다.

생각해 보면 어느새 블레이즈 원과 싸우는 것 말고는 죄다 메이즈한테 맡긴 격이 되어버렸다. 이래서야 정말⋯⋯.

⟨인간들은 그런 남자를 기둥서방이라고 부르지 않던가?⟩

―아, 아니야! 난 그런 놈이 아니다!

⟨하지만 왠지 그런 말을 들어도 할 말이 없을 것 같군. 요르드의 저 불신 가득한 눈을 봐라.⟩

―으윽⋯⋯.

루그는 할 말이 없었다. 요즘 요르드를 괴롭히느라, 아니, 훈련시키느라 신이 났었는데 의외의 순간에 보복을 당하는 기분이었다.

요르드가 한숨을 쉬었다.

"뭐, 난 네가 여자를 등쳐먹는 한량이라고는 생각하지 않아. 정말이야."

"야, 여자를 등쳐먹는 한량이라니……."

"네가 그런 사람일 리 없지. 세상을 위협하는 악의 비밀결사와 싸우는 숭고한 사명을 이루기 위해 목숨도 초개같이 던지는 사명감 투철한 사람인데 말야. 그렇지?"

"그, 그렇지. 잘 알고 있네."

"하지만 역시 세간의 시선도 있고 하니까 어딜 가든 당당하게 난 이런 일을 하고 있다고 말할 수 있어야 하지 않을까? 예를 들면 사업이라든지……."

"사업이라고?"

"응. 뭐 돈이 많으면 잉여 자금을 놀려두지 말고 장래가 유망한 상단에 투자한다거나 하는 것도 괜찮지 않겠어? 누가 무슨 일 하냐고 물어보면 여기저기 투자도 하고 유능한 세공사도 후원하면서 사업을 한다고 말할 수 있잖아?"

"…너, 아주 훌륭한 가주가 될 수 있겠다."

뻔뻔스럽게 시레크 백작가에 투자할 것을 권하는 요르드의 말에 루그가 혀를 내둘렀다. 시공 회귀 전의 그라면 모를까, 지금의 어린 요르드는 경험 부족으로 고지식하고 성실하기만 한 녀석이라고 생각했는데 뒤통수를 한 대 얻어맞은 기분이었다.

요르드가 빙긋 웃었다.

"칭찬 고마워."

"좋아, 시레크 백작가 상단에 100만 레브를 투자하지. 실망시키지 않으리라 믿겠어."

"물론이야. 하이닉스 그로쉬의 이름을 알리는 것도, 사업도 네 기대에 부응해 보이지."

두 사람은 힘차게 악수를 했다.

문득 루그가 말했다.

"아, 그러고 보니 내일이면 떠나는데 이대로 헤어지기도 섭섭하니까 오늘 훈련은 평소보다 좀 더 강도 높게 마무리를 하도록 할게."

"……."

요르드의 얼굴에서 핏기가 빠져나갔다. 그는 왜 자신이 투자를 끌어내는 이야기를 훈련이 끝나고 나서 하지 않았을까 뼈저리게 후회했다.

CHAPTER 25
번민하는 자

폭염의 용제

1

　티아나는 한동안 왕도에서의 사교계 활동을 최소한으로 줄이고 대부분의 시간 동안 저택에 틀어박혀 있었다.

　이유는 간단했다. 마법 연구를 위해서였다.

　흑마법의 대가인 그녀의 연구실은 음침하기 그지없었다. 다가가는 것만으로도 기력이 빠져나갈 정도로 음산한 기운이 항시 떠돌고 있는데다가 연구실 곳곳을 채운 커다란 유리관 속에서는 죽었는지 살았는지 알 수 없는 정체불명의 그로테스크한 생명체들이 꿈틀거리며 기포가 끓어올랐다.

　부글부글부글.

　다르칸은 그 안에 들어서자마자 눈살을 찌푸렸다.

그 역시 탁월한 경지의 마법사였지만, 흑마법은 방어와 해제를 목적으로만 연구했다. 생명을 갖고 노는 것을 탐탁지 않게 생각하는 입장에서는 이 장소가 거북할 수밖에 없었다.

"무슨 일로 여기까지 찾아온 거죠, 다르칸?"

연구에 몰두하고 있던 티아나가 물었다. 이곳에서는 모습을 위장할 필요가 없기에 그녀는 흑요석 같은 뿔과 붉은 눈동자를 그대로 드러내고 있었다. 하지만 입고 있는 옷은 여전히 실내복치고는 상당히 화려한 느낌의 붉은 드레스였다.

그에 비해 다르칸은 처음부터 위장 따윈 하지 않았다. 드래코니안이 인간으로 쉽게 위장하는 것은 애당초 인간과 닮은 실루엣을 가졌기 때문이다. 드라칸은 3미터의 거구에 용의 머리, 거대한 날개를 가졌기 때문에 환영으로 위장해 봤자 멀리서 볼 때 외에는 속여넘길 수가 없었다.

그렇기에 그는 왕도에 올 때 하늘을 이용했다. 환영 마법으로 자신의 모습을 투명하게 만든 뒤에 당당하게 날아든 것이다. 그가 인간의 도시에 들어설 때 즐겨 이용하는 방법이었다.

"물어볼 게 있어서 왔다."

"뭐가 궁금한데요?"

티아나는 귀찮아하며 물었다.

그녀는 최근 마법 연구 외에는 다른 일에 신경 쓰기를 싫어했다. 그토록 좋아하던 사교계 활동을 줄인 것도 그런 이유에서다.

지금 이 순간 그녀의 마법 연구는 지고한 비의를 탐구하기 위한 것이 아니다. 다가올 싸움에서 생존하고, 그동안의 굴욕을 설욕하기 위해 필사적이었다. 루그와 메이즈가 사용하는 '현자의 독'을 피하기 위해서는 마법을 바닥부터 재구성해야만 했다. 아무리 그녀가 뛰어난 마법사라고 해도 그 작업은 정신이 아득해질 정도의 노력을 필요로 했다.

"잠깐 기다리세요."

티아나는 귀찮아하면서도 손님 맞이를 위해 테이블을 치우고, 흑마법으로 정신을 지배한 하녀에게 차를 준비시켰다.

그녀는 다르칸이 용건을 꺼내기 전에 먼저 현자의 독에 대한 이야기를 해주었다. 그녀가 남을 염려해서 이런 이야기를 해주다니, 웃기는 이야기지만 지금은 어쩔 수가 없었다. 블레이즈 원의 간부가 계속 당하는 것은 그녀의 안위와도 직결되는 문제였으므로.

"…당신도 주의하는 게 좋을 거예요. 이미 루그라는 인간과 만나서 싸웠으니까."

"그런 마법이 존재한단 말인가?"

다르칸이 믿을 수 없다는 듯 눈을 크게 떴다.

티아나 정도로 뛰어난 마법사를 무력화시킬 수 있는, 마법 운용의 근본적인 부분까지 단번에 꿰뚫는 악마적인 공격 수단.

다른 마법사의 마법 구성을 간파하고 와해시키는 것은 마법사라면 누구나 할 수 있는 일이다. 하지만 단번에 마력의 기초 운용까지 무너뜨려 버릴 수 있다니, 그런 일이 가능하리라고는 상상조차 못했다.

티아나가 투덜거리면서 상황을 설명해 주자 다르칸이 말했다.

"용케 목숨을 건졌군."

"그렇죠. 그가 제때에 나타나지 않았다면 여기에 없었을 거예요."

불카누스가 리제이라와 함께 난입하지 않았다면 티아나는 죽었을 것이다. 분하지만 그 사실을 인정할 수밖에 없었다.

다르칸이 말했다.

"실은 내가 온 것은 그 일 때문이다."

"무슨 일 말이죠?"

"리제이라가 죽었을 때의 일. 그는 내게 리제이라가 죽어 버렸다고만 했다."

다르칸의 표정이 일그러졌다.

아라로스에서의 격전 이후 오랫동안 잠들어 있던 불카누스는 깨어나자마자 다르칸에게 새로운 봉인의 위치를 알리고 리제이라의 죽음을 알렸다. 조만간 엘토바스가 새로운 상위 용족을 찾아오면 간부로 삼을 것이라는 말과 함께.

"자세한 것을 물어보니 쓸모없게 죽었다고만 하더군. 더 이상 물어볼 수 있는 분위기가 아니었다. 그래서 네게 물어보러 온 거다."

"그렇군요. 그라면 그런 식으로 말할 만하지."

티아나가 싸늘한 미소를 지으며 코웃음을 쳤다. 그녀는 다르칸의 말에 대답하는 대신 다른 질문을 했다.

"새로운 상위 용족을 찾아온다는 것은 무슨 말이죠?"

"메이즈와 리제이라가 빠져나간 빈자리를 채우기 위해 새로운 상위 용족을 맞이하겠다고 하더군."

"후보를 고르는 것은 엘토바스의 몫이라는 기군요. 이번에 새로 영입되는 작자들은 신경 거슬리지 않았으면 좋겠는데."

티아나가 투덜거렸다. 그러면서 한 가지 의문을 제기했다.

"지금까지 상위 용족 간부는 여섯 명이었죠. 그럼 이번에 영입하는 것은 두 명이 될까요?"

"그건 나도 모르겠다. 어쩌면 좀 더 숫자를 늘릴지도 모르지."

"흐음. 그게 가능한지를 모르겠단 말이에요."

"무슨 말이지?"

"불카누스의 용제로서의 지배력 한계가 어느 정도인지를 알 수가 없다는 거예요. 눈앞에서 명령했을 때 절대적인 지배력을 행사하는 것이야 알겠지만, 그런 즉시성 명령과 지속적인 지배는 또 다른 문제죠."

"그가 용제로서 지속적으로 지배할 수 있는 것은 상위 용족 여섯 명이 한계일지도 모른다고 추측하는 건가?"

"어디까지나 추측일 뿐이에요. 그렇지 않다면 굳이 여섯 명만 지배하고 있던 이유를 알 수 없으니까요. 보다 많은 수를 지배하는 쪽이 봉인에서 풀려난다는 목적을 쉽게 달성할 수 있을 텐데……."

"가능성은 있는 이야기군."

다르칸 역시 심각한 표정으로 생각에 잠겼다. 티아나는 어깨를 으쓱하더니 말했다.

"우리는 이미 지배당하고 있는 몸이니 이런 추측은 과연 전력이 되어줄 동료가 몇이나 더 늘어날 수 있을지에 대한 희망사항밖에 안 되겠지만요."

"그런가."

티아나는 차를 한 모금 마신 뒤에 말했다.

"다르칸, 당신이 궁금한 것은 뭐죠? 리제이라가 죽었을 때의 자세한 상황?"

"그렇다."

"별로 들어봤자 기분 좋은 이야기는 아닐 거예요."

"그렇더라도 알고 싶어서 온 거다."

"알겠어요."

티아나는 싸늘한 미소를 지으며 리제이라가 죽었을 때의 상황을 이야기해 주었다. 불카누스가 이미 회복 불능의 외유용 몸을 지켜 한순간의 틈을 만들기 위해 리제이라를 일회용

방패로 써버렸다는 것을.

"그가 '쓸모없다'고 한 것은 리제이라가 죽어버렸기 때문이겠죠. 리제이라는 그에게도 유용한 도구였을 텐데 그렇게 죽어버렸으니까."

"……"

담담하게 상황을 설명하는 티아나를 다르칸은 굳은 표정으로 바라보았다. 티아나가 빙긋 웃으며 말했다.

"그래서 미리 충고했잖아요, 기분 좋은 이야기는 아닐 거라고."

"티아나, 너는 아무렇지도 않은 건가?"

"뭐가 말이죠?"

"그는 우리를 소모품 취급하고 있는 거다. 그를 따라봤자 우리가 얻을 수 있는 것이 무엇이 있지?"

"착각하지 마세요, 다르칸."

티아나는 우아한 동작으로 찻잔을 내려놓으면서 말했다.

"우리에게 선택권은 없어요. 그의 성품이 어떤지도 다 알고 있었던 사실이죠."

"……"

"언젠가는 이런 일이 벌어질 줄 알고 있었잖아요? 상정했던 최악의 사태가 리제이라에게 벌어졌을 뿐이에요. 어쩌면 다음에는 우리 차례가 될 수도 있죠. 우리가 할 일은 그런 일을 당해도 살아남을 수 있는 방법을 강구해 두는 것뿐이에요."

"…그렇군."

다르칸은 쓴웃음을 지었다.

그녀의 말이 옳았다. 어차피 자신들에게 선택지 따윈 없었다. 인간들이 부덕한 왕을 보며 충의가 흔들리는 것과는 전혀 다른 차원의 문제다. 불카누스는 그들의 영혼마저 지배하고 있고 그들은 벗어날 수 없다.

"대답해 줘서 고맙다. 그 마법에 대한 정보도."

"되도록 빨리 방법을 강구해 두는 게 좋을 거예요. 리제이라와 똑같은 꼴을 당하고 싶지 않다면."

"알았다."

다르칸은 고개를 끄덕이고는 연구실을 떠났다. 다시 혼자 남은 티아나는 흐느적거리는 악령들이 떠도는 허공을 올려다보며 중얼거렸다.

"덩치는 커다란 주제에 정말 유리처럼 섬세한 마음을 지녔군. 하긴 다들 그렇지. 인간만큼이나……."

2

시레크 백작가의 영지를 떠난 루그는 봉인의 조각을 몇 개 더 처리한 후에 바레스 왕국으로 가기로 했다. 라나의 생일까지는 아직 여유가 있었기 때문이다.

메이즈가 물었다.

"주인님, 봉인의 조각을 찾아서 해제하는 게 아니라 감춘 다니, 이게 의미가 있어?"

"인간을 그릇으로 삼은 조각들은 지금의 나로서는 해제 위험성이 너무 크니 어쩔 수 없지. 불카누스가 탐지하지 못하게 하는 것은 꽤 중요해."

루그가 하려는 일은 그동안 발견한 인간에게 깃든 봉인의 조각들을 감추는 일이었다. 라나가 생활하는 결계가 그러하듯이, 불카누스가 그 봉인의 조각들을 찾아낼 수 없는 조치를 취할 생각이었던 것이다.

하지만 메이즈는 효용성에 의문을 제기했다.

"내 생각에는 그건 좀 효율이 나쁜 일 같아. 물론 봉인의 조각을 보유한 인간을 지키기에는 괜찮은 조치이기는 하지만, 그래도 그들이 마음먹고 과격한 수단을 쓰면 찾아내게 될 테니까."

"왜 그렇게 생각해? 이 조치를 취하면 불카누스는 물론이고 다른 녀석들의 마법으로도 봉인의 조각을 찾는 것은 불가능……."

"주인님, 지금 너무 마법 위주로만 생각하고 있어. 마치 볼카르님 같아."

"뭐, 뭐라고?"

루그가 울컥했다. 볼카르도 울컥했다.

"내가 어딜 봐서 볼카르 같다는 거야?"

〈내가 어딜 봐서 루그 같다는 건가?〉

두 사람의 항의가 사전에 짜기라도 한 듯 하모니를 이루었다.

메이즈는 잠시 동안 멍청하니 루그를 바라보고 있다가 웃음을 터뜨렸다.

"푸훗. 주인님이랑 볼카르님, 왠지 귀여워."

"귀엽다니……. 그보다 내 생각이 왜 볼카르 같다는 거야? 아무리 생각해도 욕이다, 그거."

〈욕이라는 점에 동의한다. 어떻게 나에게 이토록 모욕적인 발언을 할 수가 있는가?〉

"뭐라고?"

둘은 다시 아옹다옹했다. 키득거리며 그 광경을 보던 메이즈가 말했다.

"하지만 봉인의 조각을 마법으로 찾을 수 없게 조치를 취해두면 불카누스도, 다른 간부들도 찾을 수 없다. 그렇게 생각하는 점이 너무 볼카르님 같은걸."

"아니, 그게 왜 볼카르 같은데? 볼카르적 사고 방식이라니 그건 말 자체가 욕이잖아."

〈루그적인 사고 방식과 비교하면 매우 훌륭한 칭찬이 아닐까 싶다만.〉

"둘 다 그만그만. 주인님, 잘 생각해 봐. 봉인의 조각을 보유한 인간들의 공통적인 특징은 뭐지?"

"글쎄. 이상한 능력을 가졌다는 점?"

"맞아. 그리고 주변 사람들도 그걸 다 알고 있잖아."

"보통 그렇지. 라나도 그렇고… 아."

거기까지 말하던 루그가 눈을 크게 떴다. 메이즈가 말하려는 요지를 깨달았기 때문이다.

〈무슨 뜻인가?〉

볼카르만 혼자서 여전히 메이즈의 말뜻을 이해 못하고 있었다.

그 반응에 루그가 한숨을 쉬었다. 이래서야 볼카르적 사고방식이라는 소리를 들어도 할 말이 없다.

"끄응. 그렇군. 봉인의 조각을 가진 인간은 특수한 능력을 가졌고, 그 사실이 저주라거나 축복이라거나… 뭐 그런 식으로 소문이 나 있지. 아무리 마법으로 그 존재가 탐지되지 않도록 감춘다 한들 블레이즈 원은 조직원들을 동원해서 그런 소문들을 추적하기만 하면 거기에 도달할 수 있으니……."

"그런 거야. 실제로 내가 블레이즈 원에 있을 때도 그런 소문들은 아주 민감한 정보로 취급되었어. 물론 이상한 능력을 가진 존재가 봉인의 조각을 보유한 인간만 있는 건 아니지만 가능성이 높았으니까. 블레이즈 원이 찾아낸 봉인의 조각 상당수는 그렇게 해서 찾은 거야."

시공 회귀 전에 루그가 라나를 찾아갔던 것도 그러한 정보를 입수했기 때문이었다. 루그의 표정이 심각해졌다.

볼카르도 비로소 문제점을 이해하고 말했다.

〈그 점은 생각하지 못했군. 아무리 철저하게 감춰둔다 한들 인간의 입을 전부 막아둘 수는 없으니 정말 무의미한 수고가 되겠다.〉

"그럼 우리 쪽에서 해제하지 않는 한 빼앗길 수밖에 없다는 소리가 되는데……."

"주인님은 언제 인간의 몸에 깃든 봉인의 조각을 해제할수 있게 되는데?"

"놈들하고 똑같은 방법을 쓰면 지금도 해제할 수 있긴 해. 방법은 너도 알고 있겠지."

"삶을 지탱하는 마음의 지지대를 무너뜨려서 절망을 주고 능력을 해방하게 한다……."

블레이즈 원이 인간의 몸에 깃든 봉인의 조각을 해제하는 방식이었다. 정확히는 끄집어내는 방식이라고 해야 할 것이다.

루그가 말했다.

"그런 방법을 쓸 수는 없어. 하지만 이래서야 놈들을 막을수가 없는데……."

〈어쩔 수 없는 문제다. 그들 모두를 지킬 수는 없으니…….〉

"그렇기는 하지만."

루그는 한숨을 쉬었다.

볼카르 말대로였다. 생면부지의 사람 모두를 지키고 다닐 수는 없었다. 루그의 몸은 하나뿐이고 블레이즈 원이 언제 그들을 찾아내어 수작을 부릴지도 알 수 없다.

메이즈가 말했다.

"그렇다고 그 조치가 소용없는 것은 아니야. 적어도 시간을 벌 수는 있어."

"시간을 번다고?"

"블레이즈 원에서는 주변에 난 소문을 수집해서 후보자를 꼽아. 하지만 후보자를 직접 봤을 때 봉인의 조각이 탐지되지 않는다면 주저하겠지. 확신도 없이 무조건 과격한 방법으로 뒤집어엎진 않는걸."

"아하, 그렇군. 그런 식으로 난동을 부리는 것은 나름대로 부담이 있는 일일 테니……."

"하지만 그렇다고 해서 언제까지고 안전한 것은 아니야. 정황상 봉인의 조각을 가진 것이 분명해 보이는데도 아닌 경우가 늘어난다면 분명 의심할 거고, 찔러보자는 생각이 들 테니까."

"어떤 정황을 말하는 거지?"

"인간이 이상한 능력을 갖는 경우는 혈통으로 계승되거나, 아니면 그냥 그 인간만 이상하거나 둘 중 하나야. 하지만 봉인의 조각을 보유했을 경우는 다르지."

봉인의 조각은 그 혈통을 이었다는 조건만 충족시키면 무작위로 한 명을 골라서 계승된다. 그 혈통이 단절되었을 경우에는 새로운 그릇을 찾아서 날아가 버리는 것 같지만 말이다.

루그가 고개를 끄덕였다.

"아아, 즉 그 혈통 내에 단 한 사람만이 그 능력을 계승한다. 그 한 사람이 죽었을 경우 또 다른 사람이 계승한다는 기이한 조건을 충족시키면 봉인의 조각이 아니라고 생각하기가 어렵다는 거군."

"응."

"그래서 시간을 버는 것이 고작이라는 건가. 그럼 차라리 다른 봉인의 조각들을 빨리 찾아서 해제하고 다니는 편이 나을지도……."

〈내게 다른 생각이 있긴 하다만.〉

문득 볼카르가 끼어들었다. 루그가 물었다.

"뭔데?"

〈일단 봉인의 조각을 보유한 인간을 찾아서 감추는 것은 그대로 진행한다. 그리고 그들의 봉인에 블레이즈 원의 조직원들이 접근했을 경우 그 사실이 우리에게 알려지는 조치를 같이 취해둔다.〉

"어? 그게 가능해?"

루그가 놀라서 물었다. 그게 가능하다면 블레이즈 원의 활동에 대응하는 것도 충분히 가능했다.

볼카르가 우쭐거렸다.

〈물론 가능하다. 마법을 개조하는 데는 하루면 충분할 거다. 조건은 '불카누스가 지닌 용제의 힘에 지배받는 용족'으로 설정하면 되겠지.〉

"그럼 탐지할 수 있는 게 상위 용족 간부로 국한될 것 같긴 하지만, 이런 일은 그들이 직접 다닐 테니 효과가 있겠어. 그럼 그렇게 하자. 빨리 내가 해제할 수 있게 되어야 하는데……."

루그의 마법 실력은 꾸준히 늘고 있었다. 이제는 마력이 거의 인간이 가질 수 있는 한계치까지 늘었고, 그것을 다루는 효율은 목표 제1단계의 92퍼센트에 달했다. 얼마 후면 볼카르가 설정한 목표 제1단계를 달성하고 2단계로 넘어갈 수 있을 것이다.

볼카르가 말했다.

〈조급해해 봐야 소용없다. 어차피 네 학습 속도는 한계치에 달해 있다고 해도 과언이 아니니까.〉

"그렇긴 하지만."

루그는 쓴웃음을 지었다. 사실 몽상 세계에서 볼카르에게 받는 교육이 지옥 같은 거야 여전해서 여기서 더 무리해 봤자 마법 실력이 느는 속도가 더 빨라질 리는 없었다. 지금도 남에게 이런 짓을 하라면 차라리 자살하겠다고 할 수준인데 뭘 더 어쩌란 말인가?

"하지만 1단계를 졸업하면 뭐가 바뀌는 거야?"

〈많은 것이. 1단계에서 목표로 보던 것과는 차원이 다른 것들이 기다리고 있을 거다. 지금 설명해 봤자 의미는 없으니 전에 말한 것들이나 준비해 두어라.〉

"그거 대체 몇 단계까지 있는데? 난 지금까지 1단계 목표가 뭐라는 것만 들었지 2단계가 뭔지도, 몇 단계까지 있는지도 못 들었다고. 1단계도 이렇게 빡빡한데 대체 2단계는……."

루그의 물음에 볼카르가 흐응, 하고 의미심장한 웃음을 흘렸다.

〈네 학습 의욕을 죽이지 않기 위해 일부러 말하지 않고 있는 거다. 그냥 주는 대로 받아먹기나 해라.〉

"아니, 아무리 그래도 몇 단계까지 있는지 정도는 알아야……."

〈모르는 게 좋을 거다.〉

볼카르 음흉하게 웃었다. 루그는 불길함을 느끼며 얼굴을 찌푸렸다.

3

그 후 며칠간 루그와 메이즈는 비행 마법을 이용, 하루에 수백 킬로미터씩 이동하면서 봉인의 조각을 보유한 인간들을 찾아다녔다. 다들 이전에 찾았던 이들이기 때문에 다시 찾아가기는 어렵지 않았다.

"아······."

정원을 거닐고 있던 귀족 여성이 비틀거리더니 그대로 쓰러졌다. 그러나 그녀의 몸이 땅에 닿기 직전, 루그가 잽싸게 그 곁으로 달려가서 받아 안았다.

루그는 그녀를 안은 채로 주문을 읊어서 마법을 사용했다. 그러자 봉인의 조각의 존재를 은폐하는 마법이 먼저 걸리고, 거기에 불카누스에게 지배받는 용족의 접근을 알려주는 마법이 추가로 걸렸다.

"후우."

루그가 10분 정도 들여서 작업을 마치는 동안, 메이즈가 주변에 사람을 물리는 결계를 치고 경계를 서고 있었다. 루그는 아무것도 모르는 채 잠들어 있는 귀족 여성을 정원 한편에 앉혀놓고 그 자리를 떴다.

"이거 참 까다롭네. 그냥 결계를 설치해 두면 간단한데 일일이 사람한테 마법을 걸어야 하다니······."

"행동이 제약되는 사람만 있는 게 아니니 어쩔 수 없지."

메이즈의 말대로 봉인의 조각을 가진 인간들이 다들 라나처럼 행동이 제약되는 것은 아니었다. 이상한 능력을 가졌을 뿐, 행동 자체는 자유로운 이들도 많다 보니 직접 본인에게 마법을 걸 수밖에 없었다.

일일이 아무도 모르게 접근해서 마법으로 잠재운 후에 작업하는 것은 결코 쉬운 일은 아니다. 예를 들면 봉인의 조각에서 비롯된 능력이 전투적인 것일 경우는 더욱 그러했다.

"감히 나를 노리다니!"

바레스 왕국 남부의 자링튼 후작이 노성을 질렀다. 중년에 접어든 그는 4단계의 강체술사였으며, 놀랍게도 무생물에게 의지를 부여해서 자신의 종으로 부릴 수 있는 능력을 지녔다.

그렇기에 루그와 메이즈가 모든 이의 이목을 속이고 숨어들었음에도 불구하고 그의 방에 들어서는 순간 발각되고 말았다. 방의 벽 쪽에는 텅 빈 육중한 갑옷 여섯 개가 있었는데, 그것들은 후작에게 의지를 부여받아 잠들지 않는 감시자의 역할을 하고 있었던 것이다.

볼카르가 혀를 찼다.

〈훌륭하군. 처음부터 알았다면 속일 방법을 강구했을 텐데…….〉

아무리 볼카르라고 해도 직접 마주하지도 않은 상태에서 봉인의 조각에서 비롯되는 능력까지 꿰뚫어 볼 수는 없었다.

그런 이유로 다른 곳과는 달리 전투가 벌어졌다. 으슥한 밤에 침투해 놓고 당신을 위한 일이니 잠자코 따라달라고 할 수도 없는 노릇이 아닌가?

파파파파파파!

자링튼 후작이 검을 휘두르기 시작하자 침실이 초토화되

었다. 역시 돈 있고 힘있는 집안의 가주답게 비약을 좀 많이 먹고 소화시켜 왔는지 강체력이 장난 아니었다. 강검을 전개하고 검을 휘두르는 것만으로도 몇 미터씩 베어 나갈 정도였다.

"흠."

그러나 복면을 쓴 루그는 차분히 양팔을 놀려 그것을 막아 내었다.

쾌직! 쾌각! 투학!

루그가 후작을 상대하는 동안 그 주변에서는 메이즈가 갑옷들을 상대하고 있었다. 의지를 부여받은 갑옷들의 힘은 어지간한 강체술사 이상이었지만 메이즈 앞에서는 의미가 없었다. 보이드 블레이드를 호쾌하게 휘두를 때마다 두터운 갑옷이 통째로 부서져서 날아가 버렸다.

"마, 말도 안 돼!"

그 광경을 본 후작이 경악했다. 지금 메이즈는 복면을 쓰긴 했어도 보이드 아머를 입지 않아서 여자임을 한눈에 알아볼 수 있는 모습이었다. 가녀린 소녀가 성인 장정만 한 검을 휘둘러서 한 방에 하나씩 갑옷을 박살 내는 모습은 현실감이 없었다.

"이익!"

후작은 이를 악물고 공격의 기세를 높였다. 루그의 방어가 철통같아서 뚫고 들어갈 수 없는 상황에서 메이즈까지 합류하면 순식간에 패한다. 그렇게 판단한 것이다.

파파파파파파!

하지만 아무리 열심히 공격해도 루그는 고요한 수면처럼 안정된 방어로 그 공격들을 모조리 흘려내고 있었다. 검이 루그의 양손이 닿는 범위에 들어가는 순간 전부 다 튕겨지거나 흘려지고 만다.

"헉, 헉……."

쉬지 않고 공격을 퍼부어대던 후작은 결국 숨이 거칠어지기 시작했다. 그는 공세를 늦추고 뒤로 물러나서 루그에게 말했다.

"어린놈이 이런 실력을 가졌다니 대단하구나."

후작은 절박한 위기감에 사로잡혀 있었다. 이 정도로 난리를 피웠는데도 아무도 와보지 않는다는 것은 밖에도 무슨 일이 생겼다는 의미였으니까.

물론 그것은 루그와 메이즈가 이 방을 통째로 결계로 감싸서 이 안의 소동을 아무도 모르게 했기 때문이다. 하지만 그런 마법적 조치를 모르는 후작은 최악의 상황을 떠올리고 있었다.

"무슨 의도로 우리 가문을 핍박하는지는 모르겠지만, 쉽게 목적을 달성할 수 있을 거라고는 생각하지 마라! 설령 내가 당한다고 해도 대자링튼 가문의 피를 이은 자가 반드시……."

"응?"

후작의 마음을 알 리 없는 루그는 의아해하며 눈을 크게 떴다. 하지만 후작은 자기만 할 말 다 해놓고 사자 같은 기세로 달려들었다.

파파파파파파!

조금 전까지보다 더욱 강맹한 기세로 검격이 쏟아졌다. 루그는 그것을 받아내면서 혀를 찼다.

'어이쿠! 이 양반, 목숨까지 걸 기세로군. 잠재력까지 격발시켰다.'

그에게 해를 끼칠 의도가 없는 루그로서는 난감한 사태였다. 이렇게 된 이상 그의 몸이 망가지기 전에 승부를 결해야 했다.

위이잉, 쉬쉬쉬쉬쉭!

그런데 그때 이변이 일어나기 시작했다. 방에 있는, 아직 형상이 온전한 물건들이 허공으로 떠오르더니 사방에서 루그에게 날아드는 게 아닌가?

"어라? 갑옷만 움직일 수 있는 게 아니었어?"

루그가 당황했다. 도자기, 세공품, 단검, 반지 등등의 물건들이 마구잡이로 날아드는 데야 동요하지 않을 수 없었다.

볼카르가 말했다.

〈물건이 온전한 상태를 살아 있는 상태로 간주해서 의지를 부여해 조종할 수 있는 능력이다. 죽은 상태로 치부될 만큼 확실하게 부서지면 움직일 수 없다.〉

"그렇군."

루그의 움직임이 갑자기 빨라졌다. 온몸에 휘감은 스파이럴 스트림의 기세가 강해지면서 그 안에서 질풍처럼 손발을 놀린다. 후작의 공격을 물리치는 것과 동시에 날아드는 물건들을 모조리 쳐내는 루그의 모습은 너무 빨라서 잔상이 겹쳐 보일 정도였다.

"이, 이렇게 빠르다니!"

공격하는 후작이 경악했다. 그 앞에서 루그는 혀를 차고 있었다.

'이거 꽤 귀찮네.'

그냥 죽여 버려도 되는 싸움이라면 쉬웠겠지만, 어디까지나 상처 없이 제압해야 한다는 게 짜증났다.

"뭐 그래 봤자 별로 어려운 건 아니지만."

루그가 그렇게 생각하며 피식 웃는 순간, 후작이 발끈했다.

"이놈! 내 공격이 비웃을 정도로 우습냐?"

"아니, 그런 건 아니고……."

루그가 변명하려고 했지만 후작은 들을 마음이 없었다.

볼카르가 이죽거렸다.

〈왜 마법을 안 쓰는 거지? 쉽게 끝낼 수 있을 텐데.〉

"그냥 강체술사로서의 호기심과 자존심이지."

루그가 대답했다. 그는 지금 순수하게 강체술사로서 후작과 맞서고 있었다. 간만에 뛰어난 강체술사와 실전으로 맞붙게 되니 호승심을 참을 수 없었기 때문이다.

메이즈가 한숨을 쉬었다.

"남자는 다 어린애라더니."

"사실은 너하고 비교하면 인간은 삼척동자부터 죽을 날 다 된 노인네까지 죄다 어린애거든?"

"여자 나이 갖고 놀리면 못써, 주인님. 때려줄 거야."

메이즈가 입술을 삐죽였다. 자신의 검격을 막으면서 한가하게 대화나 나누고 있는 루그의 태도에 후작이 폭발했다.

"이놈! 어린놈이 정말 오만방자하구나!"

그가 크게 뒤로 물러나더니 검에 에너지를 집중시켰다. 검을 감싸고 진동하는 투명한 강검의 기운이 탁하게 보일 정도로 밀도가 높아지면서 파문을 일으켰다.

"호오?"

루그가 눈썹을 추켜올리는 순간, 후작이 달려들었다. 동시에 옆에서 물건들이 절묘한 타이밍으로 날아들었다.

하지만 루그는 자신의 간격 안에 들어오는 모든 물체의 움직임을 읽고 있었다. 기격을 전개해서 일정 거리 안에 다가온 물건들을 박살 내면서 후작의 검격에 맞서갔다.

다음 순간 후작의 검이 약간 먼 거리에서 내려쳐졌다. 검에 맺힌 기운이 죽 늘어나면서 채찍처럼 기묘한 각도로 휘어져서 루그의 방어를 빠져나갔다. 루그가 미처 대응할 새도 없이 그 몸을 깊숙이 가르고 지나간다.

후우우우우웅!

"헉?"

자링튼 후작은 자신의 검이 허공을 갈랐다는 사실을 깨닫고 경악했다. 분명히 루그를 포착하고 치명타를 날렸거늘 이게 어찌 된 일이란 말인가?

그런 그의 옆쪽에 루그가 나타나서 목에 손을 얹었다. 흠칫 굳어버린 후작이 믿을 수 없다는 듯 입을 뻐끔거렸다.

루그가 싸늘한 목소리로 경고했다.

"그만두시죠. 전 당신의 강체력이 어떻게 움직이는지 파악할 수 있습니다. 이 상태에서 그런 기술을 쓰면 후회하게 되실 겁니다."

"이익……."

후작은 식은땀을 흘렸다. 곧 그가 신음하며 물었다.

"설마 기격을 사용하는 건가?"

후작은 왕실에서 기격을 사용하는 기사와 대련해 본 적이 있었다. 완벽하게 포착했다고 생각한 공격이 빗나가는 경험은 기격에 걸렸을 때밖에 없었다. 혹독한 단련을 통해 강하게 신뢰하게 된 스스로의 감각과 현실어 어긋나는 절망적인 경험은 오로지 기격과 마주했을 때만 겪었던 것이다.

루그가 한숨 섞인 목소리로 대답했다.

"그렇습니다."

"기격의 경지에 도달하기까지 한 자가 왜 이런 짓을 하는 건가? 그런 실력으로 잘못된 길에 들어서다니, 누가 자네를 사주해서 나를 해치라고 했는지는 모르겠지만……."

"아니, 그건 당신이 오해하는 겁니다."

루그가 부정했다. 후작이 눈살을 찌푸렸다.

"나를 해치러 온 게 아니라고?"

"그럴 생각이었으면 당신은 벌써 죽었죠. 왜 번거롭게 이런 짓을 하고 있겠습니까?"

"하지만 그런 의도가 아니라면 도대체 왜 이 야밤에 몰래 숨어들어 온 건가? 우리 집에 뭐 훔쳐 갈 거라도 있었나?"

"그것도 아닌데요. 우린 그냥 후작님이 품고 있는 위험한 요소를 감추려는 조치를 취하려고 온 겁니다. 침입자가 이런 말을 한다고 믿어주실지는 모르겠습니다만."

"흠……."

후작은 눈살을 찌푸린 채 앞으로 한 발짝 내디뎠다. 루그는 굳이 그를 제압하지 않고 놓아주었다. 그 행동에 더욱더 혼란스러워진 후작은 조심스럽게 몸을 돌려 루그를 바라보았다.

"……."

복면을 하고 있기 때문에 얼굴 표정을 살필 수는 없었지만, 눈빛을 보면 루그가 진실을 말하고 있다는 느낌이 들었다. 세상 어딜 가도 대접받을 수 있는 기격의 경지에 오른 강체술사. 마음만 먹으면 쉽게 자신을 죽일 수 있는 이가 굳이 이런 일을 벌인 이유가 뭔지 궁금했다.

'어쩌면 나쁜 꾀에 넘어가는 것인지도 모르겠지만……'

후작은 대귀족으로 살아오면서 사람 보는 눈을 어느 정도 길렀다고 자부하고 있었다. 그런 그의 감이 말하고 있었다, 이 남자와는 한번 이야기를 나누어볼 만하다고.

"한번 이야기를 들어보지. 괜찮겠나?"

"그러죠."

루그가 어깨를 으쓱했다.

4

후작의 방은 완전히 난장판이 되었지만 다행히 작은 테이블과 의자 몇 개가 무사했다. 서로 마주 앉자 후작이 물었다.

"혹시나 해서 묻는 것인데, 밖의 상태는 어떤가?"

"다들 아무것도 모르고 있죠. 아무도 모르게 침입해 들어온 겁니다."

"어떻게 그럴 수가 있지?"

"마법의 힘을 빌렸다고만 해두죠. 이 방에서 일어난 소란을 바깥에서 모르는 것도 마찬가지입니다."

"그럴 수가? 이 저택에는 마법적인 방비도 되어 있거늘."

"그 점은 잘하신 겁니다만, 인간의 마법은 상위 용족의 마법 앞에서는 어린애 장난이나 마찬가지입니다. 메이즈."

루그가 눈짓하자 메이즈가 환영 마법을 풀고 드래코니안

의 모습이 드러났다. 아무 생각 없이 그녀에게 눈길을 줬던 후작의 눈이 휘둥그레졌다.

"이, 인간이 아닌가? 설마 드래코니안?"

여전히 복면 때문에 얼굴은 보이지 않았지만, 머리에 난 뿔과 물고기의 지느러미가 생각나는 귀만으로도 그녀가 인간이 아님을 알아보기에는 충분했다. 게다가 의자 뒤쪽에는 황금빛 꼬리가 살랑거리고 있지 않은가?

루그가 말했다.

"참고로 전 인간입니다."

"인간이 상위 용족하고 같이 다니면서 무슨 일을 하려는 건가?"

"음. 우리가 야밤에 침입해 온 것은 실은 후작님이 가지신 능력하고 관계가 있습니다. 정확히는 자링튼 후작가의 핏줄에 계승되는……."

"내 능력? 이 능력이 어떻단 말인가?"

"그건 실은 어떤 존재를 봉인하기 위한 마법적인 장치에서 비롯되는 능력입니다. 그러니까……."

루그는 차분한 목소리로 후작에게 봉인의 조각에 대해서 이야기해 주었다. 후작이 품고 있는 것은 불카누스라는, 인류에게 재앙이 될 존재를 봉하는 마법의 일부라는 것, 블레이즈 원이라는 강력한 비밀 조직이 인류 사회의 이면에서 암약하며 그것을 찾고 있다는 것까지.

긴 이야기를 들은 후작이 굳은 표정으로 말했다.

"믿기 어려운 이야기군⋯⋯."

"그럴 겁니다. 하지만 반드시 알고 계셔야 할 사실이기도 하죠."

"우리의 핏줄에 계승되는 이 능력의 정체가 그런 것일 줄이야. 생각도 못했네. 단순히 축복이라고만 생각했지."

"축복받으신 것 맞습니다."

"음?"

후작이 의아해하자 루그가 쓴웃음을 지으며 말했다.

"봉인의 조각을 품었다는 이유만으로 불행해지는 사람도 많으니까요. 그들에게 있어 봉인의 조각은 저주지만, 자링튼 후작가에게는 축복이겠죠."

"음⋯⋯."

후작은 루그의 목소리에서 심상치 않은 기색을 읽었지만, 굳이 캐묻지는 않았다. 대신 그가 다른 것을 물었다.

"그럼 자네들은 왜 침입해 온 건가?"

"말씀드렸다시피 블레이즈 원에서는 후작님이 품고 있는 봉인의 조각을 찾기 위해 혈안이 되어 있습니다. 그들이 봉인의 조각을 인간의 몸에서 끄집어내서 해제하는 방식은 아주 과격해서, 그 과정에서 보통 가문 하나쯤은 완전히 짓밟히는 참사가 일어나죠. 우린 그걸 막기 위한 조치를 취하고 있습니다."

루그는 자신들이 봉인의 조각을 보관하는 자들에게 어떤 조치를 취하고 다니는지 말해주었다. 자렁튼 후작은 잠시 생각에 잠겼다가 물었다.

"사실이라면 고마운 이야기군. 자네들 말은 분명히 앞뒤가 맞아. 하지만 그렇다고 덥석 믿기에는 증거가 불충분하지 않은가?"

"저도 그렇게 생각합니다. 갑자기 이런 이야기를 하면서 믿어달라고 하는 것은 무리가 있죠. 그래서 굳이 야밤에 침입해서 하고 있는 거고요."

루그도 가능하다면 봉인의 조각을 가진 자들에게 진솔하게 사정을 이야기하고 조치를 취하고 싶었다.

그럴 수만 있다면 자렁튼 후작 같은 대귀족은 블레이즈 원과 맞설 힘이 되어줄 것이고, 그렇지 않은 자는 단순히 조치를 취하는 것을 넘어서 한곳에 안전하게 피신시켜 둘 수도 있을 테니까.

하지만 아무리 생각해도 아직 블레이즈 원의 실체를 접하지 못한 이들이 쉽게 진실을 받아들여 줄 것 같지 않았다. 게다가 귀족가의 일원이라고 해도 라나 같은 위치에 있는 자라면 별 의미가 없다. 어디까지나 자렁튼 후작처럼 가문에 강력한 영향력을 행사할 수 있는 자만이 시간과 노력을 들여서 설득할 가치가 있는 것이다.

후작이 말했다.

"그렇군. 그렇다면… 내가 믿든 말든 자네들은 내게 그 조치라는 것을 취할 생각이겠군?"

"네. 그럴 힘이 있다는 건 인정하시겠죠?"

"내가 그걸 막을 힘이 없다는 것도 인정하네. 살면서 고작 단 두 명에게 무력감을 느껴보기는 처음이군."

루그와 메이즈의 힘은 후작의 상식을 초월한 영역에 있었다. 개인이 아무리 강해봤자 사회적인 권력을 가진 집단 앞에서는 무력하다는 것이 그의 사고 방식이었는데, 루그는 지금 그것을 송두리째 엎어버리는 이야기를 하고 행동으로 보여주기까지 했다.

후작이 피식 웃으며 양팔을 펼쳤다.

"황당한 이야기이긴 하네만, 믿든 말든 마찬가지라면 한번 믿어보기로 하겠네. 그 조치라는 것을 취하고 가도록 하게. 만약 블레이즈 원이라는 조직이 나를 노린다면 그때는 모든 것이 분명해지겠지."

"자링튼 가문에 계승되는 힘에 대해서는 상당히 잘 알려진 편이니 분명 찾아올 겁니다. 이것을 드리겠습니다."

루그는 환영 마법을 간파하는 힘이 담긴 옥 열 개를 꺼내어 후작에게 주었다. 요르드에게 주었던 것과 같은 것이었다. 그 효능을 설명해 준 루그가 덧붙였다.

"믿을 수 있는 사람들에게 나누어 주십시오. 분명 도움이 되는 때가 올 겁니다."

"알겠네."

후작은 순순히 그것을 받아 들었다.

곧 루그와 메이즈는 그가 품은 봉인의 조각에 필요한 조치를 하고 떠났다. 난장판이 된 방 안 풍경을 보던 후작이 중얼거렸다.

"허허, 정말 세상은 오래 살고 볼 일이군. 저자의 말이 사실이라면 곧 세상에 폭풍이 몰아치겠지."

5

루그와 메이즈는 그 후에도 바쁘게 각지를 돌아다니면서 일을 처리했다. 그동안 발견한 봉인의 조각을 가진 인간의 숫자는 열한 명이었기 때문에 비교적 빠르게 일을 끝마칠 수 있었다.

일을 마친 둘은 원래 계획했던 대로 아룬데 백작가를 향해 출발했다. 고속 비행 마법으로 지형을 무시하고 이동하는 둘의 이동 속도는 경이로워서 하루에 수백 킬로미터씩을 이동할 수 있었고, 그렇기에 한 나라를 끝에서 끝까지 가로지르는 것조차 금방이었다.

일정에 여유가 있었기 때문에 루그는 굳이 바레스 왕국의 왕도 바라지아에 들러서 라나의 선물을 잔뜩 샀다. 그와 함께 쇼핑을 하면서 메이즈가 말했다.

"지금까지 산 선물만 해도 산더미 같은데 굳이 또 선물을 사다니, 주인님 정말 지극정성이네."

"거의 일 년 만에 돌아가는 거니까. 라나는 거기 갇혀 살기만 하니 조금이라도 더 많은 걸 주고 싶어."

바라지아에서 루그가 중점적으로 산 것은 책과 미술품이었다. 장신구는 충분히 많이 샀기 때문에 라나가 지루함을 달랠 수 있는 것들을 고른 것이다. 여기서도 메이즈의 안목이 빛을 발해서 좋은 것들을 많이 살 수 있었다.

"그럼 가볼까."

라나의 생일이 이틀 앞으로 돌아왔을 때, 루그는 기대감으로 가슴이 두근거리는 것을 느끼며 아룬데 백작령으로 향했다.

CHAPTER 26
두 얼굴의 난쟁이

폭염의 용제

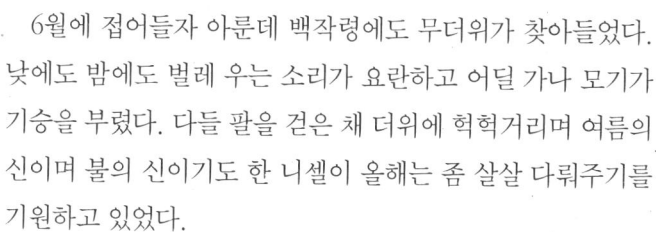

1

6월에 접어들자 아룬데 백작령에도 무더위가 찾아들었다. 낮에도 밤에도 벌레 우는 소리가 요란하고 어딜 가나 모기가 기승을 부렸다. 다들 팔을 걷은 채 더위에 헉헉거리며 여름의 신이며 불의 신이기도 한 니셀이 올해는 좀 살살 다뤄주기를 기원하고 있었다.

하지만 그런 여름의 괴로움에서 완전히 동떨어져 있는 곳이 있었다.

영지 북부에 있는 숲이 바로 그곳이었다. 마법으로 외부와 격리된 이곳에 대해서는 예전부터 갖가지 소문이 떠돌았다. 그런데 몇 개월 전부터는 더욱 괴상한 소문이 돌기 시작했다.

그 소문은 가끔 생필품이나 식량 등을 전달하기 위해 이곳에 드나드는 고용인들을 통해서 퍼졌다.

그들의 말에 의하면 어느 순간부터 갑자기 그 숲 속에서 겨울이 사라져 버렸다고 했다.

그리고 시간이 지나 겨울이 끝나고 봄이 오고, 다시 여름이 왔을 때 그들은 말했다.

그 숲에는 여름이 오지 않았다고.

맴, 매앰…….

겨울이 사라지고, 여름도 오지 않은, 오로지 봄만이 계속되는 숲 속에 두 사람이 들어섰다. 연갈색 머리카락에 청록색 눈동자를 가진 소년 루그와 백발에 가까운 금발과 황금색 눈동자를 가진 소녀 메이즈였다.

매미 우는 소리조차도 숲의 외곽에서나 들리고 안쪽으로 들어갈수록 점점 벌레 소리가 약해진다. 고작 수십 미터 걷는 동안 계절이 확연히 봄에 가까워져 가는 것이 실감되었다.

루그가 혀를 내둘렀다.

"대단한데. 이 결계는 뭐지? 도대체 누가 개조한 거야, 이거?"

"응, 굉장해. 단순히 기온을 일정하게 유지하는 결계라면 나도 어떻게든 구축할 수 있겠지만, 아예 계절감을 자기가 원하는 대로 바꿀 수 있다니……."

메이즈도 감탄하고 있었다.

문득 루그는 자신이 지난 2년간 정말 많이 달라지긴 달라졌다는 사실을 느꼈다.

시공 회귀 전에는 이런 곳에 들어섰다면 신기하다고 생각하면서 경계했을 것이다. 당시의 그에게 있어서 마법에 대한 지식은 적이 사용할 경우 대응하고, 아군이 사용할 경우 이용하기 위함 이상도 이하도 아니었다.

하지만 지금은 이런 이상 현상을 보는 순간 당장 주변의 마력이 어떤 식으로 구성되어서 운용되고 있는지부터 살피고, 그 의미를 파악하려고 하게 된다. 세상은 아는 만큼 보인다더니, 몽상 세계 속에서 사실상 수십 년 동안 마법 지옥을 겪다 보니 마법사가 다 된 것 같았다.

'원 참. 예전의 나를 알고 있는 놈들이 보면 기절초풍하겠어.'

물론 그런 사람 따위는 남아 있지 않았지만 말이다.

문득 볼카르가 말했다.

〈알았다.〉

"뭘?"

〈이 결계에 손댄 것이 누구인지 알았다는 말이다.〉

"누군데? 네가 아는 사람이야?"

〈리누스다. 처음 결계를 만든 놈이 돌아왔군. 우리가 덧붙인 구성은 거의 훼손시키지 않는 상태로 자신의 결계 구성을

개조해서 계절 제어 효과를 붙인 거다. 제법 세련된 솜씨지.〉

"리누스? 전설의 드워프 장인?"

루그의 눈이 휘둥그레졌다.

라나가 기거하는 탑을 중심으로 한 이 숲의 결계를 만든 존재이며, 볼카르의 말에 의하면 인간에게 마법을 전하기도 했다는 전설적인 드워프.

루그는 전생에 대륙 각지를 돌아다니면서도 드워프를 본 적이 한 번도 없었다. 그들은 불쑥 나타나서 인간에게 개입한 다음 흔적도 없이 사라져 버리는 존재들이었고, 인간이 원한다고 만날 수 있는 존재가 아니었기 때문이다.

역사적으로 알려진 바에 따르면 인세에 알려진 드워프는 모두 일곱 명. 그들 모두가 오늘날까지도 인간이 따라갈 수 없는 족적을 남겼기에 전설의 드워프 장인이라 불린다.

가장 대표적인 마법 무구의 창조자 워즈니악.

현명한 마법의 조언자이며 인류에게 마법을 전한 리누스.

문자에 마법을 각인시켜 결계를 구축하는 방법을 만든 스티브.

정보를 저장하고 검색하는 마법 도구를 만들어낸 브린.

통신 마법을 비롯한 원거리 마법 운용의 창시자 모토로라.

무생물에 마력을 부여해 움직이는 골렘을 창조한 게이츠.

건축 기술과 결계 구축법을 융합해서 마법적인 효과를 발휘하는 시설을 처음으로 만들어낸 데니스.

인류 역사에 이름이 남은 드워프는 이들뿐이었다.

워낙 인간과 접한 역사가 없다 보니 난쟁이라는 것 외에는 그들의 생태에 대해서 알려진 것이 아무것도 없었다. 어떤 이는 그들이 대를 이어서 같은 이름을 계승한다고 주장했고, 또 어떤 이는 그들이 엘프나 상위 용족보다도 훨씬 긴 수명을 가진 존재이며 인간의 눈을 피해 살아갈 뿐이라고 주장했다. 진실이 무엇인지는 아무도 알 수 없었다.

"볼카르, 드워프는 대체 어떤 종족이야?"

물론 루그는 알고자 하면 얼마든지 알 수 있었다. 볼카르라는 크고 아름다운 답안지가 존재하고 있었으니까.

볼카르가 말했다.

〈나한테 설명을 듣기보다는 직접 보는 게 낫지 않겠나? 이 결계의 상태를 보아하니 아무래도 리누스가 안에 있는 게 아닐까 싶다만.〉

"전설의 드워프가 말이지. 흠. 도대체 무슨 목적으로 라나한테 와서 이런 짓을 한 거지?"

〈내 생각엔 아마 우리가 결계에 손을 댄 것을 감지한 게 아닐까 싶다. 인간의 마법 수준을 월등히 뛰어넘는 결계를 개조해 놓았으니 한번 와서 확인해 볼만도 하지.〉

"자기가 만든 결계가 개조되면 감지할 수 있단 말인가?"

〈불가능하진 않을 거다. 결계 구성에는 그런 기능이 들어가 있지 않았지만, 대지의 심상을 읽고 일체화할 수 있는 드워프의 능력이라면…….〉

그렇게 대화를 나누는 사이 그들은 우거진 나무들 사이를 지나서 숲의 중심부 공터에 들어섰다. 루그가 기억하는 풍경이 10개월여의 시간이 지난 지금도 변함없이…….

"뭐야, 저건?"

루그의 눈이 휘둥그레졌다.

변했다.

완전히 변했다!

그가 기억하고 있던 것과는 전혀 다른 풍경이었다. 공통점이라고는 결계의 중심이 되는 탑과 그 앞쪽에 라나가 만든 조각상들이 있다는 것뿐이었다.

그 외의 풍경은 훨씬 화사해졌다. 탑 옆에는 그림 같은 2층집이 있었고, 그 앞에는 꽃이 각 구획마다 서로 어울리는 색깔끼리 모여서 알록달록하고 예쁘게 꾸며진 작은 정원이 꾸며져 있었다. 정원 한가운데에는 작은 분수대도 있었으며, 분수대와 이어지는 구조로 만들어진 인공 연못에는 둥둥 떠다니는 커다란 잎들 아래로 형형색색의 물고기들이 헤엄치는 모습이 보였다.

또한 그 옆에는 그림처럼 작고 예쁜, 하지만 왠지 옆에 크고 둥글게 지어진 이상한 부분이 붙어 있는 오두막이 있었다.

둥근 부분 쪽에서 뚱땅거리는 소리가 들려오고 거기에 붙은 굴뚝에서 흰 연기가 나고 있는 것을 보면 뭔가를 만드는 공방이 아닐까 싶었다.

메이즈가 그 풍경을 보면서 감탄했다.

"굉장히 예쁘게 꾸며놨네. 라나 아가씨는 취향이 귀여운가 봐."

"아니, 이건……."

루그는 어이가 없어서 입을 뻐끔거렸다.

이곳을 떠난 지 10개월이 넘었으니 어느 정도 변하는 거야 당연한 일이다. 하지만 상상을 초월할 정도로 많이 변해 있으니 당황스러웠다.

그런데 뒤이어 지금까지의 당황스러움 따윈 한 방에 날려 버리는 광경이 루그의 눈에 들어왔다.

"허억……."

루그는 헛숨을 삼켰다.

푸른 기가 도는 흑발을 길게 늘어뜨린 라나가 숲 속에서 걸어나오고 있었다.

그동안 열세 살이 된 라나는 마지막으로 봤을 때와 비교하면 많이 자라 있었다. 키도 조금 큰 것 같았고, 예전보다 성장했다는 느낌이 들었다.

하지만 지금 루그의 눈에는 그런 변화는 하나도 들어오지 않았다. 그저 라나의 손에 들린, 아니, 정확히는 그녀가 어깨에 짊어지고 있는 것만 보였다.

그것은 작고 어린 소녀가 짊어지기에는 너무 굵고 길고 큰 통나무였다.

라나의 허리보다도 두껍고 키보다도 더 기다란 통나무를 거뜬히 어깨에 짊어지고 당당하게 걷는 그녀를 입을 쩍 벌린 채 바라보던 루그는 그 자리에 풀썩 주저앉아서 좌절했다.

"…내가 도대체 무슨 짓을 한 거지?"

지난 10개월 동안 그레이슨의 지도하에 강체술을 익힌 라나는 좀 지나치게 튼튼해져 있었던 것이다.

2

라나는 코번과 함께 숲에 들어가서 나무를 잘라오는 참이었다. 요즘 이것저것 조각하는 속도가 빨라지다 보니 가문에서 조달해 주는 목재와 석재의 도착이 조금이라도 늦춰지면 할 일이 없었다. 그래서 코번이나 그레이슨에게 부탁해서 숲 외곽의 나무를 잘라내서 쓰곤 했다.

그동안 라나의 힘은 놀라울 정도로 커져 있었다. 어느 정도냐 하면, 잘 제어가 안 되어서 종종 설거지하던 그릇을 깨먹거나, 의자를 수리하다가 망치질을 실수해서 박살 내버리는 일이 벌어졌을 정도다.

그녀가 강체술을 익힌 기간은 고작 10개월.

그 짧은 시간 동안 이런 괴력을 갖게 된 이유는 그녀가 천부적인 재능의 소유자여서는 결코 아니다. 원인은 루그가 남겨놓고 간 비약과 그레이슨이었다.

뒤에서 따라가던 코번이 말했다.

"아가씨, 역시 그거 저한테 주세요. 귀하신 아가씨가 그런 걸 드신다니……."

"싫어. 코번은 이미 많이 들었잖아. 이거 별로 안 무거운걸."

라나는 장난스럽게 웃으며 대답했다.

그 말대로 코번은 세 개나 되는 통나무를 들고 있었다. 아무리 그가 산 같은 거구의 소유자라고 해도 굉장하다고 생각되는 광경이었다. 물론 작은 체구의 소녀인 라나가 자기 몸보다 더 크고 자기 체중보다 훨씬 무거운 통나무를 든 것에 비하면 아무것도 아니긴 했지만.

문득 라나는 누군가 자신을 빤히 바라보는 시선을 느꼈다. 강체술을 익힌 후에는 감각이 예민해져서 이런 것도 느낄 수 있게 되었다.

"응?"

"왜 그러세요?"

코번이 의아해하며 그녀의 시선을 따라간다. 그리고 그의 눈이 휘둥그레졌다.

라나의 걸음이 멈췄다. 자신을 향한 시선의 주인을 발견한 그녀의 눈이 조금씩 커졌다.

가슴이 두근거린다.

"루그……."

라나는 그의 이름을 부르며 한 걸음 나섰다. 갑자기 어깨에 짊어진 통나무가 굉장히 무겁게 느껴졌다. 라나는 그것을 던져 버리면서 달리기 시작했다.

쿵!

던져진 통나무가 대지를 굴렀다.

"크, 크아악……."

거기에 발등을 찍은 코번은 비명조차 제대로 지르지 못하고 고통스러운 얼굴로 몸을 부르르 떨었다. 하지만 불쌍하게도 지금 이 순간 라나의 의식 속에는 그가 존재하지 않았다.

"루그!"

치맛자락을 휘날리며 달려온 라나가 격앙된 목소리로 외쳤다. 어색하게 그녀를 기다리던 루그가 환하게 웃으며 양팔을 펼쳤다.

"라나 아가씨!"

그리고 그 앞에서 라나가 땅을 박차고 루그의 품으로 뛰어들었다. 순간 루그의 눈이 휘둥그레졌다.

'잠깐. 이거 너무 빠르잖…….'

퍼억!

질풍처럼 뛰어든 라나의 머리가 멋지게 루그의 턱을 들이

받았다.

"다, 단단해⋯⋯."

루그가 뒤로 넘어가며 신음처럼 중얼거렸다. 그리고 두 사람의 몸이 한데 엉켜서 땅을 몇 바퀴나 데굴데굴 굴러갔다.

"⋯⋯."

메이즈는 멍청하니 그 광경을 바라보고 있었다. 분명 감동적인 재회의 순간이었거늘 이게 무슨 참사란 말인가?

루그는 큰대자로 뻗은 채 부들부들 떨고 있었고, 라나는 그 위에 안긴 채 어지러워하고 있었다. 문득 루그가 상반신을 일으키면서 손으로 그녀의 머리를 짚었다.

"에구구, 아가씨, 힘 정말 좋아졌네요. 훌륭한 태클입니다. 오크도 한 방에 쓰러뜨리겠네."

"으응, 그, 그게⋯ 이러려던 게 아니고⋯⋯."

정신을 차린 라나의 얼굴이 새빨갛게 물들었다. 머릿속에는 분명 자신이 뛰어들면 루그가 멋지게 받아 들고 빙글빙글 도는 감동적인 재회의 순간이 그려지고 있었다. 그런데 설마 달려드는 기세를 주체하지 못해서 머리로 그를 들이받아 버릴 줄이야 누가 상상했겠는가?

라나가 고개를 푹 숙인 채 기어들어 가는 목소리로 말했다.

"힘이 잘 조절이 안 되어서⋯⋯."

"그런 것 같네요. 많이 튼튼해지셨어요. 스승님이 도대체 뭘 가르친 거예요?"

루그가 어이없어했다.

10개월이면 강체술 2단계를 완료하기도 부족한 시간이다. 만약 라나에게 루그의 상상을 초월하는 재능이 숨겨져 있었다면 그 기간 동안 2단계까지는 완료하는 게 가능할지도 모른다. 하지만 아무리 그래도 이 괴력은 납득이 가지 않았다.

라나가 입술을 삐죽였다.

"그레이슨이 이상한 걸 매일 먹었어."

"이상한 것?"

"루그가 준 약이라면서. 그걸 먹으면 몸이 뜨거워졌다 차가워졌다……."

'설마 이 양반…….'

루그의 뇌리에 불길한 가능성이 스쳐 지나갔다. 그가 조심스럽게 물었다.

"혹시 스승님이 제가 남겨놓고 간 약 전부 다 아가씨한테 먹였어요?"

"응."

"……."

라나가 고개를 끄덕이자 루그는 할 말을 잃었다.

전부 다 먹고 제대로 소화해 내면 20년분의 강체력을 얻을 수 있을 약을 라나한테 전부 다 먹였단 말인가? 그것도 코번은 아직 그걸 완전히 소화해 낼 능력이 없다면서 안 줘놓고 이제 막 강체술을 익히기 시작한 초보자에게 다 먹이다니!

'잘못하면 다 소화해서 강체력이 늘어나는 게 아니고 죽을 수도 있는데… 아니, 잠깐. 근데 아무리 그래도 이 힘은 설명이 안 돼. 도대체 무슨 짓을 하신 거야?'

강체력이 늘면 늘수록 신체 능력도 크게 증폭된다. 또한 강체력을 운용하는 기술의 수준이 높아지면 높아질수록 그 힘을 활용하는 효율이 좋아져서 같은 강체력으로도 더욱 강력한 육체 능력을 발휘할 수 있게 된다.

루그는 라나의 손을 붙잡고 그녀의 몸에 흐르는 강체력을 살펴보았다. 그리고 놀랐다.

'세상에! 이거 진짜 20년분 가까이 되겠는데? 내가 놓고 간 약을 거의 완벽하게 소화시켰단 소리잖아?'

비약은 무조건 많이 먹는다고 좋은 것이 아니었다. 육체가 그 힘을 받아들일 기반이 닦여 있지 않으면 힘의 태반을 소화하지 못하고 버리게 되며, 자칫하면 오히려 육체를 해하는 결과가 될 수도 있었다. 루그가 단련 기간에 비해 비정상적으로 높은 강체력을 가질 수 있는 것은 어디까지나 육체를 충실하게 단련해 오면서 기격의 경지를 충분히 활용했기 때문이다.

그런데 라나는 도대체 무슨 수로 그걸 다 소화시킨 것일까?

고민하는 루그에게 라나가 말했다.

"루그, 일어나 봐."

"음? 그러죠."

루그는 고개를 갸웃하며 몸을 일으켰다. 그러는 김에 라나의 허리를 번쩍 들어서 앞에다 세워주었다.

라나가 루그를 올려다보며 말했다.

"키 많이 컸네."

"그, 그래요? 좀 크긴 했어요?"

루그는 어깨에 힘이 들어가고 입이 귀에 걸리는 걸 주체할 수가 없었다. 볼카르가 혀를 찼다.

〈쯧쯧. 어린애한테 키 컸다는 소리 듣고 좋아하는 꼴이라니.〉

—시끄러워. 평생 여자한테 칭찬도 못 들어보고 산 녀석이 내 기분을 알겠냐?

루그가 투덜거렸다. 확실히 그동안 키가 크긴 했다. 한창 성장기에 영양 보충을 잘하고 살아서 그런지 이제는 키가 175센티나 되었다. 시공 회귀 전의 키를 회복하려면 아직도 많이 커야겠지만, 그래도 그동안 계속 키가 작아서 답답하던 기분은 거의 가시는 듯했다.

볼카르가 말했다.

〈많이 들어봤다만.〉

—뭣이? 무슨 얼토당토않은 거짓말을……!

〈사실이다. 인간의 몸으로 외유할 때 수많은 여자들이 나의 외모와 능력을 입이 마르도록 칭찬했고 하룻밤을 같이 보내고 싶어서 안달이 났었지. 뭐, 너처럼 칭찬 한마디 듣는다고 그렇게 좋아서 어쩔 줄 몰라 하진 않았고, 사실 성욕을 처리하는 것도 연구 목적으로는 좋았지만 그렇게 재미있지는…….)

―너 이 자식, 어떻게 그럴 수가…….

루그는 황당해하며 입술을 깨물었다. 하지만 곧 그러고 있을 때가 아니라는 사실을 깨닫고는 재빨리 표정을 수습했다.

"라나 아가씨도 키 좀 컸네요."

"응. 손가락 마디만큼."

라나가 배시시 웃으면서 손가락을 들어 보였다. 그 모습이 너무 귀여워서 루그는 꼭 끌어안고 싶은 충동을 가까스로 눌러 참았다.

'아우, 귀여워. 젠장.'

헤어진 지 10개월이 넘어서 그런가, 그녀의 모습이 많이 달라 보였다. 함께 있을 때는 변화를 알아볼 수 없었는데, 오랜만에 보니까 그녀가 많이 자랐다는 사실이 실감된다. 키도 자랐고 얼굴도 조금은 성숙해졌다. 그래 봤자 아직은 귀엽고 어린 소녀이긴 했지만 말이다.

'그래도 닮았어.'

루그는 어린 라나에게 과거의, 아니, 잃어버린 미래의 그녀를 겹쳐 보았다.

조금 성숙해진 라나의 미소는 루그가 기억하고 있는 그녀의 미소와 조금 더 닮았다. 시간이 지나면 지날수록 더 많이 닮아가겠지. 그것을 생각하자 뭐라고 말할 수 없는 감정이 밀려들었다.

문득 라나의 시선이 루그의 옆으로 향했다. 지금까지는 루그 말고는 아무것도 안 보였는데, 가만히 자신을 바라보는 시선을 느낀 것이다.

시선의 주인은 메이즈였다. 백발에 가까운 눈부신 금발을 늘어뜨린, 루그와 비슷한 또래로 보이는 아름다운 소녀의 존재를 발견한 라나의 얼굴이 굳었다. 라나는 루그의 옆구리를 콕콕 찌른 다음 메이즈를 가리키며 물었다.

"…이 사람은 누구야?"

"아, 얘는, 그러니까 말이죠."

루그는 당황했다. 라나의 표정을 보니 뭔가 잘못됐다는 기분이 팍팍 들었다. 루그가 우물쭈물하고 있자 메이즈가 나서서 미소 지으며 인사했다.

"처음 뵙겠습니다, 라나 아가씨. 주인님을 모시고 있는 메이즈 오르시아라고 해요."

"주인님?"

라나가 놀라서 눈을 동그랗게 뜨며 루그를 바라보았다. 루그는 그녀의 시선이 가슴을 쿡쿡 찌르는 것을 느끼며 침을 꿀꺽 삼켰다.

3

오랜만에 돌아온 탑은 전혀 아늑하지 않았다. 그러기는커녕 찬바람이 쌩쌩 불었다.

그레이슨은 호기심 어린 눈으로 루그와 메이즈를 바라보고 있었고, 코번은 묵묵히 라나가 버리고 간 통나무에 찍힌 발등에 약을 바르고 있었으며, 라나는 볼을 퉁퉁 부풀린 채 말도 하기 싫다는 표정으로 시선을 돌리고 있었다.

루그는 가시방석에 앉은 듯한 기분으로 움츠러들었다. 오랜만의 재회는 감동적이고 훈훈한 것이 되리라 믿어 의심치 않았는데 어쩌다 이렇게 되었는지 모르겠다.

그레이슨이 말했다.

"잘 돌아왔다, 제자야. 그 블레이즈 원이라는 적들은 많이 조지고 다녔느냐? 설마 얻어터지고 질질 짜면서 돌아온 건 아니겠지?"

"설마 그랬겠습니까?"

"죽기 직전까지 얻어터지긴 했지만 많이 두들겨 주기도 했죠."

"야."

메이즈가 한마디 하고 나서자 루그가 얼굴을 붉히며 그녀를 흘겨보았다. 그레이슨이 흥미로워하는 기색으로 물었다.

"호오, 그래도 네가 어디 가서 맞고 다닐 수준은 아닌데 그랬다면 적들이 강하긴 강했나 보구나."

"그냥 그놈들 수가 많아서 그랬습니다."

"딱히 다수라서 그랬던 건 아니잖아? 불카누스한테는 일대일로도 상당히 고전했고."

"야, 그만하라니까."

"난 사실을 말했을 뿐인걸."

메이즈가 얄밉게 웃으며 혀를 쏙 내밀었다.

그레이슨이 재미있다는 듯 두 사람을 바라보며 물었다.

"그런데 이 아가씨는 어떤 분이시냐? 사정을 잘 알고 계신 듯한데."

"루그가 주인님이래."

갑자기 라나가 냉기 풀풀 날리는 목소리로 불쑥 끼어들었다. 그레이슨이 어리둥절해하며 그녀를 바라본 뒤 루그에게 물었다.

"주인님이라니, 그건 또 뭔 소리냐?"

"라나 아가씨가 말씀하신 대로 제가 이분을 주인님으로 모시고 있어요. 메이즈 오르시아라고 합니다. 잘 부탁드려요."

메이즈가 다소곳하게 고개를 숙이며 인사하자 그레이슨과 코번도 저도 모르게 헤벌쭉 웃으며 마주 고개를 숙였다. 그러다가 라나가 날카로운 시선을 보내자 움찔하며 시선을 돌린다. 근육질 거한 둘이 그러고 있는 꼴을 보자니 아주 가관이었다.

루그가 한숨 섞인 목소리로 말했다.

"메이즈는 드래코니안이에요. 그리고 예전에는 블레이즈

원의 간부였죠."

"음?"

그 말에 그레이슨의 눈이 휘둥그레졌다. 메이즈는 루그와 눈짓을 주고받은 뒤에 환영 마법을 해제하고 본모습을 드러냈다.

순간 라나가 탄성을 흘렸다.

"아……."

지금까지 책 속의 그림으로나 보았던 모습이다. 엘프와 비견될 만한 아름다운 얼굴 위로 환영처럼 일렁거리는 푸른 문양이 있었고, 머리 양옆에는 구부러진 두 개의 뿔이 나 있었으며, 금색을 띤 귀는 물고기의 지느러미를 닮은 형상이었다. 또한 등 뒤에는 작은 두 장의 날개가 있었고, 황금빛을 띤 꼬리가 살랑거리는 모습은 정말로 인간과 드래곤의 모습을 반씩 따서 합쳐 놓은 것 같았다.

넋을 잃고 그녀를 바라보던 라나가 중얼거렸다.

"드래코니안……."

"맞아요. 저는 드래코니안이랍니다."

"그리고 여기 있는 사람 전원의 나이를 합친 것보다 더 나이가 많죠. 방년 208세."

"주인님, 여자 나이 자꾸 떠들다가는 저주받을 거야."

메이즈가 생글생글 웃는 얼굴로 살기를 뿜어냈다. 하지만 루그는 유들유들하게 받아넘기며 말했다.

"지난번에 말씀드린 블레이즈 원의 총수, 그때는 볼카르라는 이름으로 알려 드렸지만 지금은 불카누스라는 이름이죠. 어쨌든 그 녀석의 지배에서 벗어나기 위해 용제인 저를 주인으로 삼고 종속의 계약을 치렀습니다. 지금은 뜻을 함께하는 동료예요."

루그는 메이즈를 소개한 뒤 그레이슨에게 물었다.

"혹시 스승님, 라나 아가씨께 제가 말씀드렸던 것을 이야기해 주셨나요?"

"어느 정도는 이야기해 주었다."

라나가 계승한 저주가 블레이즈 원이라는 비밀 조직의 총수, 인간에게 재앙이 될 존재의 봉인 중 하나라는 것.

그리고 루그는 그녀를 지키기 위해 이곳에 왔고, 또 세상에 존재하는 다른 봉인들을 찾아 나섰다는 것.

그레이슨의 말을 들은 루그가 라나를 보며 말했다.

"이제 라나 아가씨도 모든 것을 아실 때가 되었죠."

루그는 이곳을 떠난 뒤에 있었던 일들을 간추려 이야기했다.

봉인의 조각들을 찾아서 해제하고 다닌 것, 블레이즈 원과 싸운 것, 그리고 메이즈가 자신에게 종속되게 된 것까지.

이야기를 다 들은 라나가 물었다.

"…그럼 나 같은 사람들이 많은 거야?"

"수십 명 정도 있어요. 하지만 다들 사정이 달라요. 어떤 사람은 불행해졌고, 어떤 사람은 자신이 그걸 가졌다는 사실조차 잘 모르고, 어떤 사람은… 오히려 행복해졌죠."

루그는 봉인의 조각 덕분에 마물이 접근하지 못하는 능력을 가지게 된 남자를 기억했다. 남자는 마을의 수호신이라 불리며 모든 이에게 사랑받았다.

자링튼 가문에 있어 봉인의 조각은 축복이었다. 가문의 일원에게 계승되는 그 능력은 매우 유용하게 쓰여 누구도 그것을 저주라 부르지 않았다. 속성력이나 용제의 힘처럼 머나먼 고대, 신화가 살아 숨 쉬던 시절의 잔재가 이어진 축복이라 여길 뿐이었다.

라나의 표정이 어두워졌다.

"그렇구나……."

"하지만 걱정 마세요. 시간은 걸릴지 몰라도 반드시 제가 아가씨가 품은 봉인의 조각을 해제할 거니까."

"정말로 가능해?"

라나가 불신을 드러내며 물었다.

원망 섞인 그녀의 시선에 루그는 당황했다. 비록 아직까지 인간이 품은 봉인의 조각을 해제할 능력이 없지만, 언젠가는 반드시 해제할 수 있다고 믿고 있었다. 그러한 믿음은 지금까지 이야기하는 동안 그녀에게도 전해졌을 것이다.

그런데 왜 그녀는 이렇게 노골적인 불신을 드러내는 것일까? 마치 그것이 불가능한 일이라고 누군가 현실적인 근거를 들어서 설득하기라도 한 것처럼.

루그가 조심스레 물었다.

"아가씨, 제가 없는 동안 무슨 일 있었어요?"

"그건……."

뭐라고 대답하려던 라나가 입을 다물었다. 고개를 푹 숙인 그녀는 혼란스러워하고 있는 것 같았다.

그때였다. 볼카르가 말했다.

〈루그, 드워프다. 뒤를 봐라.〉

"응?"

루그는 흠칫 놀라며 뒤를 돌아보았다. 그리고 놀랐다.

그곳에는 백발을 질끈 뒤로 묶고 녹색 눈동자를 반짝이는 어린 사내아이가 서 있었다. 등에다 날개를 달아놓으면 신전 벽화에 그려진 천사라고 해도 믿을 것 같은 용모의 사내아이를 본 루그는 경계심을 일으켰다.

'뭐야? 왜 전혀 기척을 느낄 수가 없지?'

분명 눈앞에 있는데 기감으로도, 마법으로도 그 기척을 포착할 수가 없다.

루그에게는 그 사실이 정말로 오싹했다. 그렇다고 눈앞의 존재가 환영이냐 하면 그것도 아니었다. 분명 그가 호흡할 때마다 공기의 흐름이 일어나는 것을 감지할 수 있었다.

잠시 동안 루그와 사내아이는 서로를 바라보고 있었다. 루그는 혼란스러워하며 볼카르에게 물었다.

―이게 드워프라고? 그냥 어린애잖아? 귀가 엘프랑 닮긴 했지만…….

귀가 살짝 뾰족하기는 했지만, 그 외에는 어딜 봐도 인간 어린아이와 다른 구석이 없었다. 그렇게 보면 엘프 아이라고 해도 믿을 것 같기는 했다.

볼카르가 말했다.

〈이놈들은 원래 그렇다. 그들에 대해서 알려면 낮과 밤의 모습을 모두 지켜봐야 하지.〉

―낮과 밤?

그때 사내아이가 화사하게 웃었다. 그리고 귀여운 목소리로 말했다.

"미안하구먼. 내 입이 방정이라 쓸데없는 소릴 해서 아가 씨를 불안하게 만들어 버렸지 뭔가."

비록 말투는 전혀 어린애답지 않았지만 말이다.

4

키가 1미터 남짓밖에 안 되는 사내아이에게 이곳의 테이블 은 너무 높았다. 앉아봐야 테이블 위로 고개를 반쯤 내미는 것이 고작이었기에 의자 위에 보조 방석을 놓아야 했다.

사내아이가 투덜거렸다.

"키가 작으면 이래저래 불편하다니까. 인간도 엘프도 키가 큰데 왜 우리만 이런지 원."

〈그야 너희의 종족명인 '드워프' 자체가 난쟁이란 뜻일 정도니 어쩔 수 없는 숙명이지.〉

볼카르가 비아냥거렸지만 물론 사내아이에겐 들리지 않았다. 어렵사리 대화할 만한 눈높이를 맞춘 사내아이가 루그를 보며 눈을 빛냈다.

"자네가 내 결계를 개조한 인간인가?"

"당신이 전설의 드워프 장인 리누스인가?"

루그는 그의 질문에 질문으로 응답했다. 자신을 못마땅한 기색으로 바라보는 루그의 물음에 사내아이가 눈을 동그랗게 떴다.

"나를 아네?"

"여길 만든 게 당신이잖아. 마법 구성에 서명까지 남겨놓고 왜 딴청이지?"

"그것까지 알아봤나? 아, 하긴 개조를 했을 정도니 당연하지. 어쨌든 깜짝 놀랐다. 인간이 내 마법 구성을 완전히 이해하고 손대기까지 한 것은 대충 2,400년 만에 처음이구먼."

"…2,400년?"

순간 루그가 흠칫했다. 리누스가 아무렇지도 않게 말한 시간이 너무 비정상적인 스케일을 자랑했기 때문이다.

황당해하는 것은 루그뿐만 아니라 메이즈도 마찬가지였다. 그녀가 물었다.

"실례지만 혹시 몇 살이세요?"

"나? 올해로… 음, 어디 보자, 생일 지났으니 6,723살."

천사 같은 얼굴에 귀엽기 그지없는 목소리로 노인 같은 말투를 쓰는 드워프 리누스가 화사하게 웃으며 말했다.

"……."

침묵이 내려앉았다. 고작해야 대여섯 살 정도밖에 안 되어 보이는 꼬맹이가 6,723년이라는 엄청난 세월을 살아왔다고 주장하니 현실감이 와장창 무너지는 기분이었다. 외모 면에서 명백히 인간과 구분되는 특징을 지닌 메이즈가 200년 이상을 살아왔다고 하는 것과는 또 한 차원 다른 괴리감이 느껴진다.

오로지 볼카르만이 태연했다. 그가 코웃음을 치며 말했다.

〈6,723살이면 스노우화이트가 강림한 지 7년째에 태어났으니 드워프 중에서는 막내로군. 아, 지금은 막내에서 세 번째일까?〉

―엥? 막내?

〈그렇게 놀랄 것은 없다. 1년에 하나씩 태어나서 막내인 것뿐이니. 드워프는 사실 종족이라고 하기에도 민망할 정도지. 오로지 일곱 개체밖에 존재하지 않고, 언제까지나 늘어나지 않는 이들을 종족이라고 할 수 있을지 의문이다.〉

볼카르는 루그의 반응이 재미있다는 듯 웃었다. 아무래도 설명해 주지 않고 직접 만나보라고 한 것은 이런 반응을 기대해서인 것 같았다.

둘의 대화를 알 리 없는 리누스가 말했다.

"우리 종족은 인간의 기준으로 보면 영원히 산다고 봐도 과언이 아니구먼. 뭐, 대신 인간처럼 수가 많진 않아."

"정말 그런 것 같군. 6천 년 이상이라니… 죽음이라는 개념을 모르는 건가?"

"그렇진 않지. 우리도 죽음을 알지만 좀처럼 죽지 않는 것 뿐이구먼. 대충 7천 년 가까운 시간이 지나면서 두 명은 죽었고 새로 태어났지."

"두 명이 죽고 새로 태어났다? 그건 무슨 의미지?"

"이런이런, 계속 나만 대답하는 것은 좀 불공평하지 않은가? 자네도 내 의문을 풀어주었으면 좋겠는데."

"아, 그럼 당신 종족에 대한 의문은 접어두고 하나만 더 묻지. 라나한테 무슨 입방정을 떨었지?"

순간 루그에게서 소름 끼치는 살기가 퍼져 나갔다. 그 살기는 칼날처럼 날카롭게 벼려져 있어서 다른 이들은 오싹한 감각을 느낄 뿐이고, 오로지 리누스만이 심장을 짓누르는 듯한 압박감을 느낄 수 있었다. 하지만 리누스는 태연하게 머리를 긁적였다.

"그건 미안하게 됐구먼. 궁금해서 이것저것 묻고 답하다 보니 그렇게 됐지 뭔가."

"무슨 소리를 했는지 말해."

루그가 위협적인 목소리로 말했다. 그때 라나가 루그 옆으로 살그머니 다가오더니 옆구리를 콕콕 찔렀다. 루그의 시선이 자신에게 향하자 그녀가 말했다.

"리누스님, 루그보다 어르신이잖아."

"그, 그야… 나이로만 보면 그렇죠."

"여기 와서 이것저것 많이 도와주시고 가르쳐 주셨어. 예의를 지켜."

"으음……."

루그는 못마땅한 듯 신음했다. 비난을 담아 자신을 바라보는 라나의 눈빛에 배신감이 물밀듯이 밀려왔다. 자신이 그녀를 위해 얼마나 정성을 쏟았거늘 저런 어디서 굴러먹다 온지도 모를 드워프 편을 든단 말인가? 서러워서 눈물이 날 것 같았다.

'으윽, 그때 떠나는 게 아니었어.'

루그는 짧은 시간 동안만 그녀의 곁에 머물렀던 것이 후회되었다. 좀 더 오랜 시간 동안 곁에 머무르면서 더욱 친밀한 관계가 된 후에 떠났다면 이런 일을 당하지 않아도 되었을 것을!

물론 다른 사람이 루그의 생각을 알았다면 위험한 놈이라고 수군거렸을 것이다.

"하지만 아가씨……."

루그는 애처로운 눈으로 라나를 바라보았지만 그녀는 단호했다. 아무래도 아까 전에 메이즈를 보고 토라진 것이 전혀 풀리지 않은 모양이다. 루그는 어깨를 축 늘어뜨리며 말했다.

"아, 알았어요."

루그는 싫은 기색이 노골적으로 드러나는 표정으로 리누스를 바라보았다. 그리고 생각나는 최대한 공손한 표현으로 부탁했다.

"무슨 소리를 지껄였는지 순순히 말씀해 주시면 유혈 사태는 일어나지 않을 것입니다."

"루그."

"컥!"

라나가 이번에는 팔꿈치로 루그의 옆구리를 찍었다. 그런데 그 일격이 너무 강렬해서 루그의 몸이 그대로 옆으로 꺾이며 쓰러졌다.

땅에 쓰러지기 직전, 루그는 아슬아슬하게 손으로 땅을 짚고 몸을 지탱했다. 그리고 원망스러운 눈으로 라나를 바라보니 그녀는 팔꿈치를 내민 자세 그대로 눈을 휘둥그레 뜨고 있었다. 루그가 고통스러워하는 기색이 역력한 목소리로 말했다.

"…지금 아가씨 힘으로 그렇게 사람 쳤다가는 그냥 골로 가는 수가 있거든요?"

"미, 미안."

당황한 라나가 얼굴을 붉혔다.

강체력이 늘어나면서 생긴 힘이 너무 커서 주체가 안 되다 보니 이게 문제였다. 라나는 그냥 예전에 자기의 앙증맞은 주먹으로 근육질 거한들을 쳐도 끄떡없이 허허 웃는 걸 보아오던 기억이 있어서 그대로 하는데, 이제는 코번은 물론이고 그레이슨조차도 가끔 라나의 주먹에 맞고 비명을 지를 때가 있었다.

루그는 끄응, 하고 신음하며 몸을 일으켰다. 아주 재미있어 죽겠다는 듯 실실 웃고 있는 리누스를 보니 한 대 때려주고 싶은 마음이 간절했다.

마치 그런 루그의 속내를 읽은 듯 리누스가 재빨리 말했다.

"내가 아가씨에게 한 말은 간단하네. 그냥 나에 대해서 이야기하고, 그런 나도 당신이 지닌 저주를 어쩔 수 없다고 말했을 뿐이지."

"그렇게 대단한 당신이 어쩔 수 없다고 말했으니 아가씨가 나도 어쩔 수 없을 거라고 생각한 거였군. 아니, 거였군요."

"그냥 편하게 말하게. 혀 꼬이는 게 안쓰럽구먼."

"아가씨, 들었죠? 난 분명히 이 양반이 하라고 해서 반말하는 겁니다? 원래 남자들끼리는 말 놓자고 하면 그 후에 절대 무르는 거 없어요."

"……."

라나가 어이없다는 듯 바라보자 루그는 슬쩍 시선을 피하며 딴청을 부렸다. 메이즈가 둘이 하는 짓이 귀엽다는 듯 키득거렸다.

루그가 뭐라고 하기 전에 메이즈가 말했다.

"주인님은 할 수 있어요."

확신이 담긴 말에 모두의 시선이 그녀에게 향했다. 그녀가 생긋 웃으며 말했다.

"주인님은 드래곤과 싸워 이기려는 사람이니까. 그 드래곤의 봉인을 어쩌지 못할 리가 없잖아요?"

"드래곤?"

리누스가 놀라서 눈을 크게 떴다.

하지만 다른 사람들은 놀라지 않았다. 루그가 지난번에 떠나기 전에 블레이즈 원의 정체에 대해 이야기했기 때문이다.

문득 리누스가 손을 들어 턱 아래쪽의 허공을 쓰다듬었다. 마치 길게 자라난 수염을 쓰다듬는 것 같은 행동이었다. 하지만 곧 그곳에 아무것도 없다는 것을 깨닫고는 멋쩍은 표정을 지었다.

"이런. 이놈의 버릇은 고쳐지질 않는군. 어쨌거나… 이게 드래곤의 봉인이라고 했나?"

"몰랐나?"

루그가 어이없어하며 물었다. 7천 년 가까이 살아왔고, 봉인의 조각이 마족을 불러들이는 효과를 억누르기까지 하는 결계를 만든 주제에 그 정체에 대해서는 전혀 몰랐단 말인가?

리누스가 순진무구한 표정으로 고개를 끄덕였다. 말투와 태도는 노인네인데 생긴 것이나 표정은 정말 귀여운 어린애다 보니 괴리감이 장난 아니었다.

"전혀. 뭔가를 봉인한 마법의 일부라는 것은 알았지만 드래곤이라……. 흠, 어떤 드래곤인지 말해줄 수 있나?"

"볼카르. 지금은 스스로 불카누스라고 칭하고 있지."

"볼카르라면 팔데스 산맥에 있는 그 드래곤 말인가? 드래곤들 사이에서 방구석 마법 폐인이라고 불리는?"

〈인간에 대한 참견병이 6천 년이 지나도 낫질 않는 땅꼬마가 주제 넘는 소릴 하는군.〉

순간 볼카르가 욱해서 불쾌감을 드러냈다. 루그가 혀를 찼다.

"그 별명이 드워프한테도 알려질 정도로 유명한가?"

"우리와 교류하는 다른 드래곤들이 가끔 그 이름을 꺼내더구먼. 마법으로는 드래곤 중에서도 독보적인 존재라고. 그런데 그가 봉인됐다……. 어째서지?"

"글쎄. 어쨌든 내 목적은 그를 쓰러뜨리는 거야."

"그를 쓰러뜨리는 거라면 왜 봉인을 해제하겠다고 하는 건가? 봉인을 해제하면 그가 풀려날 텐데?"

〈루그, 이놈은 아까 다 듣고 있었으면서 뻔뻔스러운 소리를 하는 거다.〉

"아까 내 이야기를 다 듣고 있던 주제에 아주 뻔뻔스럽군."

"알고 있었나? 하지만 좀 더 자세한 이야기를 듣고 싶어서 말이지. 자네가 봉인의 조각을 해제함으로써 그를 불완전한 상태로 부활시키려고 한다……. 확실히 드래곤이 온전한 힘으로 인류를 몰살시키고자 한다면 막을 수 있는 자는 없겠지.

그러니 자네의 계획은 드래곤에게 맞설 수 있는 유일한 계획이라고 봐도 좋아. 정말 대단해."

"칭찬 고맙군. 그런데 당신들은 어떻지?"

"우리가 뭐가 어떠냔 말인가?"

"당신들은 혹시 드래곤을 막을 수 있나?"

"이런, 무슨 말도 안 되는 소릴. 그들을 막을 수 있는 존재 따윈 지상에 없네. 그들이 막고 있는 존재를 막을 수 있는 존재가 아무도 없듯이."

리누스가 허허 웃으며 대답하자 루그는 조금 맥이 빠졌다. 인간에게 마법을 전한 자이며, 7천 년 가까운 세월을 살아온 불멸에 가까운 자라고 하기에 조금은 기대를 걸었건만 역시 드래곤의 힘은 절대적인 모양이었다.

리누스가 말했다.

"어떤 드래곤이든 마음만 먹는다면 이 세계를 멸망시키는 데 채 하루도 걸리지 않을 걸세. 그들은 언제든지 세계를 멸하는 재앙 그 자체가 될 수 있지. 폭풍을 일으키고, 벼락을 떨어뜨리고, 지진과 해일을 일으키는 일을 식후 운동보다도 간단하게 할 수 있는 자들에게 맞설 수 있냐고 묻는 것은 인간이 대자연을 이길 수 있냐고 묻는 것과 마찬가지."

"사실 그렇지."

"그래서 나는 궁금하네. 도대체 누가 그런 드래곤을 봉인했지?"

"……."

루그는 대답하지 않았다. 그저 눈을 가늘게 뜨고 리누스를 바라보았을 뿐이다.

리누스는 대답을 기다리지 않고 다른 질문을 꺼냈다.

"그리고 자네는 어떻게 인간으로서는 어린 나이에 인간의 수준을 초월한 마법을 터득하고, 나조차도 떠올릴 수 없는 방법으로 드래곤을 상대하려고 하는 겐가?"

그 말에 루그가 싸늘하게 미소 지었다. 그리고 모두가 들을 수 있도록 똑똑히 말했다.

"그건 내가 불카누스를 봉인한 자의 의지를 이은 자이기 때문이지."

5

너무 스케일이 커서 다른 사람들에게는 현실감이 느껴지지 않는 대화는 어중간한 상태로 마무리되었다. 루그가 리누스에게 나중에 둘이서만 대화할 것을 요구했기 때문이다.

일단 루그와 메이즈는 앞으로 머무를 방을 하나씩 골라서 짐을 풀었다. 루그는 그전에 라나와 재회의 기쁨을 나누고 싶었지만, 그녀가 토라진 기색으로 자리를 피해 버렸기 때문에 힘이 죽 빠지는 것을 느껴야만 했다.

"어우, 내가 라나한테 미움받는 날이 오다니, 상상도 못했는데……."

뭐 미움받던 때가 없었던 것은 아니다. 시공 회귀 전에 처음 만났을 때 그녀는 쌀쌀맞기 그지없었다. 어린 라나보다도 한층 더 절망하고 있었고, 그렇기에 더욱 고집스럽게 자신에게 다가오는 사람을 거부했다.

하지만 마음을 열고 난 후, 루그는 그녀에게 미움받는 상황을 상상해 본 적이 없었다. 이번에도 마찬가지이리라 믿었거늘 메이즈 때문에 상황이 꼬일 줄이야.

볼카르가 말했다.

〈세계를 구하려는 남자가 어린애한테 미움받았다고 풀이 죽다니, 한심하군.〉

"난 지금 세계의 운명보다 라나의 마음이 더 중요하거든? 그리고 미움받은 거 아니야. 라나는 분명히 질투하는 거라고."

〈질투?〉

"그래. 자기 사람이라고 생각했던 내가 못 보는 동안에 메이즈를 달고 나타났으니 질투를 하는 거지."

〈호오!〉

볼카르가 탄성을 흘렸다. 그리고 가차없이 말했다.

〈인간 남자는 누구나 자기가 여자한테 인기있고 잘났다고 착각한다더니 그게 바로 네 이야기였군.〉

"거 진짜 질투하는 거 맞다니까 그러네."

〈내가 보기에는 질투하는 것은 라나 아룬데가 아니고 너 같다만. 그녀가 리누스 편을 들자 네 안에서 격렬하게 끓어오르는 찐득찐득하면서도 처량한 감정이란… 쯧쯧.〉

"으윽……."

루그는 끄응, 하고 앓는 소리를 하며 하늘을 올려다보았다. 재회한 첫날부터 상황이 이렇게 꼬이다니 답답하기 그지없었다. 메이즈를 데리고 오는 시점에서 라나를 납득시킬 말을 생각해 두긴 했어야 하는데, 워낙 급하게 일을 처리하고 돌아오느라 준비가 부족했다.

"라나가 메이즈를 보고 질투하다니… 음?"

문득 루그는 까맣게 잊고 있던 한 가지 사실을 깨달았다. 그것은 메이즈와 함께하는 동안 잊고 있던 잃어버린 미래의 기억이었다.

'그렇구나.'

생각해 보면 루그 입장에서 라나와 메이즈를 만나게 하는 것은 정말 기묘한 일이었다.

시공 회귀 전, 인성이 파괴된 메이즈는 루그에게 있어 용서할 수 없는 존재였다. 그녀는 라나에게 절망을 주었고 지친 삶에 종지부를 찍었던 원수다.

그런데 지금 루그는 별 거부감 없이 메이즈를 라나와 만나게 했다. 아무리 그동안 함께하면서 그녀가 자신이 기억하고 있던 것과는 완전히 다른 존재이며 신뢰할 만한 동료임을 인정하긴 했다고 해도 이 정도로 무방비하게 둘을 만나게 했다는 사실이 굉장히 신기하게 느껴졌다.

"내가 그만큼 메이즈를 믿게 된 건가."

지금의 메이즈는 둘도 없는 아군이었다. 어쩌면 시공 회귀의 진실마저도 털어놓게 될지도 모르는 유일한 상대.

"후우."

루그는 복잡한 심경으로 바람이나 쐴 겸 밖으로 나왔다. 문을 열고 나서자마자 알록달록한 꽃들이 핀 아기자기한 정원이 그를 반겨주었다. 바깥의 계절을 무시한 채 쾌적한 봄의 계절감을 유지하고 있는 이 공간도, 그리고 자신이 기억하고 있는 것과는 너무나도 달라진 풍경도 낯설기 짝이 없었다.

"라나 아가씨가 좋아할 만한 취향이긴 한데… 이거 누가 꾸민 거죠?"

"코번이다."

루그는 당연히 대답이 돌아올 것이라는 듯 물었고, 실제로도 대답이 돌아왔다. 정원 한구석에 그레이슨이 서 있었던 것이다.

루그가 실소를 흘렸다.

"코번이? 그 녀석 덩치에 맞지 않게 취미가 아기자기하네요."

"뭐 정원 조성 자체는 리누스 씨가 많이 도와줬다만, 어쨌든 어떤 꽃으로 어떻게 꾸밀지 결정한 것은 코번이지. 요즘은 라나랑 같이 뜨개질을 하더군. 보다 보니 재미있어 보여서 나도 배우는 중이다."

"스승님이 뜨개질을요?"

루그가 뜨악한 표정으로 그레이슨을 바라보았다. 그레이슨이 턱을 쓰다듬으며 씩 웃었다.

"제법 재미있다. 너도 해보거라."

"사양하겠습니다."

"스승으로서의 명령이다. 기격 제어 훈련으로 아주 그만이거든."

"…아아."

루그는 한 방에 납득해 버리고 말았다. 저 큰 덩치로 쩔쩔매면서 뜨개질을 하는 그레이슨은 상상이 안 갔지만, 기격으로 바늘과 실을 움직여서 정밀한 제어를 훈련하기 위한 목적이라면 그는 분명 신이 나서 몰두했을 것이다.

'그렇게 해서 제대로 된 결과물이 나왔을지는 모르겠지만. 진짜 궁금한데?'

루그는 나중에 라나나 코번에게 그레이슨이 뜨개질한 결과물을 보여달라고 해야겠다고 생각했다.

그레이슨이 씩 웃었다.

"여기도 많이 변했지?"

"그러게요. 전부 저 드워프 양반 때문입니까?"

"반쯤은. 저 양반이 와서 널 찾더니 집을 척척 짓더구나.

아니, 자기 집은 짓지도 않고 그냥 배낭에서 뭘 꺼내더니 던지니까 펑 하고 나타나는 게 진짜 동화 같더군."

"아공간을 활용한 마법이군요. 역시 전설의 드워프 장인답게 하는 짓이 굉장한데……."

루그는 혀를 내두르며 주변 풍경을 둘러보았다. 마법을 모르는 자가 보면 아기자기하고 아름다운 풍경이었지만, 마법을 터득한 자가 살펴보면 실로 경이로운 마법의 군집이었다.

'이것이 드워프의 힘인가.'

인간 중에서는 궁극의 마법사라고 할 만한 수준에 도달한 지금, 루그는 리누스가 이곳에 해놓은 짓의 대단함을 알아볼 수 있었다. 그것은 오로지 삶의 편안함을 위해 무섭도록 정밀하고 세련되게 쌓아올린 마법의 정수였다.

리누스의 결계는 그 안의 계절감을 뒤틀었고, 그 안에 사는 자의 생명력이 충만하게 하여 병마가 다가오기 어렵게 했으며, 루그와 볼카르가 개량하고 간 효과를 한층 더 강화하여 마족의 출현을 어렵게 만들었다.

볼카르가 투덜거렸다.

〈드워프 주제에 내 마법 구성에 손을 대다니.〉

―딱히 자존심 상할 일은 아니잖아? 구성 그 자체에 손을 댄 게 아니고 도구를 이용해서 용량만 키운 거니 마법 그 자체로는 네가 위라는 것을 인정한 셈이지.

〈그렇긴 하지. 훗. 자기 주제를 아는 놈이었군.〉

루그가 슬쩍 띄워주자 볼카르가 싫지 않다는 듯 가볍게 우쭐거렸다.

그 말대로 리누스는 루그와 볼카르가 개량한 마법 구성 그 자체에는 손을 대지 못했다. 자신이 만든 마법 도구를 이용, 그 효과를 조금 더 증폭시켜 두었을 뿐이다.

문득 그레이슨이 루그 옆으로 다가와 은근한 어조로 물었다.

"그러고 보니 그 아가씨랑은 어디까지 갔냐?"

"네?"

"그 메이즈라는 아가씨 말이다. 보니까 미모로는 엘프하고 비교해도 떨어지지 않을 정도더구나. 그런 아가씨가 주인님, 주인님 하면서 몇 달이나 같이 다녔는데 설마 아무 일도 없었던 건 아니겠지?"

"스승님, 메이즈는 인간이 아니라고요."

"어허, 남녀 관계에 종족의 벽이 무슨 상관이겠느냐? 게다가 아예 생긴 게 다른 괴물이라면 모를까, 뿔이랑 날개, 꼬리 달린 거 빼면 그냥 인간 여자랑 다를 것도 없더구만. 그런데 그런 소릴 하는 걸 보니… 너 설마 정말 아무 일도 없었냐?"

"없었거든요? 그런 일 저질렀다가 라나 아가씨 앞에서 무슨 표정을 지으라고요."

루그가 뻐딱한 태도로 투덜거렸다. 그레이슨이 기가 막힌디는 듯 혀를 찼다.

"그건 대체 무슨 소리냐? 라나와 네가 사귀는 사이도 아니고 장래를 약속한 사이도 아니거늘."

"아니 뭐, 그건 그렇지만요."

"그리고 너, 라나가 대체 몇 살인지는 알고 그런 소리 하는 거냐?"

"그야……."

라나의 나이 이야기가 나오자 루그는 자신도 모르게 한숨을 푹 쉬었다. 10개월 만에 재회했건만 그녀는 여전히 어린 소녀였다. 열두 살이나 열세 살이나 까마득하게 어리긴 마찬가지다.

그레이슨이 말했다.

"뭐 라나가 너를 오빠처럼 생각하고 있는 거야 사실이다만, 그것과 네 연애 관계는 상관없지. 라나 입장에서야 마음에 안 들겠지만 너무 신경 쓸 것은 없다."

루그는 뜨끔해서 슬쩍 시선을 피했다. 잃어버린 미래 속에서 어떤 관계였든, 현재 루그와 라나의 관계는 그저 친밀한 오빠 동생 같은 관계일 뿐이었다.

그레이슨이 혀를 찼다.

"쯧. 그나저나 내 제자가 이리도 숙맥일 줄이야. 어떻게 저런 미녀가 주인님, 주인님 하면서 달라붙는데 아무 일도 없을 수가 있나. 너 혹시 고자인 것 아니냐?"

"아니거든요? 스승님, 왜 생각하시는 게 그래요? 누가 들으면 스승님은 여기저기 사고 쳐서 애 서넛 정돈 있는 줄 알겠습니다."

루그가 투덜거렸다. 그러자 그레이슨이 살짝 고개를 갸웃하며 대답했다.

"있다만?"

"…네?"

순간 루그는 눈을 휘둥그레 떴다. 그레이슨이 말했다.

"애 몇 정돈 있다. 내가 말 안 했던가?"

"안 하셨어요! 애가 있었어요?"

루그는 정말 기가 막혀서 물었다. 그레이슨에게 자식이 있었다니! 이건 시공 회귀 전에도 몰랐던 사실이다. 자식 따윈 없어서 라나를 자식처럼 생각하며 돌봐주었다고 생각했거늘, 그건 루그가 멋대로 오해한 것에 불과했단 말인가?

그레이슨이 피식 웃었다.

"뭐 내가 워낙 대륙 여기저기를 돌아다니다 보니 이 여자 저 여자랑 눈이 많이 맞았다. 하룻밤을 보낸 여자도 있고 몇 년을 함께한 여자도 있지. 그러다 보니 자식도 몇 명 정돈 생기더구나."

"아니, 자식까지 생겼는데 왜 여기서 라나랑 같이 사시는 건데요?"

"그야 그 여자들이랑 나는 끝난 사이니 당연한 것 아니냐. 이제 와서 아버지 행세할 생각도 없고. 뭐 돈 좀 쥐어주고 곤란한 일 있으면 연락하라고 말해두긴 했다만, 다들 알아서 잘 살아서 연락 따윈 안 하더구나."

'쓰, 쓰레기다……'

루그는 질린 표정으로 생각했다. 물론 입 밖으로 내서 매를 버는 우는 범하지 않고 어디까지나 속으로만.

지나치게 당당한 그레이슨을 보고 있노라니 자연스럽게 아스탈 백작의 얼굴이 떠올랐다. 전부터 둘이 비슷한 구석이 있다고 생각했는데 여자 문제와 가족 문제에 대해서도 하는 짓이 똑같을 줄이야!

루그의 비난 어린 시선에 그레이슨이 정색하며 변명했다.

"그렇다고 무작정 방치해 두기만 한 것은 아니다. 정보꾼 들을 통해서 정기적으로 소식 정도는 전해 받고 있지. 내 자 식으로 추정되는 애를 가진 여자들은 지금은 솔직히 다들 다 른 남자 만나서 잘살고 있더라."

"그건 왠지 좀 처량하게 들리는 이야기군요."

"주체할 수 없는 방랑벽과 책임질 수 없는 열정으로 살았 으니 어쩔 수 없는 일 아니겠느냐."

그레이슨이 허허 웃었다. 젊은 시절 그는 주체할 수 없는 욕구를 폭발시키며 살았다. 자신의 힘을 시험하고, 더 높은 곳을 향해 나아가고 싶다는 생각에 뒷일 따윈 생각하지 않고 닥치는 대로 목숨을 건 싸움을 벌였다. 힘없는 이가 박대당하 고 있으면 주저없이 그의 편에서 주먹을 들었고, 그 적이 누구이든 신경 쓰지 않았다.

루그가 물었다.

"그런데 왜 라나 곁에 머무르시는 건데요?"

"그게 이상하냐?"

"방랑벽을 주체하실 수 없다는 분이 이러고 계시니 당연하죠."

"글쎄다. 내가 라나 곁에 머무르기로 했던 것은……."

그레이슨은 턱을 쓸며 생각에 잠겼다. 그가 라나의 곁에 머무른 지도 벌써 몇 년이 되었다. 처음에 왜 그런 마음을 먹었을까? 그는 라나와 처음 만났던 때를 떠올리며 말했다.

"절망하는 어린애를 본 게 라나가 처음은 아니었지. 희망 따윈 모른다는 눈을 가진 애들은… 꽤 많았다."

"……."

루그는 그가 무슨 말을 하는지 알 수 있었다. 루그는 극복할 수 없는 절망을 짊어진 라나에게 연민을 느끼고 사랑에 빠졌지만 조금만 찾아보면 세상에 그녀처럼 절망한 이는 많았다. 당장 분쟁 지역에 가보면 내일 따윈 모른다는 눈으로, 희망 따윈 존재하지 않는다고 믿으며 사는 이들을 쉽게 볼 수 있었으니까.

그레이슨은 그런 이들을 수도 없이 보며 살아왔으리라. 그런데 왜 라나를 특별하게 생각했을까?

그레이슨이 말했다.

"아마 살면서 처음으로 내 두 주먹만으로는 이 아이가 품은 어떤 문제도 해결해 주지 못할 거라는 생각을 했기 때문인 것 같구나. 그리고 내가 아니면 누구도 이 아이를 지켜줄 수 없을 거라고도 생각했지.

"어떤 문제도 해결해 주지 못한다고요?"

"그래. 내가 맞닥뜨린 세상의 문제들은 의외로 단순한 것들이 대부분이었다. 뒷일을 생각하지 않고 우격다짐으로 해결하고자 하면 어떻게든 해결이 된다. 그것이 그 국면의 해결책일 뿐 근본적인 해결은 되지 않거나, 혹은 더 큰 문제를 부르는 경우도 많지만 말이다. 하지만 그런 먼 훗날의 일이야 거기서 살아가는 사람들이 해결하고 책임져야 할 문제고, 외부인인 내가 할 수 있는 일은 그들이 바라는 대로 한순간이나마 희망을 주고 내일을 생각할 수 있게 해주는 것이 고작이지."

그레이슨은 한 사람이 할 수 있는 일의 한계를 잘 알고 있었다. 그렇기에 언제나 자신이 할 수 있는 일을 찾아 충실하게 해내고자 했다.

"그런데 라나가 안고 있는 문제는… 내가 겪어온 것들과는 달랐다. 내가 무슨 짓을 하든 그 아이에게는 한순간의 희망조차 줄 수 없고, 당장의 해결책조차 될 수 없었지."

라나가 품은 절망은 그저 그날 찾아온 어둠의 혈족들을 무찌르고 목숨을 구해준다고 해서 해결되는 것이 아니었다. 핍

박받는 약자를 만났을 때, 핍박하는 강자를 무찌르는 것은 적어도 한순간의 해결책은 된다. 하지만 라나에게는 내일 똑같이 되풀이될 일에 불과했다. 그리고 그것은 그녀가 죽더라도 끝나지 않는 비극이었다.

"라나는 인간의 힘으로도, 지혜로도 해결할 수 없는 문제를 안고 있었지. 그래서 나는 생각했던 거다. 이 아이의 곁에 머무르면서 절대 쓰러지지 않는 버팀목이 되어주는 것만이 내가 할 수 있는, 그리고 나만이 할 수 있는 일일 거라고."

그녀를 지키는 이들이 모두 쓰러져도 자신만은 쓰러지지 않는다.

잃고 잃고 또 잃어서 더 이상 잃을 사람이 없어져도, 그녀가 절망 속에서 허우적거리다가 더 이상 아무것도 붙잡을 게 없어지더라도, 그래도 자신만은 그 옆에서 그녀를 지탱해 주고자 했다. 그레이슨은 그것이 오로지 자신만이 할 수 있는 일이라고 판단한 것이다.

그가 더듬더듬 말하는 이유를 다 들은 루그가 부드럽게 미소 지었다.

"그렇군요."

그레이슨은 루그가 아는 이들 중 가장 강한 인간이었다. 그가 마음만 먹는다면 역사에 이름을 남길 영웅이 될 수도 있었을 것이고, 왕후장상처럼 살아갈 수도 있었을 것이다.

하지만 그레이슨은 라나의 곁에 머무르는 것에서 지금껏

겪어보지 못한 인생의 가치를 찾았다. 그 심정을 루그는 이해할 수 있을 것 같았다.

이윽고 그레이슨이 말했다.

"그나저나 그동안 여행하면서 놀고먹기만 한 것은 아니겠지? 그동안 실력이 얼마나 늘었는지 한번 보자꾸나."

"좋죠."

루그는 미소 지으며 고개를 끄덕였다. 그레이슨이 말했다.

"아, 정원에서는 멀찍이 벗어나서 하자꾸나. 여길 조금이라도 훼손시켰다가는 라나가 무슨 소릴 할지 몰라서……."

그레이슨이 슬쩍 집 쪽을 바라보며 약한 소리를 하자 루그는 자기도 모르게 킬킬거리며 웃고 말았다.

6

10개월 만에 다시 만난 사제의 대결은 그야말로 격전이었다.

숲 외곽에서 강맹한 힘이 맞부딪치는 것을 느낀 코번과 메이즈가 달려와서 지켜보는 가운데 두 사제는 폭풍처럼 주변을 초토화시켜 가면서 대련을 벌였다.

손발이 잘 보이지도 않을 정도로 빠르고 현묘하게 움직이며 부딪칠 때마다 충격파가 주변을 휩쓸었고, 어지러울 정도로 빠르게 위치가 바뀌면서 비기가 작렬해 나무를 뿌리째 날려 버리고, 바위를 박살 내고, 땅에 커다란 구멍을 만들어내며 싸우는 와중에도 보이지 않는 기운이 초당 수십 번이나 부딪쳐 댔다.

"하하하! 많이 늘었구나!"

그레이슨은 신이 나서 점점 기세를 올려갔다. 움직임이 점점 더 빨라지면서 루그가 밀리기 시작했다.

'크윽, 이 괴물 같은 양반! 더 강해졌잖아!'

루그는 그동안 자신이 장족의 발전을 이루었다고 생각했다. 실전을 통해서, 그리고 강적과의 싸움을 참오하며 혹독하게 행한 자기 연마를 통해서, 마지막으로 요르드를 가르치면서 스스로를 돌아본 경험을 통해서.

실제로 그러한 시간들은 루그의 기량을 폭발적으로 성장시켰다. 시공 회귀 전에 구사하던 기술들을 모두 되찾은 것은 물론, 이론상으로만 알고 있던 기술들까지 실현하는 데 성공했다.

육체와 육체가 맞부딪치는 것과 함께 시선과 시선이 마주치면서 기격의 공방이 폭풍처럼 교환되었다. 현실감 따윈 존재하는지 하지 않는지조차 의심하게 만드는 생생한 감각의 재현이 맞부딪치고, 보이지 않는 물리력이 격돌하며 굉음이 울려 퍼졌다. 그 싸움은 마치 한 사람이 수십 개의 육체를 동시에 움직이 맞붙는 것과도 같다.

콰콰콰콰콰!

전신을 휘감으며 일어난 스파이럴 스트림이 서로 얽혀서 회전이 둔화된다. 그 틈을 이용해 루그가 라이트닝 바운드를 전개, 빛의 철권을 때려 넣는다.

그레이슨이 그것을 막는 순간 몸을 내던지듯이 기세를 더한다. 접촉과 동시에 라이트닝 바운드의 기운이 폭발하듯 증폭되면서 스톰 브링거가 작렬한다. 위력은 다소 떨어지지만 짧은 거리에서 한순간에 발현하는 스톰 브링거의 변종 기술, 모먼트 스톰이었다.

콰아아아앙!

폭음이 울려 퍼지며 루그와 그레이슨이 서로 반대방향으로 튕겨 나갔다.

루그가 입술을 깨물었다. 나름 아껴두었던 비기인데 통하지 않았다. 모먼트 스톰이 작렬하는 순간, 그레이슨은 팔 위의 협소한 범위에 궁극의 방어 기술 리버스 도메인을 전개시켰다. 모먼트 스톰의 파괴력 태반이 팔 위를 타고 사방으로 분산되고 말았다.

볼카르가 혀를 내둘렀다.

〈기가 막힌 재주로군. 너는 펼친 양손 사이에만 전개할 수 있고 전개 완료까지 아직도 0.7초는 걸리는 리버스 도메인을 스무 배 이상 빠르게, 그것도 극소 범위를 지정해서 전개하다니.〉

그것이 어떤 종류든 간에 가리지 않고 일정 영역의 에너지

흐름을 자유자재로 통제하는 리버스 도메인은 볼카르조차 감탄한 방어 기술이었다. 그런데 그것을 저 정도로 숙련되게 다루다니, 저것만으로도 루그는 뚫을 수 없는 절대 방어를 가졌다고 말하는 것과 같다.

그레이슨이 웃으며 주먹을 질렀다.

"모먼트 스톰이라니 제법이구나! 어디 받아봐라!"

동시에 그의 주먹에서 굵직한 섬광이 뻗어 나왔다. 그것이 기격을 터득한 자만이 사용할 수 있는 원거리 공격 샤이닝 블래스터라는 것을 알아본 루그가 혀를 차며 옆으로 피하려고 했다. 하지만 그 순간 눈앞에서 섬광이 여섯 줄기로 갈라졌다.

"케엑?"

루그가 피할 방향을 모조리 차단하는 공격이었다. 루그는 허겁지겁 양손을 펼치며 리버스 도메인을 시전했다.

파아아아앙!

빛이 폭발하는 가운데 그중 일부가 그레이슨에게 되돌아갔다. 리버스 도메인이 완벽하게 전개되면서 거울처럼 섬광을 반사해 낸 것이다.

그것을 간단하게 손으로 쳐낸 그레이슨이 말했다.

"좋구나! 리버스 도메인을 이 정도로 숙련하다니 가르친 보람이 있군! 그럼 한 단계 너 올라가 보사꾸나!"

후우우우우우!

그리고 얼음처럼 차가운 돌풍이 일어나기 시작했다. 루그가 입술을 깨물었다.

"속성력까지? 아주 단단히 작정하셨군요!"

기격까지만 사용해도 루그를 사정없이 몰아치던 그레이슨이다. 그것도 상당히 손속에 여유를 두면서도 말이다. 그런데 이제 작심하고 제자의 기량을 확인하려는지 6단계의 봉인을 푼 것이다.

그레이슨이 말했다.

"너도 써라! 실력은 대충 봤으니 이제 전력을 한번 보자꾸나!"

"후회하실 걸요."

화르르르륵!

루그의 전신에서 호박색 불꽃이 피어올랐다. 마력의 증가와 함께 무시무시한 위력을 갖게 된 불의 속성력이었다.

"그게 전부가 아니지 않느냐? 마법도 쓰거라. 있는 힘을 다해보란 말이다."

"마법까지요?"

루그가 눈살을 찌푸렸다. 그때 흥미롭게 상황을 지켜보던 볼카르가 전의를 불사르기 시작했다.

〈좋은 기회다. 루그, 어디 전심전력으로 부딪쳐 봐라. 강체술 6단계라는 것이 어느 정도인지 똑똑히 봐주지.〉

"스승님이 그걸 바라신다면야. 나칼라즈티!"

후우우우우!

타오르는 불길이 바람에 휘감겨 소용돌이치는 것을 보며 그레이슨이 눈을 크게 떴다. 그 뒤쪽에서 투명한 녹색의 환영으로 리루의 모습이 떠오른다.

「루그.」

"리루, 지금은 목숨을 건 싸움은 아니고 내 스승님과의 대련이야. 잘 부탁한다."

「어쨌거나 오늘도 싸우긴 하는 거네요?」

"그, 그야 그렇지만, 그래도 그렇게 말하면 마치 내가 만날 싸움할 때만 너를 부르는 것 같잖아?"

「그렇긴 하네요. 하지만 루그는 싸움을 좋아하잖아요?」

"아니라니까 그러네."

루그가 투덜거리자 리루가 킥킥 웃었다.

최근에 루그는 리루를 자주 불러내는 편이었다. 하루에 수백 킬로미터씩 고속 이동을 하기 위해서는 그녀의 도움이 필수였던 것이다. 루그는 고속 비행 마법을 쓸 수는 있어도, 그것을 몇 시간 동안이나 지속할 마력은 아직 없었다. 그렇기에 리루의 도움을 받아서 바람으로 가속하는 방법을 썼다.

그레이슨이 말했다.

"호오, 안 보던 사이에 또 예쁜 아가씨를 하나 더 달고 다녔구나. 그 아가씨는 또 누구냐?"

「안녕하세요. 리루예요. 엘프입니다.」

"음?"

리루가 예의 바르게 고개 숙여 인사하자 그레이슨의 눈이 크게 떠졌다. 그리고 바로 그 순간 루그가 공격을 개시했다.

"자세한 설명은 끝나고 천천히 해드리죠!"

질풍처럼 뛰어드는 것과 동시에 손날을 세워 내려친다. 동시에 볼카르가 리루와 공명하여 바람을 제어했다. 라이징 블레이드가 수십 미터를 베어내는 거대한 바람의 칼날이 되어 작렬했다.

콰아아아아아아아!

일격에 수십 그루의 나무가 박살 나버렸다.

하지만 그레이슨은 라이징 블레이드가 작렬하는 지점에서 살짝 벗어난 뒤 기격으로 충격파를 흘려 넘겼다. 동시에 자신도 바람의 속성력을 이용해서 루그가 장악한 기류의 흐름에 간섭하려고 했다.

〈어림없는 수작이지.〉

볼카르가 코웃음을 쳤다.

그 말대로였다. 아무리 그레이슨이 6단계의 속성력을 구사하는 강체술사라고 해도, 바람을 다루는 기량이 바람의 상위 정령을 넘어설 수는 없었다. 그것도 볼카르와 공감해서 효율을 극한까지 끌어올린 상태라면 더더욱.

"호오, 바람으론 안 된다 이건가? 그럼 소리와 냉기도 안 통하겠군."

그레이슨은 냉정하게 판단했다. 그가 다루는 속성력은 바람, 소리, 냉기, 불, 뇌전의 다섯 가지였다. 기류의 흐름이 장악당한 이상 그중 세 가지는 봉인당한 것과 같았다.

"아니, 불도 안 되겠지."

루그는 강력한 불의 속성력을 가졌다. 불로 공격해 봤자 타격을 입지 않을 것이 뻔했다.

남은 것은 뇌격뿐이었다.

"하지만 뇌격은 통하지 않습니다, 스승님."

루그가 회심의 미소를 지었다. 이미 루그는 절연성을 띤 결계를 펼쳐 두고 있었다. 그레이슨이 아무리 강렬한 뇌격을 사용한다 한들 막아낼 것이다.

그레이슨이 말했다.

"마법으로 대비하고 있나 보구나. 모처럼 6단계를 제대로 써보나 했더니 손발을 다 묶어두었다는 건가? 게다가 바람이 움직이는 것을 보니 내가 호흡할 공기까지 빼앗을 작정이군."

그 말대로 볼카르는 리루에게 그레이슨의 주변 기류를 장악, 호흡이 불가능한 상황을 만들려고 하고 있었다. 마법사라면 모를까, 강체술사로서는 대응할 수 없는 상황이다. 바람의 속성력으로 어느 정도 대항하고 있지만, 호흡 곤란에 빠지는 깃은 시간문제였다.

"어쩌시겠습니까?"

루그는 가슴이 두근거리는 것을 느꼈다. 이대로라면 그레이슨을 이길 수 있을 것 같았다. 시공 회귀 전에도, 후에도 단한 번도 능가하지 못했다고 생각한 그에게.

비록 강체술사로서는 아직 멀었지만, 그래도 총력을 다했을 때 이길 수 있다는 것만으로도 기대감에 가슴이 벅차올랐다. 그렇게 들떠 있는 루그의 표정을 본 그레이슨이 씩 웃었다.

"어쩌긴, 다른 방법을 쓰면 되는 것 아니겠느냐."

쿠구구구궁!

순간 대지가 용트림했다. 그리고 하늘과 땅이 뒤집어졌다.

7

처음 몇 초 동안 루그는 정신을 차릴 수가 없었다. 자기가 왜 갑자기 머리를 거꾸로 하고 추락하고 있는지 이해할 수 없었기 때문이다. 주변에는 온통 하늘만 빙글빙글 돌고 있을 뿐이었다.

볼카르가 경고했다.

〈황당한 인간 같으니! 루그, 몸을 되돌려라! 균형이 거꾸로 뒤집어졌다!〉

"이, 이게 도대체 무슨 상황이야?"

루그가 당황하며 몸을 바로 했다. 리루와 볼카르가 기류를 제어해서 추락에 제동을 건다.

그리고 루그는 경악했다.

"이게 뭐야?"

땅이 머리 위에 있었다.

분명히 루그는 똑바로 허공에 서 있었다. 그런데 발은 하늘을 향해 있었고 머리가 땅을 향해 있는, 완전히 거꾸로 뒤집힌 채였다.

저 아래쪽, 아니, 위쪽의 땅에서 그레이슨이 자신을 올려다보며 회심의 미소를 짓고 있었다. 볼카르가 혀를 찼다.

〈중력이 역전된 거다. 설마 강체술의 6단계에 얻는 속성력이라는 것이 의념만으로 중력을 조절할 수 있는 거였다니…….〉

"중력? 그게 말이 돼?"

루그가 입을 쩍 벌렸다.

지금까지 마법을 공부했기 때문에 중력을 다루는 것이 얼마나 고난도의 마법인지 알고 있었다. 루그에게는 아직 까마득하게 먼 경지였다.

세상에 속성력을 타고나는 이는 수도 없이 많지만, 그들 중 중력을 다루는 힘을 가지는 자는 극소수였다. 볼카르에게 배운 바에 의하면 그가 그동안 발견한 중력을 다루는 속성력 보유자는 자신이 드는 물건의 무게를 조금 가볍게 인식하는 정도가 한계라고 한다. 이렇게 하늘과 땅이 완전히 뒤집혀 버리는 이적을 벌일 수 있는 자는 아무도 없었다.

그런데 그레이슨은 강체술의 속성력으로 그 일을 해낸 것이다.

"허허! 놀란 표정을 보니 보람이 넘치는구나."

"이, 이걸 어떻게 한 거예요, 스승님?"

시공 회귀 전의 그레이슨에게는 이런 능력이 없었다. 다룰 수 있는 속성력은 루그에게 말해주었던 다섯 가지에 물과 빛의 힘이 더해졌을 뿐이다.

그레이슨이 어깨를 으쓱했다.

"뭐 그동안 대지의 속성력도 추가로 얻었는데 그걸 파고들다 보니 무게에 대한 인식이 달라지더구나. 설명할 수는 없는데 하여튼 물체의 무게를 결정하는 힘의 흐름이랄까. 그걸 잡고 비틀 수가 있게 됐다. 그래서 그걸 열심히 갖고 놀다 보니 이런 일도 되더라."

"……."

〈주, 중력 제어가 저런 말 같지도 않은 이유로 인간에게 허락되다니…….〉

볼카르가 충격을 받아서 중얼거렸다. 수천 년 동안 세계의 섭리를 탐구하고 마법으로 그것을 다루는 법을 개척해 온 그에게 그레이슨이 도달한 경지는 받아들일 수 없는 충격을 선사했다. 한마디로 말해서 제대로 이론 따져 가며 연구와 노력을 게을리하지 않은 놈이 가까스로 도달한 경지를 이론 따윈 한 글자도 모르는 무식한 놈이 대충 열심히 하다 보니 똑같이 이루었다고 했을 때 느끼는 충격과 거부감이었다.

볼카르가 떨리는 목소리로 물었다.

〈루그, 혹시 공간이나 시간도 다룰 수 있냐고 물어봐라. 중력을 다룰 수 있다면 거기까지 손을 뻗치는 것도 불가능하지는… 아니, 그럴 리가 없겠지만.〉

"스승님, 혹시… 공간이나 시간도 다루실 수 있어요?"

루그가 침을 꿀꺽 삼키며 물었다. 그레이슨이 어리둥절해했다.

"음? 공간이나 시간? 그걸 어떻게 다루냐? 가능하긴 한가? 아, 하긴 이것도 원래 될 거라고 생각하지 못했으니 하다 보면 될지도 모르겠군."

〈그럼 그렇지! 아니, 말도 안 돼. 중력을 인식하고 다룰 수 있으면서 공간이나 시간에 대해서는 전혀 다룰 수 있다는 인식이 없다니…….〉

볼카르가 자기만의 세계에 빠져서 횡설수설했다. 문득 리루가 말했다.

「하늘과 땅을 뒤집을 수 있다니 굉장히 신기하네요. 신도 아닌데…….」

중력이 역전된 상태는 루그에게만 적용되는 것이 아니었다. 바람의 정령 상태인 리루도 동일하게 느끼고 있었다.

루그가 혀를 찼다.

"그러게. 6단계에서 이런 일이 가능하다니 그럼 7단계는

도대체 뭘 할 수 있는 거지?'

그동안 자신이 강체술에 대해서 많은 것을 안다고 생각했다. 하지만 지금 이 순간, 사실은 아무것도 모른다는 사실을 깨달았다. 6단계의 속성력에서 이런 일이 가능하다면 7단계의 심상 구현에서는 도대체 어떤 일이 가능하단 말인가?

그때였다.

"그게 궁금한 거냐?"

그레이슨이 두둥실 떠오르더니 루그 앞에서 멈추었다. 제자와 스승은 고작 5미터 정도의 거리를 두고, 하지만 그 사이에 중력이 서로 역전된 보이지 않는 경계를 둔 채 거꾸로 마주했다.

그레이슨이 말했다.

"보여주마."

"네?"

"이게 7단계란다."

그레이슨이 씩 웃으며 손을 뻗어서 손바닥을 보였다. 그리고 그 손이 갑자기 크게 확대되면서 루그를 덮쳤다.

"컥?"

루그의 눈이 찢어져라 크게 떠졌다. 앞으로 뻗은 손바닥이 갑자기 커지면서 시야를 뒤덮다니 상상도 못한 일이다.

투학!

루그는 급히 주먹으로 그 손바닥을 치면서 그 반동으로 뒤로 물러났다. 동시에 자신이 기격에 당한 것이 아닌가 감각을 점검했다.

하지만 아니었다. 그레이슨은 기격을 쓰고 있지 않았다.

─볼카르! 이거 도대체 뭐야? 기격도 아닌데……!

〈마, 마법도 아니다.〉

볼카르도 당황하고 있었다. 기격으로 감각을 현혹시킨 것도 아니고 마법을 쓴 것도 아니다. 그런데 그레이슨의 손이 거대해져서 루그를 덮치다니 이게 도대체 어떻게 된 일이란 말인가?

"스승님, 그건… 우아아아아앗!"

의문을 제기하려던 루그가 비명을 질렀다. 어느 정도 거리를 뒤로 물러나고 나자 중력이 역전된 영역에서 이탈해 버렸던 것이다. 루그 입장에서는 또다시 하늘과 땅이 뒤집힌 셈이었고, 허공에서 몸을 지탱해 주던 힘이 오히려 아래로 그를 처박는 추진력으로 작용하면서 고속으로 추락해 갔다.

쉬이이이이이!

루그는 급하게 몸을 바로잡으면서 비행 마법으로 제동을 걸었다. 동시에 리루가 기류의 방향을 바꿔서 루그의 몸을 앞으로 밀었다. 추락하기 직전, 루그의 몸이 상승 기류를 타고 지면 위를 미끄러져 갔다.

그 꼴을 본 그레이슨이 껄껄 웃었다.

"푸하하핫! 정신이 없구나, 정신이 없어!"

"으윽, 정신없는 건 제가 아니고 스승님이거든요? 그건 대체 뭡니까?"

루그는 기가 막혀하며 물었다.

그야말로 눈을 의심하게 되는 광경이었다. 그레이슨의 왼팔이 비정상적으로 커져 있었다.

어깨 아래쪽부터 손끝까지 조금씩 정비례로 커진 기괴하기 짝이 없는 모습이었다. 보고 있자니 놀라기보다는 두려워지는 광경이다. 그레이슨이 씩 웃으며 팔을 휘둘렀다. 그러자 환영이 꺼지듯이 팔이 원래대로 돌아왔다.

그가 다시 땅으로 내려와 말했다.

"아직 맛만 본 상태긴 하다만, 어쨌든 심상 구현이 무엇인지 실마리 정돈 잡았다. 조금 전에 너를 당황시킨 재주를 깨닫고 다루다 보니 자연스럽게 거기까지 가게 되더구나. 뭐 이것도 다 라나 덕이다만."

"라나 아가씨 덕분이라니, 도대체 무슨 일이 있었기에……."

루그가 어이없어하며 중얼거렸다. 못 보는 동안 그레이슨은 시공 회귀 전의, 즉 미래의 그를 뛰어넘는 괴물이 되어버린 것 같았다.

그레이슨이 말했다.

"허허, 그동안 네가 뭘 했는지 들으면서 차근차근 이야기해 주도록 하마. 그보다 일단 시작했으니 끝은 봐야 하지 않겠느냐? 최선을 다해 덤벼보아라."

"스승님의 새로운 힘에는 놀랐지만, 얕보시다가는 큰코다치실 걸요!"

루그가 전의를 불태웠다. 그리고 사제가 다시 격돌했다.

8

겨울이 사라지고, 여름이 오지 않은 숲에도 낮과 밤은 외부와 똑같이 찾아왔다. 기온이 살기 좋을 뿐 낮은 길어지고 밤은 짧아졌다.

서쪽 하늘을 붉게 물들였던 노을이 어둠으로 녹아들어 가면서 땅거미가 질 무렵, 마법의 등불로 실내를 밝힌 집 안에서 루그가 앓는 소리를 내고 있었다.

"아구구, 주, 죽겠네."

루그는 몸 여기저기에 붕대를 감은 채 침대에 누워 있었다.

결론부터 말하자면 루그는 완전히 박살 났다.

강체술에 불의 속성력에 바람의 상위 정령에 마법까지 더해서 전력을 다했건만, 그레이슨은 그 모든 힘을 가뿐히 짓밟아 버렸다. 루그는 오랜만에 처절할 정도의 무력함을 느끼며 완패했고, 결국 의식을 잃었다. 그리고 조금 전에야 깨어난 것이다.

볼키르가 혀를 찼다.

〈그놈의 중력 제어는 완전히 엉망진창이다. 마치 놀이를 하는 것 같군. 중력이 무엇인지조차 잘 모르지만 작용하는 방향을 바꾸고, 가감하는 것을 감각만으로 즉시 제어할 수 있다니…….)

"그러게. 하늘과 땅이 뒤집어지는 게 다가 아니었다니……."

그레이슨이 선보인 중력 제어의 기술은 중력 역전만이 아니었다. 격전 중에 루그의 몸이 갑자기 무거워지거나 가벼워지면서 가볍게 뛰려고 했는데 하늘 높이 치솟아오르거나, 혹은 똑바로 돌격하려고 했는데 살짝 위로 떠버리거나, 착지했다가 다시 일어나는 순간 온몸이 짓눌릴 듯한 무게가 느껴지면서 쓰러져 버리기도 했다.

거기에서 끝났다면 어떻게든 볼카르가 대응책을 찾아냈을지도 모르겠는데, 문제는 그레이슨이 다루는 힘이 중력만이 아니라는 것이었다.

루그가 몸을 짓누르는 힘을 극복하고 일어나서 이탈하려고 하면 그 순간 중력을 제어하던 힘이 다른 것으로 변화했다. 중력이 한순간에 정상으로 돌아오면서 그 대신 뇌격이 작렬하고, 다시 뇌격이 냉기로 변했다가 불로 변하면서 극심한 온도 차를 일으키고, 허둥거리는 루그의 호흡기에 응축된 공기가 빨려 들어와 내부를 두들겨 대는 데는 대책이 없었다.

"으윽, 스승님과 맞서려면 나도 적어도 6단계에 도달하든지 아니면 마법을 좀 더 터득하든지 둘 중 하나는 이루어야 할 필요가 있겠어."

〈전자는 내가 어떻게 해줄 수 있는 부분이 아니니 후자를 최대한 앞당겨 보도록 하자. 어차피 2단계로 넘어갈 날도 얼마 남지 않았으니…….〉

루그의 마력 제어 효율은 상당히 좋아져서 이제 목표치의 92퍼센트를 달성했다. 아마 몇 개월 안에 볼카르가 준비한 1단계를 졸업하고 2단계에 진입할 수 있을 것이다.

"2단계에 들어간다고 해서 뭐가 갑자기 확 바뀌지는 않을 거 아냐? 지금과는 다른 것들을 배울 뿐이지."

〈그렇지는 않다. 2단계에 들어가면 너는 아마 초반에는 기하급수적으로 빠르게 강해지게 될 것이다.〉

"음? 진짜? 그게 어떻게 가능해?"

루그가 놀라서 물었다. 2단계라는 것이 1단계에서 익힌 기초―어디까지나 볼카르 기준으로―들을 바탕으로 한 응용 기술 수준의 마법이 아니었단 말인가?

볼카르가 말했다.

〈그건 2단계에 들어가면 알게 될 거다. 그러니까 하루라도 빨리 1단계를 졸업해라.〉

"끄응."

루그는 머리를 긁적이며 침대에서 나와서 섰다. 그리고 방 한가운데 서서 강체력을 운용하기 시작했다. 기격으로 체내의 강체력을 체외로 뽑아냈다가 원하는 형길로 변화시키시 다시 거두어들인다. 그렇게 체내에 안정적으로 흐르는 힘과 체외에서 변질된 힘이 다시 합쳐지면서 일어나는 작용이 육체에 활력을 가져다주고 치유력을 활성화시켰다.

그렇게 얼마나 지났을까? 문이 벌컥 열리면서 그레이슨이 들어왔다.

"흠. 체내의 기운과 체외의 기운을 동시에 다루는 기술도 제법 높은 수준에 올랐구나."

"후우우."

루그는 숨을 길게 내쉬면서 힘을 거두어들였다. 그리고 말했다.

"솔직히 마법까지 쓰면 좀 자신있었는데 이렇게 신나게 깨질 줄은 몰랐습니다."

"허허, 솔직히 너와 헤어지기 전의 나였다면 아마 네 생각대로 됐을 것 같구나. 나는 상위 용족과 싸워본 적도 있는데 그들과 비교해도 네 마법이 더 나은 것 같다. 네가 드래곤과 뜻을 함께한다는 것을 몰랐다면 도저히 이해할 수 없는 경지였겠지."

"상위 용족하고도 싸워보셨어요?"

"그래. 호승심을 주체하지 못할 무렵에 몇 번 정도."

루그는 그레이슨이 도대체 젊은 시절에 무슨 짓을 하고 다녔는지 궁금해졌다. 동시에 그에 대해 많이 알고 있다고 생각했건만, 사실은 그가 어떻게 살아왔는지에 대해서는 거의 아는 게 없다는 사실도 깨달았다.

루그가 물었다.

"그런데 진짜 그동안 무슨 일을 겪으신 겁니까? 아무리 6단계가 속성력을 다루는 경지라지만 중력을 자유자재로 조작하다니……."

"흠. 내 생각에 그건 온전히 6단계라고 볼 수는 없을 것 같다."

"네?"

"중력을 제어하는 힘은 6단계라기보다는 6.5단계라고 칭하는 게 옳을 것 같다. 어디까지나 대지의 속성력을 파고들면서 우리가 다루는 기운의 본질을 탐구하다 보니 도달한 것이지, 그냥 속성력이라고 보기에는 좀 무리가 많거든. 6단계와 7단계를 잇는 다리 역할을 하는 셈이니 6.5단계가 아니겠느냐?"

"6.5단계라……. 그럼 7단계는 도대체 뭔데요? 아까 전에 팔만 거대해졌던 것은……."

"그건 나도 아직 잘 모르겠구나. 심상 구현이라는 것이 자신의 내면에 있는 요소를 자유자재로 현실로 끄집어내는 것이라고 생각하고 있었는데 그건 아닌 것 같다. 아마 인간이 지닌 강함에 대한 근본적인 열망을 형상화하는 것 같기도 하고… 뭐, 아직은 분명하게 말하지 못하겠구나. 이제야 7단계의 문이 열릴락 말락 하는 수준이니 완전히 그 안으로 들어서면 알 수 있겠지."

〈그야말로 뜬구름 잡는 소리로군. 보면 볼수록 황당한 기술이다. 세계의 섭리를 관찰하고, 이해하고, 거기에 가 닿을 방법을 연구하고, 수많은 실패 끝에 제어하게 되는 과정을 완전히 무시하고 있어.〉

볼카르가 투덜거렸다. 그레이슨이 보여준 중력 제어와 몸의 일부를 거대화하는 기술은 그에게도 상당한 충격이었던 모양이다.

루그가 물었다.

"그럼 라나 아가씨한테는 도대체 무슨 짓을 하신 거예요? 아니, 도대체 사람이 10개월 만에 어떻게 저런 강체력이랑 괴력을 가질 수가 있어요?"

"그야 네가 남겨두고 간 약재를 탈탈 털어서 비약을 만들어 먹였으니 저 정도 강체력은 가질 수도 있는 일이지."

"말이 안 되잖아요. 자기가 소화해 낼 수 있는 것 이상의 비약을 먹어봤자 약효는 그냥 버려질 뿐이고 몸만 망치게 되는데⋯⋯."

루그가 굳이 비약을 묵혀두고 조금씩 먹어가면서 강체력을 높여가는 이유도 그것이었고, 코번이 비약을 한 번밖에 먹을 수 없었던 이유도 마찬가지였다. 그런데 강체술에 있어서는 이제 막 걸음마를 뗀 것이나 마찬가지인 라나가 비약을 잔뜩 먹고 완전히 소화해 코번보다도 훨씬 많은 강체력을 지니게 되다니, 이건 너무나도 비상식적이지 않은가?

그레이슨이 피식 웃었다.

"네가 라나에게 강체술을 가르쳐 보면 어떠냐고 제안한 이후로 나는 고민에 고민을 거듭했다."

"가녀리고 아름다운 몸매를 유지하면서 힘과 순발력만 키우는 강체술 훈련법을 만들겠다고 하셨죠."

루그가 이곳을 떠날 때 그레이슨은 아주 자신만만하게 선언했었다. 그리고 저런 결과를 냈으니 그는 정말 위대한 강체술사라고 할 수 있을 것이다.

그레이슨이 말했다.

"하지만 답이 안 나오더구나. 한 달 동안 머리 싸매고 고민했는데, 아무래도 몸을 혹사시켜서 단련시키지 않으면 제대로 강체술을 연마하는 게 불가능하더란 말이지."

"상식적으론 그렇죠. 스승님은 다른 방법을 찾은 게 아니었어요?"

"찾긴 찾았다. 그런데 그건 라나가 강체술을 익히는 훈련법은 아니었다."

"그럼요?"

"훈련법이라기보다는 전이법(轉移法)이라는 말이 어울릴지도 모르겠다. 그야말로 과정 따윈 집어치우고 결과만을 알려주는 방법이었지."

그레이슨이 라나에게 강체술을 익히게 한 방법은 간단했다.

기격을 이용해서 라나의 몸을 제어, 하나부터 열까지 자신이 강체술을 각인시켰다.

"……."

루그는 입을 쩌억 벌린 채 그를 바라보았다.

세상에, 말인즉슨 강체술을 처음부터 끝까지 그레이슨이 기격을 이용해서 '대신' 훈련해 주었다는 것이 아닌가? 강체술의 궁극에 가까운 자가 기격을 이용해서 타인의 육체를 제어해 극한의 효율성으로 강체술의 각 단계를 밟아나간 것이다. 라나는 그레이슨에게 몸을 맡기고 있는 것만으로도 남들은 상상도 할 수 없는 속도로 강체술을 익혀 버리고 말았다.

"말도 안 돼. 그런 게 가능해요?"

"해보니까 되더라. 그래서 라나는 지금 4단계의 강체술사란다."

"……."

"기감을 일깨우는 것은 쉬웠다. 기격을 이용하면 되었으니까. 왜 그런지는 이해하겠지?"

기격을 이용하면 기감을 쉽게 일깨울 수 있었다. 자신이 경험한 자극을 타인의 감각기관에서 재생시키는 것이 가능하니, 자신이 기감으로 받아들인 것을 고스란히 느끼게 해주면 그만인 것이다.

"1단계를 완료할 때는 비약을 약간 썼다."

기감을 일깨운 후에는 라나의 체내에 존재하는 미약한 힘

의 흐름을 완벽하게 파악한 뒤 이상적인 방법으로 활성화시
켰다. 거기에 미량의 비약을 먹이고 완벽하게 약효를 흡수시
킴으로써 원하는 수준까지 증폭시키는 데는 사흘도 채 걸리
지 않았다.

"2단계를 완료할 때까지는 일주일이 걸렸지."

1단계를 완료했을 때, 그레이슨은 이미 라나의 기운을 자
신의 것처럼 능숙하게 제어할 수 있었다. 그래서 라나에게는
일정한 호흡과 정신 집중만 요구하고, 오더 시그마의 강체력
흐름을 만들어냈다.

"2단계를 이루는 데도 많은 육체 단련이 필요하지만 라나
는 그럴 필요가 없었다. 다만 내가 만들어준 강체력 흐름을
유지하기 위해서는 익숙해질 필요가 있었기 때문에 한 달 정
도는 스스로 연습해서 숙련되도록 했지."

라나는 매일 그레이슨을 통해 이상적인 강체력 흐름을 체
험하면서 그것을 자신의 것으로 흡수해 갔다. 한 달쯤 지났을
때는 그 상태를 아주 자연스럽게 유지할 수 있었다.

"그다음부터는 비약을 조금씩 나누어 먹이고, 그 약효를
흡수시켜서 강체력을 늘렸다. 그러면서 딱히 육체적인 단련
은 필요없는 응용 기술 몇 개를 가르쳤지. 기격을 이용해서
강체술을 어떤 식으로 운용하면 어떤 효과가 나타나기 때문
에 그런 기술이 성립할 수 있다는 것을 체감시켜 주고 설명을
해줘가면서."

여기까지 듣자 루그는 왠지 그레이슨이 사용한 방법이 굉장히 익숙하다는 사실을 깨달았다. 자신의 의지와는 상관없이 그 기술을 어떻게 하면 사용할 수 있는지 완전한 형태를 체감하게 한 뒤에 그것에 가까워지도록 숙련하는 절대적인 주입식 교육.

─볼카르, 네 마법 교육법과 완전히 똑같아!

〈설마 인간도 이런 방법을 쓸 수 있을 줄이야. 인간 주제에 제법이군.〉

볼카르도 혀를 내둘렀다.

그레이슨이 씩 웃었다.

"4단계를 터득시킨 것도 같은 방법이었다. 비약으로 강체력을 늘리고, 일정 단계에 이르렀을 때 4단계를 체험시켰지. 지금 라나는 평범한 정과 망치에 강체력을 실어서 돌을 원하는 대로 깰 수 있는 경지에 이르렀단다."

"하아."

루그가 한숨을 쉬었다.

이제야 사정을 이해할 수 있었다. 확실히 그레이슨이 쓴 방법은 라나의 몸을 우락부락하게 단련시키지 않으면서 강체술을 습득시키는 유일한 길이라고 해도 과언은 아닐 것이다. 하지만…….

"아무리 그래도 너무 심한 거 아니에요? 보니까 지금도 힘을 주체 못하는 것 같은데."

"솔직히 나도 좀 너무했다고 반성 중이긴 하다. 으음. 예전에는 개가 조막만 한 주먹으로 때린다고 해도 아무렇지도 않았는데 요즘은 방심하고 있다가 한 대 맞으면 너무 아프더구나."

그레이슨이 머리를 벅벅 긁었다. 라나에게 강체술을 훈련, 아니, 전이시키는 과정은 그에게도 신세계였다. 한 번도 접해보지 못한 새로운 영역에 도전한다는 상황이 그의 피를 끓어오르게 만들었고, 어려운 상황을 해결해 나갈 때마다 더 신이 나서 마구 폭주하다 보니 라나는 4단계의 강체술사가 되고 말았다.

"…내가 이건 좀 아니라고 생각하게 된 것은 라나의 주먹에 코번 녀석의 갈비뼈가 부러져서 쓰러졌을 때지."

"갈비뼈가 부러져요?"

"뭐, 코번 녀석은 의지 하나로 버티면서 라나에게는 말하지 않았다만, 어쨌든 조금 놀렸다가 한 대 맞았는데 그렇게 된 걸 보니… 아무래도 힘 조절 하는 법을 익히려면 몇 년은 걸리겠구나 싶더구나."

"…스승님은 돌이킬 수 없는 일을 저지르고 마신 거예요."

"그러게 말이다."

두 사제는 함께 한숨을 푹 쉬고 말았다.

그레이슨이 말했다.

"뭐, 어쨌든 내가 중력을 제어할 수 있게 된 것도, 7단계의 실마리를 잡은 것도 다 그 과정이 있었던 덕분이다."

기격을 이용, 타인이 몸을 전혀 단련하지 않고도 엄청난 속도로 강체술을 4단계까지 익힐 수 있도록 한다.

그건 말로 하면 쉽지만 실제로 해보라면 그레이슨 말고는 아무도 못할 짓이었다.

기감을 빨리 일깨우기 위해서 제자의 몸에 강체력을 불어넣어 주거나, 강체력 운용법을 올바르게 알려주기 위해 스승이 도와주는 정도의 교육법은 이제까지도 많이 사용되어 왔다. 그러나 그레이슨이 라나에게 한 짓은 아마 기나긴 강체술의 역사상 누구도 할 생각해 보지 못한 황당한 것이었다.

자신이 터득할 때는 몸을 혹사해 가며 본능적으로 터득한 것도 타인의 몸에서 재현할 때는 아무리 사소한 것이라도 명확히 파악해야만 할 수 있었다. 그레이슨은 라나를 통해 강체술의 본질을 되돌아보고 재구축한 결과 오랫동안 자신을 가로막았던 벽을 넘어서 버렸다.

그레이슨이 말했다.

"너도 나중에 6단계에 도달하면 해보도록 해라. 자신을 연마할 때는 알 수 없었던 것도 타인을 통해서 알 수 있는 법이니까."

"그럴 상대를 찾아봐야겠군요. 어쨌든 말씀하시는 의미는 알 것 같습니다."

루그가 피식 웃었다. 그 역시 요르드를 가르치면서 새로운 사실들을 깨닫고 발전했다. 그레이슨이 라나를 통해 도약한 것 역시 그 연장선이라고 할 수 있으리라.

그레이슨이 말했다.

"그나저나 아까 그 정령 아가씨는 또 누구냐? 엘프라고 하던데……."

"아, 그건……."

루그는 쓴웃음을 지으며 리루에 대해서 이야기해 주었다. 그녀와 어떻게 만났고, 엘프 마을에서 어떤 일들이 있었는지.

그렇게 두 사제가 밀린 이야기를 나누는 사이 밤이 깊어갔다.

9

메이즈는 콧노래를 부르며 설거지를 하고 있었다. 그레이슨에게 맞고 실신한 루그가 방에 뻗어 있는 동안, 그녀는 코번을 도와서 요리도 하고 청소도 도왔다. 원래 집안일을 도맡아하던 코번은 무척 난감해했지만, 메이즈가 넋을 잃을 정도로 아름다운 미소를 지으며 나서는 것은 도저히 거부할 수가 없었다.

그리고 메이즈의 요리는 맛있었다. 가문에서 파견해 준 요리사가 해준 것보다도 훨씬. 계속 메이즈에게 치기 어린 태도를 보이던 라나조차도 눈이 휘둥그레져서 다 먹어치웠을 정도다.

설거지를 마친 메이즈는 사과 셔벗을 만들었다. 원래 셔벗은 얼려야 한다는 문제로 굉장히 만들기가 번거로운 디저트였지만, 그녀는 마법을 사용해서 간단하게 만들어낼 수 있었다. 셔벗을 만드는 데 쓴 사과도 완전히 해체하는 대신 위쪽을 잘라낸 후 속만 파내어서 나중에는 셔벗을 담는 그릇으로 사용한 아주 예쁜 디저트였다.

"라나 아가씨, 들어가도 되나요?"

사과 셔벗을 든 메이즈가 라나의 방문을 노크했다. 잠시 후, 라나가 잔뜩 못마땅한 목소리로 말했다.

"들어와."

메이즈는 생글거리면서 안으로 들어섰다. 라나는 책상 앞에 앉아서 뭔가를 하고 있다가 불만 가득한 얼굴로 메이즈를 맞이했다.

"무슨 일이야?"

메이즈의 정체가 200년 이상 살아온 드래코니안이라는 것을 알았으면서도 라나는 예의를 차리려고 하지 않았다. 그만큼 그녀가 메이즈를 처음 봤을 때 느낀 적대감이 컸던 것이다.

하지만 메이즈는 전혀 개의치 않고 그녀에게 다가가서 책상에 사과 셔벗을 내려놓았다.

"디저트예요. 사과가 있기에 만들어봤어요."

"디저트?"

라나가 조금 당황한 표정을 지었다. 아무리 봐도 사과로밖에 안 보였기 때문이다. 다만 위쪽을 잘라내서 살짝 옆으로 밀어내고 그 틈새에 스푼을 넣어두었을 뿐.

라나는 경계심 어린 표정으로 위쪽의 잘린 부분을 걷어냈다. 그리고 안에 든 셔벗을 본 순간 눈을 휘둥그레 떴다.

"이건 뭐야?"

"셔벗이에요."

"셔벗은 이런 게 아닌데……."

라나가 아는 셔벗은 겨울에만 먹을 수 있는 것으로, 설탕에 절인 과일을 밖에서 얼리거나, 아니면 깨끗한 눈을 뭉쳐서 과즙에 적셔서 먹는 것이었다. 그에 비해 메이즈가 만든 셔벗은 사과를 잘게 간 뒤에 얼리고, 갈았다가 다시 우유를 넣어서 얼리는 과정을 반복해서 만들었다. 애당초 기온이 따뜻할 때는 마법의 힘이 없으면 만들 수 없을 정도로 번거로운 과정을 거쳐야 하기에 추운 북방의 귀족들만이 즐기는 매우 사치스러운 디저트였다.

메이즈는 굳이 그런 이야기를 하진 않았다.

"이런 셔벗도 있답니다. 숟가락으로 떠먹으면 돼요. 한번 드셔보세요."

"으응."

리니는 주저주저하면서 그 말에 따랐다. 생각보다 훨씬 부드러운 느낌이 드는 셔벗을 숟가락으로 떠서 한 입 먹는 순간, 그녀의 눈이 크게 떠졌다.

　메이즈가 물었다.

　"어때요?"

　"……."

　라나는 대답하는 대신 한 숟갈 더 떠먹었다. 그녀의 얼굴에 떠오르는 놀람과 행복한 표정만 봐도 대답을 알 수 있을 것 같았다.

　"맛있어……."

　이렇게 시원하면서도 부드럽고, 한 숟갈 입에 떠 넣는 순간 행복해지는 단맛은 처음이었다. 라나는 믿을 수 없다는 표정으로 셔벗을 바라보면서 계속 떠먹었다. 양이 그리 많지 않았기 때문에 순식간에 다 먹어버리고 말았다.

　라나는 무척이나 아쉬워하는 표정을 지은 채 머뭇거리면서 메이즈를 바라보았다. 그녀를 보고 이런 말을 하는 자신이 정말 싫었지만, 그렇게 묻고 싶은 욕구를 참을 수 없다는 태도였다.

　"…더 있어?"

　"또 만들어 드릴게요. 하지만 오늘은 이것만으로 참으세요. 디저트는 식후에 입가심할 정도로만 먹어야지 많이 먹으면 살쪄요. 귀하신 아가씨니까 몸 관리에 신경을 쓰셔야지요."

　메이즈는 라나가 귀엽다는 듯 말했다. 라나가 주저주저하다가 물었다.

"이거 어떻게 만들었어? 겨울도 아닌데……."

"마법을 쓰면 간단하게 만들 수 있어요. 얼렸다가 갈았다 가, 다시 얼렸다가 하는 과정을 반복해서 만드는 거거든요. 원래는 북방 사람들이 만들어 먹는 디저트랍니다."

"북방?"

"이곳 기준으로는 1년 내내 겨울만 있는 땅이 있어요. 그곳 에서는 물을 떠서 바깥에다가 내놓으면 몇 분 만에 금방 얼어 버리거든요. 그래서 제가 마법으로 반복한 과정을 날씨를 이 용해서 반복해서 이렇게 만드는 거예요."

셔벗에 대해서 자세하게 설명해 주던 메이즈는 문득 라나 의 책상을 보았다. 그곳에는 라나가 나무를 열심히 깎아서 만 드는 조각상이 있었다. 조인족 비르드를 조각한 것으로 반쯤 깎아낸 상태였다.

"나무를 상당히 섬세하게 깎으시네요. 비르드인가요?"

"응. 하지만 날개가 잘 안 돼."

누구에게 배운 적은 없지만 스스로 계속 조각을 해온 라나 의 실력은 상당했다. 하지만 아직도 섬세한 모양을 깎아낼 때 는 스스로도 많이 불만족스러웠다.

메이즈가 말했다.

"날개를 깎아낼 때는 무작정 깎아내기보다는 깃털을 따로 깎아서 붙이는 것도 괜찮아요."

"붙여? 어떻게?"

"접착제는 있지요? 이런 식으로 하면 돼요."

메이즈는 라나가 깎아놓은 나무 조각 몇 개를 든 뒤에 조각 칼을 들고 잘게 깎아냈다. 새의 깃털을 연상케 할 그런 모양으로. 그런 뒤에 마법으로 그런 조각 수십 개를 이어 붙여서 날개 모양을 만들었다.

"접착제로도 똑같이 할 수 있어요. 다만 이런 식으로 만들면 무게를 지탱하기가 어려워지니까 따로 받침대를 쓰거나 아니면 실로 위에 매다는 방식을 써야 하지만요."

"아……."

라나는 그런 방법은 생각하지도 못했다는 듯 눈을 크게 뜨고 고개를 끄덕였다. 그러다가 퍼뜩 정신을 차리고 말했다.

"드래코니안인데 요리랑 조각도 해?"

"저도 뭔가 만드는 걸 좋아해요. 요즘은 나무를 조각하기보다는 귀금속을 세공하거나 무기를 만들길 잘하지만."

루그와 다니면서 만든 것들은 대부분 팔아먹을 장신구 아니면 무기였다. 하지만 그녀는 원래 소소한 것들을 만드는 것도 좋아했다.

"주인님은 틈만 나면 아가씨 이야기를 해요."

"루그가? 정말?"

라나가 귀가 솔깃해서 물었다. 메이즈가 말했다.

"귀에 딱지가 앉을 정도로요. 덕분에 저는 아가씨를 오늘 처음 만났지만 처음 만난 것 같지가 않았어요."

메이즈는 루그가 들었으면 부끄러워서 입을 막으려고 애썼을, 라나에 대해서 어떤 표정으로 무슨 이야기를 했었는지에 대해서 말해주었다. 눈을 초롱초롱 빛내며 듣던 라나는 점점 부끄러움으로 얼굴이 빨개졌다.

라나가 물었다.

"메이즈는… 루그의 연인이야?"

"그럴 리가요."

메이즈가 쓴웃음을 지으며 대답했다.

"저는 아가씨가 말한 대로 드래코니안이지요. 인간이 아니에요."

그녀는 그렇게 말하면서 환영 마법을 풀었다. 그러자 휘어진 뿔과 작은 날개, 황금빛 꼬리가 나타났다.

라나는 살랑거리는 꼬리에 시선을 빼앗겼다. 문득 그녀가 귀여운 강아지를 앞에 둔 사람처럼 간질거리는 표정으로 물었다.

"혹시 만져 봐도 돼?"

"꼬리요?"

"응."

라나는 혹시 메이즈가 화내진 않을까 걱정하는 표정으로 고개를 끄덕였다. 메이즈는 부드럽게 미소 지으며 꼬리를 내주었다. 라나는 눈앞에 들이밀어진 그것을 홀린 듯이 바라보다가 조심스럽게 손을 뻗어서 쓰다듬었다.

"진짜 꼬리다……."

황금빛을 띤 꼬리는 생각보다 훨씬 부드러워서 만지는 감촉이 좋았다. 처음에는 표면만 쓰다듬던 라나였지만 어느새 양손으로 꼬리를 주물럭거려 보느라 정신이 팔려 버렸다.

"저기, 라나 아가씨……."

"앗, 미안."

가만히 기다리던 메이즈가 난감한 듯 부르자 라나는 퍼뜩 정신을 차렸다. 얼굴이 빨개진 그녀가 말했다.

"아가씨라고 안 불러도 돼."

"네?"

"그냥 라나라고 불러도 돼. 메이즈는 나이 많은 드래코니 안이니까."

"그럼 그렇게 할게요, 라나. 하지만 젊은 아가씨가 남한테 나이 많다고 하는 거 아니랍니다."

메이즈는 라나의 볼을 손가락으로 콕 찌르면서 다시 환영 마법으로 모습을 바꾸었다. 그리고 몸을 일으키며 말했다.

"주인님은 라나와 다시 만나길 많이 기대해 왔어요. 사실 당신 생일에 맞춰서 오느라 굉장히 무리하기도 했고. 그러니까 적당히 마음 풀고 잘해주세요."

"…응."

라나가 고개를 끄덕이자 메이즈는 자기도 모르게 손을 뻗어서 그녀의 머리를 쓰다듬어 주었다. 그리고 다 먹은 그릇을 치워서 밖으로 나갔다.

다시 혼자 남은 라나는 메이즈가 만들어놓고 간 날개를 자세히 관찰했다. 그리고 입술을 삐죽이며 투덜거렸다.

"루그는 바보."

10

그레이슨과 이야기를 나누던 루그는 어느 순간부터 술을 한 병 따고 한 잔씩 하다 보니 거나하게 취해 버리고 말았다. 정신을 차렸을 때는 술을 일곱 병이나 비운 후라서 머리가 알딸딸했다.

"우, 이렇게 취하는 것도 진짜 오래간만이네."

그레이슨이 돌아가고 나자, 루그는 머리가 살짝 지끈거리는 것을 느끼며 밖으로 나왔다. 볼카르가 말했다.

〈나와 함께한 후로는 처음인 것 같군. 이게 취한다는 감각인가? 뭔가 기분이 나쁜 것 같기도 하고 좋은 것 같기도 하고…….〉

볼카르는 루그가 취해서 비틀거리는 상태를 굉장히 신기해했다. 인간의 불완전한 감각을 체험하는 것이 어제오늘의 일은 아니긴민, 루그가 취할 정도로 술을 마신 것은 이번이 처음이었던 것이다.

"뭐야, 넌 드래곤이면서 술도 안 마셔본 거야?"

〈마셔보기야 했다만 취해보진 않았다. 어떤 술도 드래곤의 육체를 취한 상태로 몰고 가는 것이 불가능했으니까.〉

"그거 참 재미없는 몸일세. 취하지도 않을 거면 대체 술을 왜 마시냐?"

〈딱히 마시고 싶어서 마신 것은 아니었다만. 다만 인간들은 대화를 나누기 위해 술을 마셔야 한다는 강박관념에라도 사로잡힌 것 같더군. 그리고 밤마다 내 방으로 생식 행위를 위해 오던 여자들도 분위기를 위해 술을 마시고 싶어하는 경우가 많았고.〉

"풋."

그 말에 루그는 밤하늘을 올려다보며 웃었다. 그리고 우물가로 가더니 갑자기 물을 벌컥벌컥 잔뜩 들이켜기 시작했다.

볼카르가 의아해하며 물었다.

〈왜 갑자기 그렇게 물을 많이 마시는 거지?〉

그냥 갈증이 나서 마신다고 보기에는 물의 양이 너무 많았다. 루그는 쉬지도 않고 3리터 이상의 물을 마셨던 것이다.

"푸하. 그야 계속 취해 있을 순 없으니까 그렇지."

〈무슨 말인지 모르겠군. 인간은 술에 취하면 비논리적이 된다더니…….〉

"그런 거 아니거든? 설명하기 귀찮으니까 닥치고 보기나 해."

물 때문에 배가 빵빵해진 루그는 눈을 감고 강체술을 사용해 몸을 달아오르게 했다. 그러자 몸에 들어간 수분이 놀라운 속도로 전신으로 흡수된다. 루그는 강체력을 이용해서 몸속 상태를 속속들이 파악하고, 혈관에 스며든 술기운을 몸 밖으로 배출시켰다.

스으으으으…….

루그의 몸에서 증기가 끓어오르며 주변에 술 냄새가 자욱하게 퍼져 나갔다. 몸에 흡수된 수분을 이용, 술기운을 땀으로 배출해 버린 것이다.

"크으, 냄새 지독하군. 많이 마시긴 했네."

루그는 인상을 찌푸리면서 물을 자신에게 끼얹었다. 냄새가 가라앉을 때까지 몇 번이고 물을 끼얹은 다음 마법을 이용해서 몸을 뽀송뽀송하게 말렸다.

볼카르가 물었다.

〈호오, 그런 재주가 있었군. 그런데 왜 굳이 취하도록 마셔 놓고 그런 짓을 하는 건가? 취하는 것을 목적으로 술을 마셨다면 정말로 의미없는 짓 아닌가?〉

"내 팔자가 취해서 흐느적거리고 있어도 되는 팔자면 얼마나 좋겠냐? 그렇게 좀 살고 싶다, 진짜."

루그가 한숨을 푹 쉬었다.

신나게 술을 마셔놓고 굳이 이런 방법을 쓴 것은 리니기 품은 봉인의 조각 때문이다. 결계를 강화해 뒀다고는 해도 어둠의 혈족의 출현율이 0이 되는 것은 아니었다. 언제 싸워야 할지 모르는데 취해 있을 수는 없는 노릇 아닌가?

"밖에서는 또 블레이즈 원 놈들이 언제 습격해 올지 모르니 취할 수가 없고… 아, 진짜 기구하다. 내 팔자가 어쩌다 이렇게 됐는지, 원."

누군가 어떤 미래를 바라느냐고 묻는다면 루그는 아주 소박한 대답을 할 것이다. 밤에는 마법 지옥이 기다리고 있지 않은 평범하고 달콤한 잠을 자고, 마음 편하게 술에 취해서 흐느적거려도 되는 그런 삶을 살고 싶다고.

하지만 지금의 그에게 그것은 정말 희망사항에 불과했다. 이렇게 잠시 동안 술에 취하는 것조차 사치스러운 일이었다.

"스승님도 마찬가지일걸. 하지만 스승님이 그렇게 얼큰하게 취하셨다는 것은 그래도 요즘 여기 상황이 많이 여유있어졌다는 소리일 거야. 안 그랬으면 취할 때까지 마실 분이 아니지."

루그가 기억하는 한 그레이슨은 술은 한두 잔 이상은 입에 대지 않았다. 시공 회귀 전과 후를 통틀어 오늘의 술자리가 루그가 보는 동안 그가 가장 술을 많이 마신 시간이었다.

볼카르가 장난스럽게 물었다.

〈세계를 위협하는 재앙을 무찌르고 얻고 싶어하는 것이 고작 그건가?〉

"그럼 더 무엇을 바라겠어?"

루그가 피식 웃었다. 그때였다, 문득 강력한 마력 파동이 느껴졌다.

"음?"

루그의 눈썹이 꿈틀거렸다. 순간적으로 어둠의 혈족이 출현하려는 징조인가 싶었지만, 곧 그것이 아님을 알 수 있었다. 이 마력 파동은 전혀 불길하지 않았고, 무엇보다 진원지가 드워프 리누스가 산다는 오두막이었다.

"저 양반은 오밤중에 뭘 하고 있는 거지?"

루그는 호기심을 느끼며 오두막에 다가가 보았다. 마력 파동은 정확히는 오두막 옆에 붙어 있는 둥근 작업장에서 발생하고 있었다.

볼카르가 말했다.

〈뭔가를 만드는 것 같군. 뚱땅거리는 소리가 안 나는 것은 방음 마법 때문이겠고.〉

"이 밤에?"

〈드워프들은 인간과는 달리 수면할 필요성이 극도로 적은 종족이다. 어쨌든 가보면 아주 재미있는 걸 볼 수 있을 거다.〉

볼카르가 의미심장하게 웃으며 말했다. 루그는 의아해하면서 리누스의 오두막 문을 열었다. 문은 그냥 열려 있어서 쉽게 안으로 들어갈 수 있었다.

땅, 땅, 땅땅땅……!

안에 들어가자마자 벽 너머로 쇠를 두들기는 소리가 요란하게 들려왔다. 소리만 들어봐도 굉장한 힘으로 두들기고 있다는 것을 알 수 있었다. 집 안에도 벽으로 구획이 나눠져 있고, 문이 닫혀 있었는데도 굉장히 크고 선명한 소리가 들려올 정도였으니까.

루그는 조금 감탄하면서 소리가 들려오는 작업장 쪽으로 가보았다. 문을 열자 갑자기 공기가 변했다. 방금 전까지의 쾌적함이 거짓말인 것처럼 살이 익을 것 같은 열기가 엄습해 왔다.

"우와, 굉장한 열기인데."

루그는 증기로 가득한 작업장을 보면서 혀를 내둘렀다. 볼카르가 말했다.

〈공간이 왜곡되어 있군. 바깥에서 볼 때보다 공간의 면적이 열 배 이상 크다.〉

"제곱의 배낭처럼?"

〈그 이상이지. 무엇보다 생명체도 얼마든지 드나들면서 통상 공간과 똑같이 활동할 수 있다는 점에서는 지금의 네가 이해할 수 없는 수준의 마법이라고 봐도 좋다. 제법이군.〉

"말만 들어봐도 대단하다는 것은 알겠다. 여기 설비도 굉장하네. 도대체 이게 다 뭐야?"

루그가 자욱한 증기 속에서 흐리게 보이는 작업장 풍경을 보면서 말했다. 증기 때문에 언뜻 보면 인간의 대장간과 비슷했지만 사실은 전혀 아니었다.

일단 코크스로가 있어야 할 것 같은 곳에는 마법으로 발열하는 둥근 항아리처럼 생긴 화로가 있었고, 그 주변에는 기둥처럼 생긴, 하지만 다관절로 자유자재로 움직이는 인공 팔들이 인간이 해야 할 작업을 대신하고 있었다. 루그는 그것들이 인간 이상으로 빠르고 정확하게 움직이는 것을 신기하게 바라보았다.

모루 역시 상황이 비슷했다. 사람 대신에 인공 팔들이 망치를 들고 두들겨 대고 있었다. 그 옆에는 환영 마법으로 그려진 정밀하고 입체적인 설계도가 떠서 빙글빙글 돌아가고 있었는데, 부여 마법을 어떻게 적용시킬 것인지에 대한 세부사항까지 담겨 있는 정보체였다.

"흠. 아직 안 자고 있었나?"

문득 저음의 목소리가 들려왔다. 루그는 흠칫 놀라서 목소리의 주인을 바라보았다. 전혀 기척이 느껴지지 않았기 때문이다.

"누구지?"

증기가 자욱한 작업장 한편에 푹신해 보이는 의자를 가져다 놓고 앉은 채 담뱃대를 입에 문 노인이 있었다. 풍성하고 하얀 수염에 터질 듯한 근육질의 몸을 가졌고, 그리고 굉장히 짜리몽땅한 신체를 가진 노인이었다.

그가 히죽 웃었다.

"그래도 초면도 아니고 낮에도 한번 본 사이인데 누구냐고 묻다니 너무하구먼."

"잠깐. 설마……."

그 말에 루그의 눈이 휘둥그레졌다. 목소리는 낯설지만 말투는 기억에 있었다. 거기에 기척을 전혀 느낄 수 없는 특성까지 더해지니 당장에 누군지 알 수 있었다.

"당신 설마 리누스야?"

"그렇다네."

리누스가 담배 연기를 내뿜으며 대답했다. 루그가 입을 쩍 벌리고 물었다.

"아니, 잠깐. 확실히 키는 똑같은 것 같은데… 근데 뭐야? 아직 하루도 안 지났는데 왜 폭삭 늙어버린 거야?"

"그렇게 말하는 걸 보니 우리에 대해서 아는 게 별로 없긴 한가 보군. 우린 낮과 밤에 다른 얼굴을 가진다네."

⟨저놈들의 창조주인 여신 스노우화이트의 특성을 고스란히 물려받았기 때문이지. 해가 떠 있는 동안에는 어린 소년, 해가 지고 어둠이 찾아오면 노인의 모습으로 변한다.⟩

"세상에, 그런 말도 안 되는 종족이 있었단 말야?"

루그는 황당해하며 중얼거렸다.

11

드워프.

인간 세상에도 전설처럼 그 존재가 전해져 오는 그들에 대한 목격담은 거의 찾아볼 수 없었다. 그들은 원할 때 인간 앞에 나타나지만, 인간이 원할 때 만날 수 있는 존재는 아니기 때문이다.

그들은 때로 얼굴을 가린 난쟁이 현자로, 때로는 전설의 무구를 만들어내는 난쟁이 노인으로 역사 속에 발자취를 남겼다. 하지만 그들이 모습을 드러내는 경우가 워낙 적고, 종족 간의 교류 따윈 존재하지 않았기에 그 실체를 아는 자는 아무도 없었다.

그리고 루그는 이제 그들의 실체를 알게 되었다.

"오로지 일곱만이 존재하고 낮과 밤에 연령대가 완전히 변하며 살해당하지 않는 한 불멸인가."

볼카르는 루그가 놀라는 반응이 기대대로였는지 즐거워하면서 드워프에 대해서 이야기해 주었다.

드워프는 인간들에게 알려진 전설의 장인 일곱이 전부다. 워즈니악, 리누스, 스티브, 브린, 모토로라, 게이츠, 데니스 외의 드워프는 존재하지 않았다.

그들은 낮에는 어린 소년이고 밤에는 노인이며, 대지를 구성하는 모든 존재와 소통하고 그 안에 녹아들 수 있었다. 대지의 정령 그 자체라고 해도 과언이 아닌 그 능력은 그들이 인간과는 비교할 수 없는 탁월한 장인일 수 있는 이유였고, 수천 년 동안 단 두 번밖에 살해당하지 않을 수 있었던 이유이기도 했다.

"내가 기척을 느끼지 못한 것도 그래서였군."

리누스는 눈앞에 있는, 인간을 닮은 육체를 가진 존재인 동시에 지금 밟고 서 있는 대지 그 자체이기도 하다. 그는 마음만 먹으면 마치 물에 빠져들 듯이 대지에 녹아들어 갈 수 있었다.

드워프는 탁월한 마법사였지만 그렇다고 해서 무적의 전투력을 가진 존재는 아니었다. 전투 능력만으로 따지자면 상위 용족 중에서도 그들을 뛰어넘는 이가 수두룩했다. 하지만 그런 강자라 할지라도 드워프를 사로잡거나 살해하는 것은 거의 불가능할 정도였다.

"그런데도 역사상 두 번이나 살해당하다니 어쩌다가 그런 거지?"

"한 번은 브린이 정보 검색을 이용해서 드래곤 스포르카트의 정신에 손을 대려고 했다가 살해당했지. 우리가 대지에 녹아들어서 도망친다고 해도 드래곤의 손길을 피할 수 없다는 것이 증명된 사건이었네."

〈스포르카트는 정신을 다루는 데 있어서는 아주 탁월하지. 순식간에 잡혀서 박살 났겠군.〉

볼카르가 유쾌해하자 루그가 의아해하며 물었다.

─넌 드래곤 중에서도 방구석 마법 폐인이라고 불릴 정도의 실력자 아니었어?

〈그 호칭은 삼가줬으면 좋겠군. 하여튼 내가 다른 드래곤보다 좀 더 많은 노력을 마법 탐구에 기울인 것은 사실이지만, 그렇다고 해서 압도적으로 뛰어난 것은 아니다. 사실 드래곤은 누구든 상대가 이루어낸 성과를 한 번 보면 단시간 내에 똑같이 재현해 낼 수 있으니까. 그리고 전체적인 성과 면에서 뛰어나다고 해도 어떤 한 가지 분야에 탐닉해서 돌출된 성과를 낸 이들은 그 분야에서는 따라가기 힘들다. 네가 좀 더 이해하기 쉽게 말하자면, 그레이슨은 강체술사 중에서 굉장히 뛰어난 축에 속할지 모르지만 그보다 낮은 수준의 강체술사 중에서도 그보다 뛰어난 특기를 가진 이들이 있을 것 아닌가?〉

─아, 그런 것이라면 확실히 이해할 수 있군. 마법도 위로 올라가면 올라갈수록 세분화되고, 그렇게 분류된 계통 하나하나의 정보량이 커지니…….

루그도 지금까지 막대한 양의 마법 지식을 주입받았기 때문에─여전히 주입식 교육이었다─이해할 수 있었다. 기초는 모든 것을 포괄하지만, 거기서 파생된 응용 기술 하나하나는 기초보다 더 많은 양의 정보를 포함하고 있는 것이다.

〈그래서 참 마음에 안 들지만 저 건방진 난쟁이들이 나보다 뛰어난 구석도 있는 것이다. 뭐, 가끔은 인간의 조악한 마법적 발상을 보면서 뭔가 배우는 직도 있을 정도이긴 하지만.〉

툴툴거리는 볼카르의 목소리가 들릴 리 없는 리누스가 말했다.

"두 번째는 워즈니악이 레비아탄 알파르타에게 살해당한 사건이었지."

"레비아탄? 그게 뭐지?"

루그는 처음 들어보는 이름이었다. 리누스가 말했다.

"상위 용족일세. 보아하니 자네는 용제로군. 그것도 믿을 수 없을 정도로 강력한……."

리누스는 루그를 꿰뚫어 보는 듯한 눈으로 바라보았다. 루그가 지닌 용제의 힘은 마력의 성장과 함께 계속해서 커져 왔다. 지금은 처음 각성했을 때보다 훨씬 더 강력해져 있었다.

리누스가 말했다.

"하지만 그런 자네라도 지배할 수 없을 정도로 강력한 용족이라고 할 수 있지. 아주 오랜 시간을 살아가며… 대해의 재앙으로 군림하는."

〈재앙이라……. 확실히 대다수의 생명체들에게 레비아탄은 그런 존재겠지.〉

볼카르가 중얼거렸다. 루그가 속으로 물었다.

─레비아탄이라는 것은 또 뭐야?

〈가장 강력한 용족 중 하나다. 팔다르가 만들었지. 뭐 세계에 풀어놓기에는 너무 강력해서 번식력을 극도로 억제시켰고, 그들 이상의 존재는 세계 속에서 정상적으로 살아갈 수 있는 생명체 중에선 없다고 할 수 있긴 하지만…….)

볼카르의 설명으로는 그들은 심해에 살며 거대한 바다뱀이라고 할 수 있는 형태로 평균 수명이 2천 년이나 된다. 다 성장하는 데는 천 년 정도 걸리는데, 성체의 경우 머리끝부터 꼬리 끝까지의 길이가 100미터에 달하고 속성력을 통해서 바다의 움직임을 자유자재로 제어해 해일을 일으키고 폭풍을 부르는 능력을 가졌다. 성체의 마력은 600년을 산 드레이크였던 리제이라와 비교해도 열 배 이상이라고 한다.

"세상에 그런 괴물이 드래곤 말고도 또 있단 말이야?"

그 정도면 불카누스보다도 더 무서운 존재가 아닌가? 리누스가 피식 웃었다.

"그러니 워즈니악이 당하지 않았겠나? 물론 그때 워즈니악은 그를 물리칠 인간 영웅에게 줄 무구의 막바지 작업을 목숨 걸고 했던 모양이지만."

"그런 걸 인간이 무찔렀다고?"

루그가 입을 쩌억 벌렸다. 리누스가 말했다.

"뭐, 역사에 이름을 남길 정도니 당연하지 않았겠나? 대륙 동부의 파르디 왕국에 가보면 발드가라는 이름의 영웅에 대한 전설이 전해 내려오지. 워즈니악이 준 무구를 써서 재앙이라 불렸던 알파르타를 무찌른……."

"발드가라면 나도 알고 있긴 한데, 그게 진짜였나?"

시공 회귀 전의 루그는 대륙 곳곳을 돌아다녔다. 그렇기에

파르디 왕국에서 음유시인에게 영웅 발드가의 노래를 들은 적도 있다. 하지만 전설이라 과장되었을 거라고 생각했지 정말로 인간이 넘볼 수 있는 영역을 초월한 재앙을 무찔렀을 줄이야…….

〈놀라운 일이군. 인간이 레비아탄을 무찔렀다? 어떤 요소가 개입되었다고 해도 기적이라고밖에는 볼 수 없는 확률인데…….〉

리누스가 말했다.

"뭐, 워즈니악이 죽을 때 그냥 곱게 죽어준 것이 아니라서 꽤나 타격을 입혀놓았던 모양이긴 하지만 그래도 정말 대단한 인간이었지. 자네도 강체술사이니 이해하기 쉬울 것 같은데, 워즈니악의 말로는 그는 제7단계의 강체술사였다고 하네."

"심상 구현에 도달한 인간이었다고?"

루그의 눈이 크게 떠졌다.

기나긴 강체술의 역사상 심상 구현에 도달했다고 알려진 자는 거의 없었다. 그레이슨의 말에 따르면 오더 시그마에는 단 두 명만이 있었을 뿐이고, 당시 제자들의 수준이 워낙 떨어져서 그들은 구체적인 자료를 후세에 남겨주지 못했다고 한다.

리누스가 말했다.

"워즈니악의 말로는 마법의 상식을 초월하는 일을 할 수 있었다고 하는구먼. 그의 검술은 공간의 개념을 초월했다고 하네. 눈에 보이는 곳에 있는 존재라면 아무리 멀리 있어도 바로 앞에 있는 것처럼 벨 수 있고, 인간의 손에 들린 작은 검으로 남기는 궤적으로 성을 일격에 베어낼 수 있었다고 하니 워즈니악이 목숨 걸고 그에게 운명을 걸어볼 만도 했겠지. 그놈은 자신이 만든 도구로 운명을 초월할 수 있는 가능성을 지닌 존재를 너무나 사랑하니까."

"……."

루그는 눈살을 찌푸렸다. 그때 볼카르가 물었다.

〈루그, 네가 심상 구현의 경지에 도달하려면 얼마나 걸리겠나?〉

─아니, 반드시 도달할 수 있다고 확신하느냐고 물으면 나로서는 난감한데. 말했잖아? 6단계도 이룰 수 있을지 없을지 확신을 못하겠는데 도대체 뭔지 감도 안 잡히는 7단계에 언제 갈지 어떻게 알아?

〈슬플 정도로 무능하군.〉

─이익, 인류 역사를 통틀어도 손에 꼽을 정도밖에 도달하지 못한 경지를 확신하지 못한다고 그런 소릴 들을 이유는 없어!

하지만 볼카르는 아예 들은 척도 하지 않았다.

〈이렇게 되면 효율성은 떨어지지만 그레이슨 다카르를 통해서 관찰하는 수밖에 없나. 쯧. 매우 흥미로운 부분인데 하필이면 이런 무능한 녀석에게 운명을 걸어서는…….)

─이 자식.

부들부들 떠는 루그에게 리누스가 물었다.

"왜 그러나?"

"음. 아무것도 아냐. 그냥 술 때문에 좀 머리가 아파서."

"그런 것치고는 말짱해 보이는데. 뭐, 어쨌거나 우리는 스노우화이트께서 지상에 기거하시는 한 한없이 불멸에 가깝기 때문에 죽어도 부활하긴 하네. 하지만 우리는 진정한 의미에서의 불멸자가 아니기 때문에 죽음이라는 사건을 겪고 나면 기억은 계승될지언정 영혼은 변질되고 말지."

"영혼이 변질된다는 것은, 인격이 변한다는 건가?"

"그렇게 이해해도 문제없네. 영혼이 가진 근본적인 성향에 변화가 생기는 것이니까. 그래서 우리는 죽음을 겪고 난 형제들을 이전과는 다른 개체로 대하곤 하지. 덕분에 난 원래 막내였는데 지금은 다섯째라네. 엣헴."

"……."

"생각해 보면 7천 년 가까이 살았는데 1년 터울이라고 형 아우 해야 하는 것도 웃기는 일이지만."

리누스가 투덜거렸다.

드워프의 신인 스노우화이트는 대단히 특이하게도 지상에 육체를 갖고 강림해 있었다.

물론 모든 종족 신들이 자신들의 자식의 몸을 빌려 지상에 강림해 태곳적 무지했던 종족들에게 미래를 제시해 주긴 했지만, 스노우화이트는 그때 이후 지금까지 수천 년 동안 여전히 지상을 떠나지 않았다. 그녀는 모든 드워프—그래 봤자 일곱이었지만—들이 태어난 성지를 떠날 수 없었고, 그곳에서 드워프들을 만들고 재생시켰다. 모든 드워프들은 세상을 떠돌며 자신이 보고 겪은 일들을 이야기해 그녀를 즐겁게 해주려 했다. 자그마치 수천 년 동안이나.

"그녀도 드워프인가?"

"신께 '그녀' 라는 표현을 쓰다니 불경하군."

리누스가 눈살을 찌푸리며 불쾌감을 드러냈다. 볼카르가 코웃음을 쳤다.

〈신인 주제에 죽음으로부터 도망쳐서 광기에 지배당한 여자에게 경의를 표해야 한단 말인가? 주제를 모르는 드워프로고.〉

물론 그 말은 리누스에겐 들리지 않았다. 루그가 한숨을 쉬며 표현을 정정했다.

"미안하군. 그분도 드워프의 육신을 입고 계신가?"

"그렇지 않다. 그분은 슬프게도 인간의 육신을 입고 계시지."

순간 루그는 분명히 스노우화이트는 의도적으로 인간의 육신을 골랐을 기라고 확신하고 말았다. 신은 인간 여성의 모습이며 드워프는 모조리 난쟁이 남성이라니, 아무리 봐도 노리고 선택한 상황 같지 않은가?

그러한 추측을 말하자 볼카르가 피식 웃었다.

〈그건 좀 지나친 추측이다. 스노우화이트가 제정신이 아니긴 하지만, 그녀가 인간의 육신을 입고 강림한 것은 드워프를 창조하기 전의 일이지. 즉, 자신을 섬기는 종족이 아직 없는 상태에서 성급하게 강림해 버렸으니 기존의 종족 중 하나의 육신을 선택할 수밖에 없었을 거다.〉

—그럼 왜 여태까지 인간의 육신을 입고 사는 건데? 수천 년이나 살았다며?

〈신들이 지상에 강림하는 것은 그 자체로 기적이다. 그렇지 않았다면 우리는 그 불쾌한 존재들과 번번이 얼굴을 보고 살아야 했을지도 모르지. 생각만 해도 끔찍한 일이다.〉

볼카르가 신들에 대한 적대감을 드러냈다. 그리고 코웃음을 치며 스노우화이트를 비웃었다.

〈그리고 스노우화이트는 종족 신으로서는 끔찍한 실패자다. 종으로서의 기본적인 목표조차 갖지 못할 드워프라는 실패작을 만든 이상, 그들이 사라지지 않게 하기 위해서라도 지상에 기거하며 보살피려고 한 거겠지.〉

—드워프가 실패작이라고? 왜?

〈달랑 일곱밖에 없는 종족이 성공작일 수 있다고 생각하나? 그들은 이 세계의 생태계 전체에서 방관자의 위치에 있지. 번식도 불가능하고, 세대를 거듭하며 변할 수도 없는 생

명체를 종족이라고 부르는 것조차 우스운 일이다.〉

　─흐음.

　볼카르는 드래곤을 '종족'이라고 부르지 않는다. 그런 기준을 적용시킨다면 확실히 드워프도 종족으로서의 자격이 없을 것 같았다. 볼카르가 들으면 화를 내겠지만, 루그는 드래곤과 드워프가 굉장히 닮은 구석이 있다고 생각했다.

　리누스가 말했다.

　"뭐, 이걸로 우리에 대한 궁금증은 풀렸으리라고 생각하네. 대신이라기에는 뭣하지만 자네에 대한 것도 이야기해 줄 수 있겠나?"

　"내가 왜 그래야 하지?"

　"꽤나 까칠하군."

　"이유는 잘 알 텐데."

　루그는 리누스를 못마땅하게 여기고 있었다. 딱히 라나가 그의 편을 들어서가 아니다. 진짜 아니다.

　'아무렴. 아니고말고!'

　리누스가 피식 웃었다.

　"아가씨에게 실수한 것은 사과하겠네. 사과만으로 마음이 풀리지 않는다면 합리적인 이유를 제시하도록 하지. 내가 자네의 일에 도움이 될 수 있기 때문일세."

　"……."

　"자랑은 아니지만 자네가 내 협력을 얻을 수 있다면 목적을 달성하는 데 큰 도움이 될 거라고 생각하지 않는가?"

그 말대로였다. 전설의 드워프 장인 리누스의 협력은 놓치기에는 너무 매력적인 먹잇감이었다.

루그는 작게 한숨을 쉬었다. 그가 라나에게 한 짓은 마음에 안 들지만, 여기서는 그를 자신의 편으로 끌어들여야 할 필요가 있었다.

"좋아. 하지만 그전에 물어볼 것이 있어."

"뭔가?"

"당신이 드래곤과 싸운다고 가정해 보자."

루그의 질문은 그가 생각한 것이 아니라 볼카르가 요구한 것이었다. 볼카르는 루그와 함께하는 동안 내내 품고 있던 의문 중 하나를 리누스를 통해서 풀고자 했다.

"그럴 경우, 당신은 드래곤의 드래곤 형태를 봉하고 오로지 인간 모습으로만 활동할 수 있게 만드는 결계를 만들 수 있나? 이 경우 결계의 규모는 말도 안 되게 커져도 좋아. 예를 들면 인간의 대도시, 그러니까 이 나라의 왕도쯤 되는 크기의 도시를 통째로 결계를 발생시키기 위한 시설로 사용한다고 하더라도."

"황당한 질문이군."

리누스가 표정을 굳혔다. 마법의 종사인 드래곤을 상대로 싸우면서 드래곤 형태를 봉할 수 있는 마법을 짜낼 수 있느냐라?

그것이 루그가 시공 회귀 전에 불카누스와 최종 결전을 치른 바라지아에 설치되어 있던 마법진에 대한 의문이었다. 볼카르는 인간의 마법 수준으로는 무슨 짓을 해도 드래곤의 드래곤 형태를 봉하고 다른 형태로만 사용하도록 강요하는 것이 불가능하다고 여겼다. 루그 역시 마법을 배우면 배울수록 그의 판단이 타당함을 알 수 있었다.

당시 루그는 그 마법진을 누가 만들었는지는 의심하지 않았다. 칼리아의 나라인 로멜라 왕국의 대마법사 에반스가 막대한 돈과 인력, 시간을 들여서 구축하고 그 효과를 설명했을 때 여기에 운명을 걸어보자고 생각했을 뿐이다.

하지만 아무리 생각해도 에반스의 능력으로는 그런 결계를 만들어낼 수 없었다. 그렇다면 인간보다 마법사로서 탁월한 존재, 예를 들면 인간 세상에 참견하기 좋아하는 드워프가 개입했으리라 추측하는 것은 자연스러운 일이었다.

리누스는 굳은 표정으로 고민했다. 황당한 질문이긴 했지만 루그의 분위기로 보아 굉장히 중요한 이야기임을 알 수 있었다. 그는 자신이 지닌 마법의 지식을 총동원해 머릿속에서 여러 가능성을 세워보았다. 그리고 결론을 냈다.

"내 능력으로는 그런 일은 불가능하네."

"……."

루그는 혼란스러워졌다. 그렇다면 대체 누가 그 마법신을 만들어냈단 말인가?

리누스가 말했다.

"일단 드래곤이 어떻게 본래의 모습에서 다른 종족으로 자유자재로 변할 수 있는지조차 모르거든. 그것에 대해서 연구하고 그 과정에 개입할 수 있는 마법을 만들어내려면… 일단 드레이크처럼 원래부터 진신 외에도 마음만 먹으면 변할 수 있는 다른 모습을 부여받는 존재를 연구해 볼 필요가 있겠군. 그것도 단기간 내에 성과가 나올 만큼 쉬운 일은 아닐 것이고."

"그런가."

"하지만 내 능력으로 불가능하다고 해서 우리 모두가 불가능하다고는 할 수 없지. 그 의문은 중요한 거겠지?"

"대단히 중요해."

루그가 고개를 끄덕였다. 리누스가 피식 웃었다.

"그럼 좀 더 시간을 주게. 내 형제들과 그 문제로 토론을 해볼 테니. 모두 특기 분야가 다르니만큼 머리를 맞대고 고민하면 답이 나올지도 모르지."

"알겠어. 성실하게 대답해 줘서 고맙군. 그럼 당신이 원하던 것을 이야기해 주지."

루그는 시공 회귀를 제외한 진실을 리누스에게 이야기하기 시작했다.

CHAPTER 27
고백

폭염의 용제

1

인간의 육신을 입고 외유를 할 수 있게 된 후로도 불카누스는 좀처럼 거처를 벗어나지 않았다. 루그와의 싸움으로 자신의 힘이 아직 부족하다는 사실을 절절히 깨달았기 때문이다. 봉인을 해제하는 일을 부하들에게 맡겨둔 그는 마법을 연마하는 데 여념이 없었다.

그의 마법 실력은 기하급수적으로 빠르게 성장했다. 외유용 인간 육체도 만들 때마다 더욱 성능이 향상되어서 훨씬 더 많은 마력을 쓸 수 있게 되었다.

하지만 그는 마법의 경지가 높아지면 높아질수록 의문을 느끼고 있었다.

'내게 무슨 일이 일어난 거지?'

이전에는 막연하기만 했던 의문점들이 마법을 연마하면 연마할수록 뚜렷해지며 그를 괴롭혔다.

그는 자신이 인간의 육체라는 감옥에 갇혀 버렸다는 사실을 깨달았다.

"이것도 그놈 짓인가?"

으르렁거리는 불카누스의 눈앞에는 생명 반응이 끊어진 드라칸의 육체가 있었다.

허약한 인간보다는 육체적으로도, 마력적으로도 강력한 드라칸의 육체를 외유용으로 써보려고 시도한 결과는 참혹했다. 애써 만든 드라칸의 육체는 기괴하게 뒤틀리며 파괴되어 버렸고, 끔찍한 고통 속에서 숨이 끊어진 불카누스는 사흘 후에나 눈을 뜰 수 있었다.

"이건 분명히 봉인이 작용한 결과다. 분명히… 누군가의 농간이야."

불카누스는 오로지 인간의 모습으로만 변신할 수 있었다.

또한 인간의 육체로만 외유할 수 있었다.

처음에는 자신의 기억이 완전치 않기 때문이라고 생각했다. 그래서 열심히 마법을 익히고 연구를 거듭해서 외유 방법을 보완해 보았다.

그러나 결과는 모조리 실패였다. 인간 말고 다른 종족의 육체로 외유하려는 시도는 서른네 번이나 실패했다.

불카누스는 그 시점에서야 이것이 단순히 외유 방법의 불완전함이 원인이 아님을 알아차렸다. 그를 가두고 있는 봉인이 행동의 자유만이 아니라 외유의 자유에도 간섭하고 있었다.

그 사실을 이제야 깨달은 이유는 간단했다. 지금까지는 그의 마법 수준이 그것을 알아차릴 정도로 높지 않았기 때문이다.

"루그……."

불카누스는 루그를 떠올리며 이를 갈았다.

그가 죽었는지 살았는지는 알 수 없었다. 하지만 지금은 차라리 죽지 않았기를 바랐다. 그렇지 않았다면 이 분노를 풀 대상이 없으니까.

그렇게 화를 내고 있는 그에게 문득 마법 통신이 도착했다. 거울에 빛으로 글씨를 쓰는 지극히 전통적인 방법의 메시지 전달 마법은 엘토바스에게서 온 것이었다.

—최강의 수하가 될 수 있는 자를 찾았습니다. 그러나 데려갈 수 없습니다. 와주시기 바랍니다. 최송하지만 오래 기다릴 수는 없을 것 같습니다. 위치를 동봉합니다.

"최강의 수하?"

불카누스의 눈이 흥미로 빛났다.

그가 불카누스로서 눈을 떴을 때, 최초로 부린 수하는 다르칸이었다. 다르칸은 하위 용족들을 부려서 조직을 만들고, 간부가 될 만한 자를 물색했다.

이때 자청해서 불카누스에게 찾아온 자가 엘토바스였다. 독특한 출생과 능력을 가진 그는 다른 간부들을 때로는 속여서, 때로는 힘으로 제압해서 불카누스에게 데려왔다.

불카누스는 그가 상위 용족 중에서도 특출 나게 강력한 존재라는 것을 알고 있었다. 마법을 무서울 정도의 수준까지 연마한 지금은 더더욱 그렇다. 지금의 불카누스라고 해도 엘토바스와 싸운다면 제압할 수 있을지 확신할 수 없을 정도다.

그런데 그런 그가 데려갈 수 없는, 최강의 수하가 될 수 있다고 확언하는 존재라니 호기심이 일었다. 불카누스는 잔혹하게 미소 지으며 눈을 감았다.

곧 그의 의식이 급격하게 잠들었다가 준비된 인간의 육체에서 깨어나 지긋지긋한 봉인 바깥으로 나갔다.

2

올해 라나의 생일날에는 그 어느 때보다도 많은 사람이 모였다.

그레이슨과 코번은 물론이고 루그와 메이즈, 리누스도 있었다. 그리고 중년 마법사 데아드도 어색한 표정으로 참석했다. 그래 봤자 열 명도 안 되는 인원이었지만, 라나가 기억하는 한은 가장 활기찬 생일날이었다.

"흠흠. 마음에 들지 모르겠구먼. 어린 아가씨 선물은 뭘 해줘야 할지 몰라서……."

데아드는 겸연쩍어하면서 선물을 내밀었다. 척 보기에도 훌륭한 자수가 돋보이는 손수건이었다. 스스로 말한 것처럼 어린 아가씨가 좋아할 만한 선물은 고를 줄 몰랐기 때문에 하녀들에게 조언을 구해서 선택한 것이었다.

"고맙습니다."

라나가 얼굴을 붉히며 인사했다. 그녀는 생일 때 누군가에게 선물을 받는 것에 그리 익숙하지 않았다. 그것이 평소 잘 이야기도 나누지 않는 사람이라면 더더욱.

"자자, 케이크가 나갑니다."

메이즈가 활기찬 목소리로 말하며 주방에서 나왔다. 그러자 데아드가 흠칫 놀라서 뒤로 물러났다. 마법사인 데아드로서는 존재 자체가 자신과는 격이 다른 마법사라고 할 수 있는 드래코니안을 대하는 것 자체가 큰 부담이었던 것이다. 하지만 그러면서도 메이즈에게서 눈을 떼지 않는 것이 참으로 마법사다운 점이었다.

"주인님, 거기 테이블에 자리 좀 치워줘."

"알았어. 잠깐만 들고 있어."

"이거 무겁단 말야."

루그가 능장을 부리자 메이즈가 투덜거렸다. 루그가 피식 웃었다.

"바위도 번쩍 드는 괴력의 소유자가 엄살떨기는."

"주인님, 여자한테 그런 소리 하면 미움받아. 가녀린 여자가 힘들어하면 눈치 빠르게 배려해 줘야지."

"가녀린 여자? 누군지 잘 모르겠는걸?"

"라나, 주인님이 우리가 힘세다고 놀리는데요?"

"아, 아니, 내가 말을 실수했어. 우리 아가씨들이야 다 가녀리고 아름다우시지. 흠흠."

루그는 잽싸게 태도를 바꾸면서 테이블 위를 치웠다. 그 비굴한 모습을 본 그레이슨이 코웃음을 쳤지만 아랑곳하지 않았다.

메이즈가 영차 하고 테이블 위에 케이크가 든 박스를 내려놓았다. 모두의 시선이 모인 가운데 그녀가 의미심장한 미소를 지으며 덮개를 열었다.

"와아!"

라나가 눈을 휘둥그레 떴다. 다른 사람들도 탄성을 질렀다.

어제부터 시간을 들여서 만든 케이크는 라나의 몸통보다도 더 컸다. 그냥 크기만 한 게 아니라 그 위는 결계 안쪽의 축소판이었다. 색색의 과자로 만든 아기자기한 오두막과 네 가지 색의 크림을 절묘하게 다듬어서 꽃이 잔뜩 핀 것처럼 꾸며놓은 화단이 있었고, 그 가운데 라나를 닮은 귀여운 사탕 인형까지 서 있었다. 이걸 칼로 자르고 포크로 찍어서 먹어야 한다는 사실이 죄스럽게 느껴질 정도로 멋진 케이크였다.

루그가 휘파람을 불었다.

"공 좀 들였는데?"

"에헴. 특별한 날이니까 실력을 총동원해 봤어. 이런 케이크는 왕족이라고 해도 구경해 보지 못했을걸."

원하던 반응이 나오자 메이즈가 우쭐한 표정으로 어깨에 힘을 주었다. 정말이지 마법까지도 요리에 응용하는 메이즈가 아니고서야 도저히 만들 엄두를 내지 못할 케이크였다.

황홀해하는 라나에게 메이즈가 눈을 찡긋해 보이자 정원 여기저기에 꽂혀 있던 열세 개의 촛대에 불이 밝혀졌다. 라나가 조심조심 입김을 불어서 불을 끄자 모두 박수를 치며 축하의 말을 건넸다.

케이크뿐만 아니라 생일 음식들은 모두 다 눈이 휘둥그레질 정도로 화려하고 맛있었다. 다들 걸신들린 듯이 먹느라 정신없을 정도였다. 라나를 놀라게 했던 서벗을 본 데아드는 눈이 휘둥그레졌다.

"설마 이거 마법으로 만드신 겁니까?"

"그 표현은 오해의 여지가 있는 것 같은데요. 만들 때 마법을 썼지요."

메이즈가 미소 지으며 대답했다. 그 말에 데아드가 입을 쩍 벌렸다.

"요, 요리에 마법을 쓰다니……."

인간 마법사의 상식으로는 상상도 못할 일이었다. 하지만 메이즈는 태연했다.

"실생활에 쓰지도 못할 거라면 기를 쓰면서 마법을 연구할 필요가 없잖아요? 추운 날을 견디기 위해, 먹을 것을 익히기 위해 불을 피우고 더위를 견디기 위해 시원함을 만드는 일을 아무렇지도 않게 행할 수 있어야 진정한 마법사랍니다."

"으음……."

데아드는 무척 혼란스러워했다. 그러면서도 쭈뼛거리면서 메이즈에게 이것저것 물어보았고, 메이즈가 친절하게 대답해 주자 감탄을 금치 않았다. 인간 마법사들끼리는 있을 수 없는 일이었으니 당연했다.

그사이 루그도 준비해 온 선물을 라나에게 건네주었다.

"아가씨 마음에 들지 모르겠는데……."

루그는 도착한 다음날, 라나에게 그동안 세상을 돌며 구입해 두었던 선물들을 주었다. 장신구와 공예품과 책까지 상당한 양을 주었기 때문에 라나는 생일 선물을 기대하지 않고 있었다. 그러던 차에 루그가 내미는 상자를 보고는 눈을 크게 떴다.

"뭐야?"

"아래 것은 제가 준비한 거고, 위의 것은 메이즈가 드리는 거예요."

그 말에 라나의 시선이 메이즈에게 향했다. 그녀와 시선을 마주한 메이즈가 눈을 찡긋해 보였다.

라나는 먼저 메이즈의 선물 상자를 풀어보았다. 그 안에 든 것은 예쁜 핑크색 구두였다. 연회용 드레스에 어울리는 그런 구두가 아니라, 라나가 평소에 신을 수 있는 실용적인 형태를 띤 신발이었다. 그러면서도 아기자기한 멋이 있었고 발등 쪽에는 꽃 모양 리본까지 달려 있었다.

"예쁘다⋯⋯."

라나의 눈이 반짝반짝 빛났다. 주변 사람들이 워낙 털털한 성격이고, 또 어디 화려한 자리에 나설 일도 없는 터라 꾸미고 살 생각을 별로 안 해본 그녀다. 하지만 여자아이답게 예쁜 것들에 대한 동경이 있어서 루그가 주는 장신구들을 너무나 좋아하기도 했다.

메이즈가 말했다.

"옷도 준비하고 싶었지만, 그건 사이즈를 확실히 모르는 상태에서 대충 하기는 그래서 신발로 했어요. 신발은 마법으로 사이즈를 조절하기가 편하거든요. 옷은 나중에 만들어줄 게요."

"메이즈는 옷도 만들 수 있어?"

"그럼요."

메이즈가 가슴을 펴고 우쭐거렸다.

루그가 입술을 삐죽이며 말했다.

"내 선물도 봐요."

"응. 이건… 장갑이네?"

루그의 선물은 옅은 핑크색을 띤 장갑이었다. 겨울에 끼는 두터운 털장갑이 아니고 아주 얇은 장갑이라서 손에 껴보면 손가락을 움직이는 것은 물론 물체의 촉감을 느끼는 것에도 지장이 없었다.

라나가 고개를 갸웃하자 루그가 재빨리 설명했다.

"작업용 장갑이에요. 마법이 걸려 있어서 얇긴 해도 아주 질기고, 피부에 딱 달라붙기 때문에 작업하다 실수해도 상처 입는 일은 없을 거예요. 물론 둔기로 치거나 하는 것은 어쩔 수 없지만… 아, 그리고 땀도 흡수해 주고요."

"주인님이 이거 만드느라 엄청 고심했어요. 아가씨 손이 거칠어지는 게 싫다면서 몇 번이나 밤을 새워가면서……."

"야, 쓸데없는 말은 하지 마."

루그가 얼굴을 붉히자 메이즈가 혀를 쏙 내밀었다. 이 장갑은 루그가 메이즈에게 만드는 법을 배우고, 볼카르에게 필요한 마법들을 배워서 부여한 작품이었다. 아무렇지도 않게 내밀긴 했지만 실은 완성할 때까지 계속 소재와 마법을 바꿔가면서 시제품을 스무 개도 넘게 만들었을 정도로 공을 들였다.

라나는 장갑을 껴보고 이리저리 살펴보더니 살짝 부끄러워하며 말했다.

"고마워. 잘 쓸게."

"뭘요."

루그가 헤벌쭉 웃었다. 그 말만으로도 만족할 수 있다는 듯이.

곧 그는 헛기침을 한번 하더니 말했다.

"그리고 실은 아가씨한테 소개하고 싶은 사람이 있는데요. 아니, 사람이라고 하기엔 좀 이상한가?"

"누구인데?"

라나가 눈을 동그랗게 떴다. 이 자리에 모인 사람 말고 또 다른 사람이 숨어서 기다리고 있기라도 했던 걸까? 주변을 두리번거리는 그녀의 모습을 보던 루그가 나직하게 읊조렸다.

"나칼라즈티."

휘이이이이······.

순간 실내의 공기가 한곳으로 수렴되기 시작했다. 모두들 행동을 멈추고 루그의 앞쪽을 바라보았다.

잠시 후, 그곳에서 녹색의 환영으로 그려진 작은 엘프 소녀의 모습이 나타났다.

「안녕하세요, 인간, 드워프, 드래코니안 여러분. 리루입니다. 저는 정령과 의식을 동조시키고 있지만 원래는 엘프예요.」

그녀가 아름다운 목소리로 자신을 소개했다. 일반 엘프보다 작은, 정말 요정이라는 말이 어울리는 모습으로 나타난 그녀를 모두가 신기해하며 바라보았다. 라나 역시 홀린 듯이 그녀를 바라보다가 자기도 모르게 손을 뻗어 만져 보려고 했다.

리루는 생긋 웃으며 마주 손을 내밀었다. 라나의 작은 손과 그것보다 훨씬 더 작은 리루의 손이 서로 겹쳐지면서 지나쳤다.

라나가 흠칫 놀랐다. 왠지 리루의 몸 부분만 강풍을 지나치는 듯한, 하지만 그러면서도 부드러운 저항감이 들었다.

「안녕하세요, 라나 아룬데.」

"아, 안녕하세요. 리루."

「나는 루그의 친구예요. 루그가 소중하게 생각하는 당신에게 노래를 불러 드리려고 왔어요.」

"노래요?"

라나가 머뭇거리며 물었다. 그녀는 책을 통해 얻은 지식으로 엘프의 노래가 아름답다는 사실을 알고 있었다. 하지만 자신이 그 노래를 들을 수 있으리라고는 한 번도 상상해 본 적이 없었다.

「네. 라나 아룬데, 당신을 위해 노래할게요. 생명의 탄생과 미래를 축복하는 노래를.」

리루는 생긋 웃고는 루그를 바라보았다. 루그는 어제 리루를 불러서 라나의 생일날 노래를 불러달라고 부탁했다. 라나에게도 엘프의 노래를 들려주고 싶었기 때문이다.

곧 리루가 입을 열어 노래하기 시작했다. 루그가 기억하는 그녀의 노래와 똑같은 목소리로.

모두들 홀린 듯이 그녀의 노래에 빠져들어 갔다.

3

점심때부터 시작된 생일 파티는 저녁이 되어서야 끝났다. 계속 들떠 있던 라나는 더 못 먹을 정도의 포만감과 피로 때문에 잠들고 말았고 뒷정리는 루그와 메이즈와 코번이 했다.

대충 자신에게 할당된 일을 끝낸 루그는 바깥으로 나와서 밤하늘을 올려다보고 있었다. 날씨가 맑아서 그런지 별들이 지상으로 쏟아질 것처럼 반짝거렸다.

잠시 후, 등 뒤에서 문이 열리는 소리가 들렸다. 루그는 뒤돌아보지 않고도 그것이 메이즈임을 알았다.

메이즈가 물었다.

"뭐 해, 주인님?"

"바람 쐬고 있는 중이야. 여긴 정말 시원하네. 내열 주문을 쓸 필요도 없을 정도로……."

루그는 밖을 돌아다닐 때는 기온에 맞춰서 신체 상태를 쾌적하게 유지해 주는 마법을 사용했다. 더울 때는 내열 주문을, 추울 때는 내한 주문을 쓰고 있기에 더위에도 추위에도 괴로워하지 않았다.

하지만 리누스가 조정한 이곳의 날씨는 정말 좋았다. 완벽하게 사람이 살기 좋은 환경으로 맞춰져 있었다.

메이즈가 웃었다.

"벌레도 없지."

"그러게. 바깥에는 모기 때문에 난리인데."

여름이 오지 않은 이곳에는 여름벌레들도 없었다. 매년 기승을 부리던 모기가 없다는 사실은 라나와 그레이슨, 코번은 물론이고 가문에서 파견한 병력들도 환영했다.

루그와 메이즈는 잠시 동안 말없이 별을 바라보고 있었다. 그러다가 문득 루그가 입을 열었다.

"오늘 정말 고마웠어. 덕분에 라나가 정말 좋아하더라."

요리를 준비한 것도, 라나를 위해 선물을 골라준 것도 메이즈였다. 정성껏 만든 케이크와 음식들은 라나의 기분을 들뜨게 했고, 그녀가 골라준 장신구나 빗 등은 루그가 기대했던 것보다 훨씬 라나를 만족스럽게 했다.

메이즈가 쿡쿡 웃었다.

"주인님은 정말 라나가 눈에 넣어도 아프지 않을 정도로 좋은가 봐."

"아마 그럴걸."

루그가 피식 웃었다. 메이즈가 그의 곁에서 한 걸음 앞으로 나서며 말했다.

"한 가지 물어봐도 돼?"

"뭔데?"

"황당하게 들릴지도 모르겠는데……."

메이즈는 조금 머뭇거리면서 입을 열었다.

"혹시 주인님은 환생자야?"

"환생자? 그게 무슨 소리야?"

루그가 눈을 휘둥그레 떴다. 앞으로 걸어나간 메이즈가 빙글 몸을 돌려 루그를 마주했다. 농담처럼 들리는 말을 하는 그녀의 표정은 진지하기 그지없었다.

"혹시 전생의 기억을 가진 사람이 아닌지 물은 거야. 인간은 수명이 짧기 때문에 간혹 그런 경우가 있다고 들었어. 확인되지는 않은 사실이지만……."

"왜 그렇게 생각하는데?"

"그야… 주인님이 라나를 대하는 태도가 이상하니까."

"……."

루그가 입을 다물었다. 메이즈가 말을 이었다.

"그레이슨 씨와 코번 씨에게 주인님이 이곳에 왔을 때의 일을 들었어. 주인님은 그때까지만 해도 라나와 모르는 사이였고, 3개월 동안 함께했을 뿐이지."

"……."

"하지만 주인님은 마치 어렸을 적에 생이별한 동생을 대하듯이 그녀를 대하고 있어. 정말로 그런 것이 아닐까 싶었지만, 정황을 들어본 결과 그럴 가능성이 없다는 것을 알았어."

메이즈의 말은 정곡을 찌르고 있었다.

루그가 라나를 대하는 태도는 이해할 수 없을 정도로 이상하다.

그는 처음 만날 때부터 라나가 뭐라고 하든 맹목적인 호의를 보이며 가까워지려고 했고, 수상할 정도로 그녀가 좋아하는 것에 대해 잘 알고 있었다. 그리고 이해할 수 없을 정도로 헌신적인 태도로 그녀의 마음을 얻었다.

"그레이슨 씨는 혹시 주인님이 아룬데 백작가에서 특별히 고용해서 훈련시킨 사람이 아닐까 의심했다고 했어."

그 말에 루그가 움찔했다. 그건 전혀 모르는 사실이었기 때문이다.

메이즈가 말했다.

"봉인의 조각을, 그러니까 그들의 입장에서는 혈통의 저주를 계승한 라나에게 위안을 주기 위해서 사연이 있는 사람을 고용하고 교육시켰던 것이 아닐까. 그렇게 의심하고 관찰했다고 했지."

"그랬었나. 하긴… 그럴 만도 했네."

루그는 자신이 수상해 보일 만한 짓을 너무 많이 했다는 사실을 인정했다. 좀 더 주의 깊게 행동했어야 하는데, 라나를 다시 만났다는 사실에 들떠서 실수해 버리고 말았다.

메이즈가 말했다.

"하지만 그런 의심은 금방 사라졌다고 해. 솔직히 주인님은 아룬데 백작가 같은 시골 귀족가에서 그런 식으로 이용하기에는 너무 거물이었으니까. 무력만을 빌린다면 모를까, 인간적인 위안을 주기 위해 교육시킬 만한 인물이 아니었지."

"하여튼 스승님은 뼛속까지 무골이시라니까. 사람이 사연이 있으면 그럴 수도 있는 거지, 힘 좀 있다고 그러지 않을 거란 보장이 어딨담."

루그가 웃음 섞인 표정으로 투덜거렸다.

메이즈가 말했다.

"나는 그 말을 듣고 정말 이상하다고 생각했어. 당황스러웠지. 그동안 나는 주인님이 굉장히 오랜 시간 동안 라나와 함께 있었다고 생각했거든."

루그가 라나에게 보인 애정은 고작 3개월 동안 같이 있었던 사람의 것이 아니었다. 그래서 메이즈는 그레이슨과 코번에게 사정을 듣고서는 당황할 수밖에 없었다.

"이곳에 와서 주인님이 라나를 보는 눈을 봤기 때문에 그 의문은 더 깊어졌어."

"눈?"

루그가 의아해하며 물었다. 메이즈가 고개를 끄덕였다.

"응. 주인님의 눈은 라나를 볼 때 굉장히 복잡한 감정이 담겨 있어. 그건 정말로 남들이 모르는 사실을 알고 있는 사람만이 가질 수 있는 것이지. 그리고… 주인님은 가끔씩 내게도 그런 눈을 보여줄 때가 있었어. 마치 나를 당연하다는 듯 중오했을 때를 겹쳐 보듯이……."

"그렇군."

루그는 쓴웃음을 지었다.

메이즈는 루그가 과거로 돌아온 후에도 누구보다도 오랜 시간 동안 곁에 머물며 그를 지켜본 사람이었다. 그녀는 루그가 감추고 있는 진실에 대한 의문을, 이곳에 와서 느낀 이상함에 더해서 단숨에 진실의 윤곽을 더듬었다.

"종종 주인님은 마치 먼 과거부터 불카누스와 싸웠던 것 같은 뉘앙스로 이야기를 하곤 했지. 그래서 나는 주인님이 환생자가 아닌가 생각한 거야. 만약 주인님이 다른 인간으로 살다가 새로 태어나 전생의 기억을 계승한 존재라면 그동안의 의문이 해결될 것 같았으니까. 라나에 대한 것은… 주인님이 그녀의 전생을 알고 있다면 이해할 수 있는 문제였지."

즉, 메이즈는 루그와 라나가 전생에 친밀한 관계였던 것이 아닐까 생각한 것이다. 두 사람 모두 죽어서 환생했지만, 오로지 루그만이 전생의 기억을 계승했고 라나는 아무것도 모른다. 그리고 루그는 볼카르에게 전수받은 마법으로 그녀를 찾아내어 접근했다고 하면 황당한 가설이긴 해도 모든 의문이 풀릴 것 같았다.

"하……."

잠시 침묵하던 루그가 웃음을 터뜨렸다.

"하하하하!"

루그는 뭐가 그리도 우스운지 유쾌하게 웃었다. 진지하게 말하던 메이즈는 그가 자신의 가설을 비웃는다고 여기고 얼굴이 빨갛게 달아올랐다. 확실히 자기가 생각해도 황당하고 허무맹랑하게 들릴 만한 이야기이긴 했으니까 말이다.

그녀가 입술을 삐죽였다.

"황당한 이야기라는 건 인정하지만 그렇게 비웃을 것까지는 없잖아."

그녀는 토라진 기색으로 흥 하고 고개를 돌려 버렸다. 그러자 루그가 웃음을 참으며 말했다.

"큭큭, 아니, 그런 게 아니야. 비웃는 게 아니라고."

"설득력없는 설득을 하려는 남자가 있습니다. 흥."

"정말 아니라니까. 그냥… 난 나름 주변을 잘 속여넘겼다고 생각했는데 참 허술하게 행동했구나 싶어서. 그렇게 생각하면서 이제까지 한 일들을 돌아보니 엄청 웃기더라고."

"속여넘기다니… 무슨 말이야?"

의미심장한 발언에 메이즈가 살짝 안색을 굳혔다. 루그가 피식 웃으며 말했다.

"잠깐 걸을까?"

"으, 으응."

두 사람은 집에서 떨어져서 어두운 숲을 거닐었다. 밤바람이 솔솔 시원하게 불어오는 가운데, 어둠에 검게 물든 나무들이 흔들거리면서 내는 바스락거리는 소리는 마치 숲이 말을 걸어오는 것 같았다.

루그가 말했다.

"내가 허술한 것도 사실이지만… 너는 정말 총명해, 메이즈. 황당한 가설이긴 하지만 그건 동시에 굉장히 진실에 근접하기도 했으니까."

"그럼 주인님은 정말로……."

"진실에 근접했다고 했지 진실이라고는 하지 않았어. 하지만 이제 너에게만은 말해도 될 것 같아."

루그는 쓴웃음을 지으며 그녀를 돌아보았다. 메이즈는 혼란스러워하는 표정으로 그를 바라보고 있었다.

한때는 세상에서 가장 증오했던 여자.

어찌나 증오했던지 자신의 손으로 그 숨통을 끊어놓고서도 증오를 다 해소하지 못해서 오랫동안 상처로 남아 있던 원수.

그랬던 메이즈인데 지금은 누구보다도 신뢰할 수 있는 상대가 되어 있었다. 목숨을 내줄 수 있을 정도로 사랑하는 상대에게조차 말할 수 없는 진실을 그녀에게는 말할 수 있으니까.

"한때 나는 너를 증오했었지."

메이즈는 잠자코 루그의 말을 들었다.

"그 증오는 사라진 시간 속에서 완성된 증오였어. 그 증오가 너무 커서… 나는 과거로 돌아온 후로도 그것을 떨쳐 낼 수 없었지. 르센에서 너를 보고 그 이름을 알았을 때, 나는 운명의 지긋지긋함을 실감했다."

과거로 돌아온 루그는 사랑도, 증오도 다시 되풀이해야만 할 운명이었다. 이전과는 다른 형태로 진행될지언정 결코 그 인연을 포기할 수는 없었다. 그것은 비극을 없애는 것과 맞바꾸어 자신의 삶을 통째로 잃어버린 루그가 매달릴 수 있는 유일한 것이었으니까.

루그가 되찾은 인연의 대상들은 모두가 그가 알고 있던 것과는 다른 사람들이었다.

아스탈 백작과 마빈이 그러했고, 라나와 그레이슨이 그러했듯이 메이즈 역시 루그가 알고 있던 누군가가 아닌 타인이었다.

그들은 분명 루그가 잃어버린 미래 속에서 알던 사람들과 같은 과거를 공유한다.

하지만 앞으로는 점점 다른 존재가 되어갈 것이다. 아니, 이미 너무 많이 달라지고 말았다. 루그와 그들 사이에 존재하는 감정만큼이나.

'어쩌면 오로지 그만이… 동일한 존재라고 할 수 있을지도 모르지.'

루그는 불카누스를 떠올렸다. 모든 것이 달라져 버린 세계 속에서 오로지 불카누스에 대한 감정만이 변치 않고 남아 있었다.' 어느 한쪽이 죽는 순간까지 그 감정은 퇴색하지 않고 유지될 것이다. 어떻게 보면 불카누스의 존재는 과거로 떨어진 루그의 영혼이 중심을 잃지 않도록 유지해 주는 닻이나 마찬가지였다.

　루그는 한숨을 쉬며 메이즈에게 진실을 고백했다.

　"메이즈, 나는 지금으로부터 20년 후의 미래에서 시공 회귀를 통해 과거로 돌아온 존재야."

　생각지도 못한 진실에 메이즈의 눈이 크게 떠졌다.

4

　루그는 메이즈에게 모든 것을 이야기해 주었다.

　시공 회귀 전의 자신이 살아온 삶에 대해서.

　라나 아룬데와의 만남과 사랑에 대해서.

　메이즈 오르시아와의 만남과 증오에 대해서.

　그리고 칼리아 일리지스와의 만남과 연민에 대해서.

　그것은 아주 긴 이야기였지만, 메이즈는 한마디도 빼놓지 않고 집중해서 들었다.

　"그랬구나."

　그녀는 이제야 모든 것을 이해할 수 있었다.

　루그가 자신에게 보였던 증오도, 라나에게 보인 사랑도…….

　문득 그녀가 루그의 시선을 피하며 말했다.

　"미안해."

"뭐가?"

루그가 의아해하며 물었다. 메이즈가 작은 목소리로 말했다.

"내가 주인님에게 한 짓 모두."

"그건 네가 사과할 일은 아니야. 내 증오가 사라진 미래 속에서 끝났듯이, 그곳에서 일어난 일은 네 책임이 아니지."

루그는 분명하게 말했다.

그것은 일어나지 않은 일이다. 루그가 증오했던 메이즈는 눈앞에 있는 메이즈와는 다른 존재였고, 그 모든 비극은 지금은 파국을 맞이한 미래와 함께 사라졌다.

메이즈가 한숨을 쉬며 말했다.

"하지만 정말 믿기 어려운 일이야. 물론 믿지 않는다는 것은 아니지만, 아무리 드래곤이라고 해도 기억을 보존한 채 시간을 거슬러 올라오는 일이 가능하다니……."

시간. 그것은 메이즈가 아는 한 마법으로 손댈 수 없는 절대적인 요소였다.

그녀의 마법 지식 속에서 시간에 대한 간섭은 고작해야 그 자취를 더듬어가는 일이었다. 현실에 남겨진 단서들을 이용, 마법으로 과거에 있었던 일을 재생시키는 것조차도 궁극의 마법에 해당한다. 그것은 단순히 그때의 일을 기록해 두었다가 재생시키는 것과는 전혀 다른, 정말로 시간의 궤적을 더듬어보는 것이었으니까.

하물며 실제로 과거로 돌아간다는 것을 누가 상상이나 할 수 있을 것인가?

둘은 잠시 동안 말없이 앉아 있었다. 그러다가 문득 메이즈가 물었다.

"그럼 주인님, 그 칼리아라는 사람한테도 갈 거야?"

"때가 되면."

루그가 대답했다.

라나와 칼리아는 루그가 반드시 그 운명을 바꿔줘야만 할 사람들이었다. 그것이 그녀들에게 받았던 사랑과 위안에 대한 유일한 보답이 될 테니까.

메이즈가 물었다.

"그때라는 것은… 라나의 봉인을 해결한 후야?"

"되도록이면 그러고 싶지만, 현실적으로는 그 이전이 될 거야. 볼카르랑 같이 검토해 봤는데, 인간에게 깃든 봉인의 조각을 후유증없이 해제하려면 아직도 갈 길이 멀어."

루그가 한숨을 쉬었다. 메이즈가 의아해하며 물었다.

"그럼 왜 지금까지 가지 않았어?"

"때가 되지 않았으니까. 칼리아는 라나하고는 처한 상황이 많이 달라."

루그가 쓴웃음을 지었다.

아주 어릴 때부터 무거운 숙명을 짊어지고 새장 속에 갇혀 살았던 라나와 달리 칼리아는 자유로운 운명을 가진 여자였다. 블레이즈 원의 독수가 그녀를 덮쳐 삶을 파괴하기 전까지 그녀의 삶은 불행하지 않았다.

"이미 상황이 내가 알고 있는 과거와는 많이 달라졌으니 확언할 수는 없지만, 그래도 반드시 그녀가 겪기를 기다려야만 하는 일들이 있어."

"무슨 일인데? 설마 블레이즈 원의 습격?"

"설마 넌 나를 구제불능의 악당으로 생각하는 거야? 블레이즈 원이 습격하는 때는 그야말로 칼리아의 인생이 파국을 맞이하는 때야. 그런 일을 기다려서 어쩌라고?"

루그가 기가 막혀하며 물었다. 메이즈가 입술을 삐죽였다.

"그럼 무슨 일인데?"

"칼리아가 약혼하고, 약혼자와 사랑에 빠지는 일이야."

"응?"

메이즈가 눈을 크게 떴다. 생각지도 못한 이유였기 때문이다.

루그가 말했다.

"칼리아가 약혼하는 것은 올해 말쯤의 일이지. 처음에는 약혼자가 유약해 보여서 탐탁지 않아했지만, 반년 정도 지나면서 그를 마음에 들어하게 돼. 그리고 여름쯤에 사고로 마차를 끄는 말이 폭주하는 사건이 일어나지. 그때 자기를 지키느라 사경을 헤매게 된 그를 보면서 그녀는 사랑에 빠졌어."

이후 칼리아와 약혼자는 꿈결 같은 시간을 보낸다. 그로부터 3년 후의 5월에 두 사람의 결혼식이 예정된다.

하지만 결혼식은 이루어지지 못했다.

"칼리아의 주변에는 봉인의 조각을 계승한 자가 둘이나 있었어. 블레이즈 원은 일찌감치 그 사실을 알게 되지만 몇 가지 이유로 상당히 신중하게 지켜보다가 나중에야 손을 대게 돼. 그게 칼리아의 결혼식 일주일 전의 일이지."

그렇게 3년 동안 지속되었던 칼리아의 행복은 파탄을 맞이하고 만다.

왕도를 피로 물들인 참극 속에서 칼리아는 소중한 사람을 많이 잃었다. 희생자 명단에는 가족들과 사랑했던 약혼자, 그리고 소중한 친구가 포함되어 있었다.

"칼리아가 상처를 딛고 일어나기까지는 오랜 시간이 걸렸을 거야. 어쨌든 내가 그녀와 만났을 때, 그녀는 가문을 계승하여 믿을 수 있는 동지를 모아 블레이즈 원의 행적을 추적하고 있었지."

블레이즈 원에 의해 소중한 사람들을 잃은 상처를 가졌고, 그들에게 원한을 불태운다는 점에서 루그와 칼리아는 서로의 거울이었다. 어느 날, 술을 마시면서 서로의 과거를 고백했을 때부터 두 사람은 연인이 되었다. 그리고 그 후 오랫동안 서로의 상처를 핥아주면서 영혼을 지탱해 왔다.

메이즈가 중얼거렸다.

"그랬구나……."

루그가 라나와는 달리 왜 칼리아에게 갈 시기를 뒤로 미루었는지 알 수 있었다. 루그는 혹시라도 자신의 존재가 칼리아와 약혼자 사이를 바꿀지도 모른다고 우려하는 것이리라.

그것은 칼리아가 자신을 바라볼 것이라고 자신하는 것과는 다르다. 메이즈는 그 사실을 알 수 있었다.

'주인님, 스스로를 믿을 수 없는 거구나.'

루그는 칼리아를 다시 만났을 때, 과거의 그녀를 겹쳐 보며 애정을 원하지 않을 자신이 없을 것이다. 메이즈는 루그의 태도를 그렇게 해석했다.

문득 메이즈가 물었다.

"…하지만 주인님은 그래도 괜찮은 거야?"

"뭐가?"

"그 칼리아라는 사람이 다른 사람하고 행복해지는 것을 봐도 괜찮아?"

"글쎄."

루그는 쓴웃음을 지었다. 메이즈의 황금빛 눈동자가 자신의 내면을 읽어내는 것 같아 괴로웠다. 진실을 알게 된 메이즈는 분명 루그가 안고 있는 고뇌를 꿰뚫어 보고 있을 것이다.

"나는 라나도 칼리아도 행복해지길 원해. 두 사람이 절대로 내가 알던 것처럼 불행해지게 놔두지 않을 기야."

루그는 스스로에게 들려주듯이 말했다. 그것은 과거로 돌아오면서 가슴에 새긴 강철의 맹세. 어떤 일이 벌어지더라도 결코 무너져서는 안 되는 것이었다.

그 말을 끝으로 루그는 그 자리를 떠났다. 혼자 남은 메이즈는 쓴웃음을 지으며 중얼거렸다.

"정말 내버려 둘 수가 없는 사람이네."

5

루그는 이제부터는 되도록 라나의 곁에 머물러 있을 생각이었다. 봉인의 조각을 처리하는 일들이 어느 정도 정리되었으니 이제부터는 결계의 숲을 거점으로 삼아서 일이 있을 때마다 나갈 것이다. 하루에 수백 킬로미터를 이동할 수 있는 기동력을 확보한 지금, 마음만 먹으면 어떤 곳도 며칠 안에 왕복할 수 있었다.

이곳에서 머무르면서 할 일 중 가장 중요한 것은 전력 강화였다.

루그는 지난번 불카누스와 싸웠을 때 충격을 받았다. 자신은 전생과는 비교할 수 없을 정도로 강해졌고 상대는 약화될 만큼 약화된 상태였다. 그런데도 사경을 헤맬 정도로 심하게 당한 데다가, 상대는 앞으로 기하급수적으로 강해질 것이 뻔했다.

더욱 강해질 불카누스에게 맞서기 위해서는 자신도 강해

저야만 했다.

그레이슨 곁에서 강체술을 극한까지 연마하는 것은 물론, 적어도 마법 수준을 볼카르가 예정한 2단계까지는 끌어올려야 한다고 여겼다.

그런 계획을 말하자 메이즈도 고개를 끄덕였다.

"찬성. 나도 마법을 차분하게 연구해 보고 싶어. 그리고 리누스에게도 배울 것이 많고……."

그동안 루그와 함께하면서 메이즈도 마법사로서 많은 발전이 있었다. 때때로 볼카르가 그녀에게 연구할 과제를 던져 주고 도움이 될 만한 마법을 알려주기도 했기 때문이다.

하지만 매일 몽상 세계에서 지옥 훈련을 하는 루그와는 달리 바쁜 일정 속에서 틈틈이 연구했기 때문에 메이즈가 생각하기에는 많이 불만족스러웠다. 이 기회에 여유를 갖고 볼카르의 지도를 받아가며 연구한다면 큰 발전을 이룰 수 있을 것이다.

〈너는 루그 이 돌대가리보다는 훨씬 더 가르치는 보람이 있는 제자가 되겠지. 필요한 지식이 있다면 얼마든지 물어보도록 해라.〉

"돌대가리라서 죄송합니다. 젠장."

루그가 투덜거렸다. 그리고 물었다.

"근데 볼가르힌데 마법을 배우는 거야 그렇다 쳐도 리누스 그 양반이 순순히 자기 지식을 가르쳐 줄까?"

"가르쳐 준다던데? 벌써 허락받았어. 리누스는 지식과 기술에 대해서는 무조건 열린 교류를 해야 발전이 있다는 '오픈 소스 주의'라는 것을 주장하고 있으니 언제든지 와서 말만 하라던데……."

"그, 그래?"

루그가 황당해했다. 그토록 가치있는 지식과 기술을 쉽게 가르쳐 주겠다고 하다니, 이해하기 힘들었다. 무술의 세계에서도, 마법사의 세계에서도, 그리고 장인의 세계에서도 기술은 쉽게 가르쳐 주는 법이 아니었기 때문이다.

볼카르가 코웃음을 쳤다.

〈인간처럼 자신들의 지식과 기술을 공유하길 꺼리는 종족은 별로 없다. 예를 들어 상위 용족들은 적대하는 존재가 아닌 한 서로 마법에 대해 교류하고 가르치는 것을 당연하게 여기지. 그러니 리누스도 그들에게서 마법을 배워서 세상에 퍼뜨릴 수 있지 않았겠나? 그리고 너도 직접 봤으니 느꼈겠지만, 엘프들도 자기 종족끼리는 필요한 자에게 지식을 공유해 주는 것을 당연하게 여긴다.〉

"생각해 보니 그렇긴 하네. 근데 너도 엘프들한테 마법 가르쳐 주는 것에 대해서는 꽤나 까다롭게 굴었잖아?"

〈그때는 네가 멋대로 내 지식을 거래 대상으로 삼았기 때문에 그런 것이다. 만약 엘프들이 나의 존재를 인지하고 정중하게 배움을 구했다면 말이 달라졌겠지.〉

"그런 건가?"

루그는 인간과 다른 종족들 사이의 가치관 차이에 신선한 충격을 느꼈다. 루그도 오랜 시간 강체술사로, 용병으로 살았기 때문에 기술을 타인에게 가르쳐 준다는 것은 밑천을 털어 준다는 인식이 있었기 때문이다.

〈뭐, 네가 굳이 그런 인식을 바꿀 필요는 없다. 너는 네 동료들에게 베푸는 것에는 인색하지 않으니까.〉

"하긴 그렇지."

루그도 자신의 동료가 될 자들에게 기술을 전수하는 것에는 전혀 거부감이 없었다. 앞으로도 요르드를 훈련시켜서 든든한 아군이 될 수 있도록 할 것이고, 아군이 될 세력에는 마법도 제공해서 블레이즈 원의 존재에 대비할 수 있도록 할 계획이었다.

"일단 아룬데 백작가부터 바꿔야겠지. 뭐, 제공할 기술에 대해서는 볼카르 네게 맡겨둘게."

〈요즘 어째 점점 부려먹는 일이 많아지는군.〉

"이게 다 누구 탓이더라? 내가 알기로는 이 일의 원흉이 어느 정신 나간 드래곤의 폭주 때문이었던 것 같은데……."

〈흠. 물론 안 하겠다는 소린 아니다. 그 부분에 대한 대책은 이미 세워두고 있으니 조만간 인간들도 충분히 이해하고 실행할 수 있는 미법들을 준비히도록 하지.〉

볼카르가 뜨끔해서 재빨리 말하자 루그가 피식 웃었다.

"맡겨두지."

6

행동 방침을 결정한 루그와 메이즈는 한동안 라나의 거처에 머물면서 평온한 일상을 즐겼다.

물론 루그에게 있어 평온한 일상이라는 것은 바쁘게 돌아다니지 않을 뿐, 일반적인 시각으로 보면 지옥에 가까웠다. 당장 아침에 일어나면 낮에는 그레이슨이 기다렸다는 듯 그를 끌고 숲 외곽으로 나갔다.

"이 시설이 어떠냐? 리누스 그 양반이 만들어준 것인데 제법 쓸 만하지 않으냐?"

"오, 확실히 좋은데요?"

며칠 동안 그레이슨의 부탁을 받은 리누스가 뚱땅거리며 작업한 결과, 숲 외곽에는 훌륭한 훈련 시설이 만들어져 있었다. 훈련 시설이라고 해봤자 안에서 발하는 파괴적인 힘이 일정 영역 밖으로 빠져나가지 않도록 강력한 결계를 쳐둔 것뿐이긴 했지만 말이다.

루그가 피식 웃었다.

"이제 신바람 내시다가 라나의 작품을 부숴먹고 눈치 보는 일은 없겠네요."

"끄응."

그 말에 그레이슨의 인상이 팍 구겨졌다.

사실 루그가 찾아와서 한바탕 한 것 때문에 라나에게 미움을 산 참이다. 둘의 싸움이 너무나 격렬해서 숲의 상당 부분이 풍비박산 난 것이다. 자신의 산책로 일부가 초토화된 것을 본 라나는 완전히 토라져 버렸다.

'쯧쯧. 그렇게 평소에 잘하셔야지.'

사실 이번 일은 루그도 공범이었지만, 그는 라나의 비난 대상에서 쏙 빠져 있었다. 그동안 준비해 놓은 선물들로 라나의 마음을 풀어주었기 때문이다. 그레이슨은 여자의 마음을 물질로 사는 더러운 수작이라며 비난했지만, 그래 봤자 현실은 차갑기만 했다.

어쨌든 피해 범위도 축소시켜 주는 훈련장까지 마련되자 그레이슨은 신바람을 내며 루그를 들들 볶았다. 루그 덕분에 그레이슨에게 들볶이는 시간이 줄어든 코번은 며칠간 눈에 띄게 안색이 좋아졌을 정도다.

그리고 밤이 되어 잠이 들면 언제나 그렇듯이 볼카르의 마법 교육이 기다리고 있었다. 어디로 도망칠 수도 없는 60시간 동안의 마법 교육은 언제 받아도 끔찍한 것이었지만, 루그는 이제 완전히 해탈해서 무슨 일이 닥쳐도 그러려니 하고 버틸 수 있는 경지에 도달해 있었다.

쿠구구구구구!

"아, 오늘의 마지막은 해일인가?"

루그는 지진으로 파괴된 항구도시에 선 채 해일이 달려오는 것을 보고 있었다. 항구에 정박해 있던 커다란 배들을 집어삼키면서 질주하는 해일은 50미터도 넘는 어마어마한 높이를 자랑했다.

지금의 루그라면 저런 해일이 덮쳐 온다고 해도 비행 마법으로 달아날 수 있어야 했다. 하지만 루그는 이미 마력이 바닥나 버린 상태였다.

"볼카르, 내가 몇 명이나 구했지?"

"447명이다. 뭐, 결국 마력이 바닥나 버린 것은 안타깝다만 그래도 구출 목표치는 채웠군."

작은 날개를 파닥거리는 드레키의 모습으로 볼카르가 대답했다. 루그가 피식 웃었다.

"오차는 몇 퍼센트야?"

"과제의 최저 달성 기준으로 볼 때 6퍼센트 부족했다."

"중간에 탐지에 실수하지만 않았어도 탈출할 마력을 남길 수 있었는데… 아쉽군."

루그는 혀를 찼다.

지금의 상황은 단순히 가혹한 환경에서 살아남는 것이 과제가 아니었다. 이곳 항구도시에 사람들이 살고 있다고 가정하고 재해가 덮쳤을 때 루그가 그들을 최대한 많이 구해내는 것이 목적이었다. 루그는 탐지 마법으로 생존자를 파악하고,

최대한 많은 인원을 구출해서 지진 피해에서 무사할 수 있는 지역으로 옮겨두었다. 그렇게 447명을 구해내고 나니 이제는 자신이 해일에서 탈출할 여력이 남지 않은 것이다.

볼카르가 계산한 대로 일정 효율 이상으로 마력을 운용했다면 500명 이상을 구해내고 루그 자신도 탈출할 수 있었어야 했다. 하지만 조금씩 누적된 손실이 과제 달성을 불가능하게 만든 것이다.

볼카르가 하늘로 날아오르며 말했다.

"그래도 많이 늘긴 했다. 시간당 마력 사용 효율의 평균을 내보면 1단계는 97.4퍼센트를 달성한 상태니."

"칭찬할 거면 죽게 놔두질 말라고, 이 악당아."

"고통없는 교훈은 의미가 없다고 하지 않던가?"

"닥쳐, 이… 푸흡!"

으르렁거리는 루그를 해일이 집어삼켰다. 지금까지 수백 번이나 그래 왔듯이 루그의 의식이 끊어지면서 몽상 세계가 재구성되어 갔다.

그렇게 시간이 지나면서 루그가 의외라고 생각한 것은 라나와 메이즈가 급속도로 친해졌다는 사실이다.

처음에 거부감을 드러냈던 것이 거짓말처럼, 단 며칠 만에 라나는 메이즈에게 마음을 열게 되었다.

"처음에는 걱정을 많이 했는데 말야."

멀리서 두 사람을 보면서 루그가 중얼거렸다. 라나는 메이즈의 조언을 들어가면서 정원에서 조각상을 깎고 있었다.

오후가 되어 볼카르에게 가르침과 과제를 받으러 온 메이즈에게 루그는 두 사람이 친해진 이유를 물어보았다. 메이즈가 생긋 웃으며 말했다.

"라나와 나는 취미가 같은걸. 라나도 뭔가 만드는 것을 굉장히 좋아하니까. 하지만 하나부터 열까지 독학한 것이라서 누군가 요령을 가르쳐 준 적이 없었어. 그래서 지금은 물을 흡수하는 솜처럼 지식을 빨아들이는 중이야."

"공통적인 관심사를 통해서 친해진 건가?"

"응. 하지만 그것만은 아니고… 역시 먹을 것도 점수를 많이 따지 않았을까?"

메이즈가 이곳에 머무른 이후, 라나의 식생활은 확실히 풍족해졌다. 메이즈가 한 요리는 모두의 혀를 호강하게 했고, 그녀가 식후에 제공하는 디저트는 천상의 맛이라는 평을 들을 정도였다. 특히 바깥세상의 귀족들이 먹는 디저트 따윈 거의 먹어본 적이 없는 라나는 그 맛에 홀라당 넘어가고 말았다.

루그가 혀를 찼다.

"먹을 걸로 낚은 거냐?"

"그러는 주인님도 선물로 낚았잖아?"

"음. 그건 또 부정할 수가 없긴 하군."

루그도 라나와 친해지기 위해 그녀의 취향을 만족시키는 선물들을 이용했다. 안 그랬으면 3개월 만에 그녀의 마음을 이 정도로 깊게 얻지는 못했을 것이다.

메이즈가 말했다.

"그리고… 라나는 여태까지 여자애들이랑 같이 지내본 일이 없잖아."

"응?"

"주변에는 다 칙칙하고 우락부락한 남자뿐이고, 가끔 가문에서 고용한 하녀들이 있었을 뿐이라면서?"

"그 하녀들은 어둠의 혈족이 한번 뜰 때마다 뒤도 안 돌아보고 달아났지."

"라나는 여자애니까 아무리 친하고 잘해줘도 남자들에게는 할 수 없는 이야기들이 있지. 그리고 말하고 싶어도 다들 관심을 안 보이는 그런 화제들도 있고. 이런 곳에 갇혀 살아도 여자애다운 것들에 관심이 많아."

"하긴 라나는 동성 친구가 없었구나."

루그는 지금의 라나와 자신이 알았던 미래의 라나에 대해 되새겨 보며 납득했다. 이곳에 갇혀 살기만 했기 때문에 그녀는 다른 여자들에게는 당연히 있는 동성 친구가 없었다. 주변에는 모두 그녀를 지켜주고 배려하는 남자들뿐, 여자애다운 화제를 나누며 깔깔거릴 만한 여자 따윈 존재하지 않았던 것이다.

그런 라나에게 있어 메이즈와 지내는 시간은 즐거운 것이었다. 본래 라나는 말이 별로 없는 성격이었지만, 메이즈와 지내는 동안에는 다른 사람들이 깜짝 놀랄 정도로 수다스러워졌다. 메이즈가 세상 이야기를 해줄 때마다 눈을 반짝이고, 자신의 이야기를 하면서 그녀와 친해져 갔다.

"그 점은 정말 너에게 감사해야겠네. 고마워."

"나도 라나가 좋은걸. 감사받을 일이 아니야."

메이즈가 손사래를 쳤다.

7

하루하루가 평온하면서도 정신없을 정도로 충실했기 때문에 시간은 빠르게 흘러갔다. 라나의 생일날이 바로 엊그제 일 같은데, 그 일이 일어났을 때는 벌써 7월 중순이 되어 있었다.

그때 루그는 한창 그레이슨과 기격 훈련을 하는 중이었다. 한창 집중하던 루그는 갑자기 감각을 자극하는 이질적인 신호를 느꼈다. 그리고 자기도 모르게 고개를 돌렸다가 눈앞에서 날아드는 그레이슨의 기격에 얻어맞았다.

퍼엉!

"음?"

팽글팽글 돌며 날아가 버리는 루그를 보며 그레이슨이 눈을 휘둥그레 떴다. 절대 맞을 공격이 아니었는데 루그가 갑자기 한눈을 팔더니 맞고 날아가 버린 것이다.

"크, 으억……."

루그는 바닥에 쓰러진 채 부들부들 떨었다. 어찌나 호쾌한 일격이었는지 눈앞에 별이 보일 지경이었다.

그레이슨이 황당해하며 물었다.

"아니, 왜 그걸 맞고 그러느냐?"

"때린 사람이 할 말은 아닌 것 같습니다만……."

루그가 투덜거리며 몸을 일으켰다. 그리고 말했다.

"스승님, 죄송한데 오늘 훈련은 여기까지만 해야겠습니다."

"무슨 일이 일어난 거냐?"

그레이슨은 루그의 표정에서 심상치 않은 기색을 느끼고 물었다. 루그가 고개를 끄덕였다.

"네. 봉인의 조각을 가진 인간 중 하나에게 블레이즈 원이 접근했습니다. 급히 가봐야 할 것 같습니다."

"알겠다. 다녀오너라."

"예."

루그는 훈련장을 나서며 통신 마법으로 메이즈를 불러들였다. 라나와 함께 뜨개질을 하고 있던 메이즈도 즉시 양해를 구하고 달려나왔다.

"주인님, 어느 쪽이야?"

"신호가 온 곳은 티란딜이야."

〈직선 거리로 370킬로미터 떨어진 곳이다.〉

볼카르가 대뜸 거리를 산출해 주었다. 메이즈가 어두운 표정으로 말했다.

"시간에 맞출 수 있을까?"

"최대한 빨리 가봐야지. 와라, 스커드 코트!"

기기기기깅!

루그가 외치는 것과 동시에 등 뒤의 공간이 일그러진다. 그리고 그곳에서 금실과 은실로 마법적인 문양을 수놓았고, 어깨 부분에는 금속의 보호대가 붙은 붉은 코트가 나타나 루그의 몸에 입혀졌다.

그것은 이곳에 머무르는 동안 루그를 위해 메이즈와 리누스가 합작으로 만들어낸 마법의 옷 '스커드 코트'였다. 사용자를 강력하게 보호해 줄 뿐만 아니라 이동성을 극한까지 끌어올려 주는 마력이 깃들어 있었다.

메이즈도 외쳤다.

"소환, 사이클론 아머!"

기기기기깅!

그녀의 등 뒤 공간이 일그러지면서 아름다운 실루엣을 자랑하는 순백의 갑옷이 튀어나와 장착되었다.

장거리 고속 이동을 위해 무장한 두 사람은 곧바로 날아오르려고 했다.

그때였다. 라나가 오두막에서 달려나왔다.

"루그! 메이즈!"

루그는 날아오르길 멈추고 그녀를 돌아보았다. 푸른 기가
도는 흑발을 휘날리며 뛰어온 라나는 루그 앞에서 잠시 머뭇
거리다가 물었다.

"…싸우러 가는 거지?"

"네."

루그는 고개를 끄덕였다. 라나는 두 사람을 번갈아 바라보
며 말했다.

"둘 다 무사히 돌아와야 해. 다치지 말고……."

"그럴 거예요."

루그는 씩 웃으며 라나의 머리를 쓰다듬어 주었다.

싸우러 나가는 사람들을 배웅하는 것은 그녀에게 익숙한
일이다. 그녀를 지키고자 했고, 어둠의 혈족과 싸우다가 죽어
간 사람들에 대한 기억 때문에 라나는 누군가 싸우러 떠나는
상황 자체를 두려워했다.

하지만 이제는 다를 것이다. 자신이 그녀에게 믿고 기다릴
수 있는 경험을 줄 테니까. 루그는 그렇게 다짐하며 말했다.

"걱정 마세요, 나는… 반드시 돌아올 테니까."

그리고 한 걸음 물러난 다음 비행 마법으로 순식간에 하늘
로 날아올렸다. 메이즈도 라니에게 손을 흔들어준 다음 곧비
로 그 뒤를 따랐다.

일정 높이까지 비상한 둘이 무시무시한 속도로 하늘 저편으로 날아가는 것을 라나는 잠시도 눈을 떼지 않고 바라보았다. 둘의 모습이 더 이상 보이지 않게 된 후에도 한참 동안이나.

8

다르칸은 한 인간을 관찰하고 있었다.

케텔로스와 리제이라가 사망하고, 메이즈가 이탈한 지금 블레이즈 원의 상위 용족 간부 중에서 실질적으로 봉인의 조각을 찾아다니는 것은 그 혼자뿐이었다. 티아나는 아네르 왕국에서 암약하고 있었고, 엘토바스는 새로운 간부 후보를 찾으러 떠났기 때문이다.

하지만 그는 요즘 별 수확을 거두지 못하고 있었다. 블레이즈 원의 조직원들이 입수한 정보에 따라서 특이한 능력을 가진 인간들을 찾아다녔지만 전부 허탕이었기 때문이다. 그동안 거둔 성과라고는 보름 전에 불카누스가 감지한 봉인의 조각을 찾아서 해제한 것이 전부였다.

"이번에도 아닌 것 같습니다만."

다르칸의 곁에서 늙은 트롤이 혀를 찼다. 엘토바스가 마법적인 의식을 통해서 높은 지성과 마력을 부여한 개체로, 인간의 고위 마법사 이상의 힘을 가진 간부였다. 그는 봉인의 조각을 탐지하는 마법을 써보고는 실망하고 있었다.

다르칸이 중얼거렸다.

"이상하군."

그들이 관찰하는 것은 티란딜 남작가의 둘째 딸이었다. 혼기가 벌써 오래전에 지나 스물여덟 살이나 된 여자로, 영지의 한구석에 커다란 정원을 꾸미고 사는 괴짜였다.

그녀가 이상한 능력의 소유자라는 것은 널리 알려져 있었다. 그녀가 마음만 먹으면 하루 만에 나무가 눈에 띌 정도로 자라고 꽃이 계절을 무시하고 피어나는 기적이 일어났다. 그래서 그녀의 정원은 사계절을 한곳에 모아둔 것 같은 경이로움을 자랑했다.

"봉인의 조각을 가진 것도 아닌데 어떻게 저럴 수가 있지?"

"물론 이해할 수 없을 정도로 대단한 능력인 것은 사실이지만, 종종 이상한 능력을 가진 개체가 태어나는 것이야 있을 수 있는 일 아닙니까?"

"하지만 특성이 너무 뚜렷해. 그녀의 능력은 마법적인 측면에서 이해하기에는 너무 기적적이고, 게다가 모인 정보를 보면 봉인의 조각을 가진 자가 아니라는 것이 납득이 안 갈 정도다."

다르칸이 눈살을 찌푸렸다.

블레이즈 원의 조직원들이 조사해 본 결과, 지난 백여 년간 티란딜 남작가에는 반드시 한 명 이상 그녀와 같은 능력을 가진 존재가 있었다. 단순히 혈통을 통해 계승되는 것이 아니고, 단 한 명만이 그 능력을 계승한다는 것은 봉인의 조각을 가진 이들의 특성이었다.

"그런데도 봉인의 조각을 가진 것이 아니라니……."

하지만 탐지 마법으로는 봉인의 조각을 찾아낼 수 없었다. 그것은 그녀가 봉인의 조각을 가진 자가 아님을 의미한다. 혹시나 해서 몇 시간 동안 여러 가지 마법으로 꼼꼼하게 살펴보았지만 결과는 마찬가지였다.

오로지 봉인의 조각을 가진 자만이 나타내는 특성을 모조리 다 갖고 있으면서도 이런 반응이 나타나니 혼란스러웠다.

늙은 트롤이 물었다.

"저도 다르칸님의 의심에는 동감합니다. 그렇다면 차라리 그냥 찔러볼까요?"

"그건 최후의 수단으로 남겨두고 싶다."

다르칸이 고개를 저었다.

봉인의 조각인지 아닌지 확인하는 방법은 간단하다. 그녀의 주변을 무참하게 짓밟아서 마음을 파괴하면 된다. 그러면 그녀의 능력이 극한까지 해방될 것이고, 결국 봉인의 조각을 끄집어낼 수 있을 것이다.

하지만 그것은 어디까지나 상대가 봉인의 조각을 가졌음을 확신할 때나 써야 할 방법이었다. 다르칸은 임무를 수행할 때 인간의 목숨을 존중하여 일을 그르치는 일은 없었지만, 불필요한 살생은 피하려고 노력하는 편이기도 했다. 게다가 세상의 이면에서 암약하는 블레이즈 원의 입장에서는 쓸데없이 평지풍파를 일으켜 존재를 드러내는 것은 기피해야 할 일이었다.

고민하던 다르칸은 결론을 내렸다.

"물러나도록 하지. 부하 몇을 남겨서 그녀를 더 관찰하도록 해라. 혹시라도 다른 형태로 봉인의 조각이 드러나거나 할 수도 있으니……."

"알겠습니다."

늙은 트롤이 고개를 끄덕이고는 부하들에게 지시를 내렸다. 남길 조직원들이 결정되고 나자 둘은 다른 부하들을 이끌고 그곳을 빠져나왔다. 그리고 투명화 마법으로 모두의 모습을 감추고, 늙은 트롤과 분담해서 마법을 모르는 부하들의 몸을 비행 마법으로 띄웠다.

그렇게 하늘을 날아서 티란딜 영지를 빠져나오고 있을 때였다.

꽈르르르릉!

청명한 하늘에서 황금빛 뇌격이 쏟아졌다.

열 명에 이르는 블레이즈 원의 일원들은 갑작스러운 뇌격을 방어하지 못하고 감전되었다. 빛이 폭발하면서 디르킨과 늙은 트롤을 제외한 전원이 시커멓게 탄 시체가 되어서 지상으로 추락해 갔다.

"이건……!"

다르칸과 늙은 트롤은 항시 몸을 지키는 보호 마법을 펼쳐 두고 있었기에 기습을 당하고도 무사할 수 있었다. 늙은 트롤의 경우는 타격을 받고 고통스러워했지만, 다르칸은 완벽하게 방어해 낸 채 습격자를 바라보았다.

"메이즈."

그가 아는 한 황금의 뇌격을 사용할 수 있는 자는 단 하나, 메이즈뿐이었다. 그리고 바로 그녀가 두터운 보이드 아머를 입고 커다란 보이드 블레이드를 든 채 위쪽에 떠 있었다.

"오랜만이야, 다르칸. 그리고… 유감이야."

"……."

다르칸은 말없이 그녀를 바라보았다. 그때였다.

"카아아아악!"

갑자기 늙은 트롤이 비명을 질렀다. 어떤 공격의 조짐도 없었거늘 갑자기 무시무시한 고통에 사로잡혀서 발광한다. 다르칸은 당황하며 그를 바라보았다.

쾅!

그리고 고통 때문에 늙은 트롤의 집중력이 흐트러져 방어 마법이 풀린 순간, 고속으로 회전하는 투명한 힘의 파랑이 그 육체를 꿰뚫었다. 늙은 트롤의 몸이 갈가리 찢겨서 사방으로 흩어졌다.

다르칸이 말했다.

"루그라는 용제로군."

"오랜만이군, 다르칸."

그의 앞에 루그가 모습을 드러냈다. 붉은 스커드 코트를 걸치고 양손에는 마력을 증폭시키는 장갑을 낀 루그는 다르칸을 바라보며 말했다.

"너와 나의 피에 흐르는 드래곤의 피에 걸고……."

"당신이 내 앞에 나타나기를 기다리고 있었다."

갑자기 다르칸이 루그의 말을 자르며 말했다. 막 용제로서 다르칸의 행동을 제약하려던 루그가 눈살을 찌푸렸다.

다르칸은 전혀 전의가 느껴지지 않는 모습으로 지상으로 내려갔다. 루그와 메이즈는 의아해하며 서로를 바라본 다음 그를 따라서 땅을 밟았다.

루그가 물었다.

"무슨 속셈이지?"

다르칸은 잠시 동안 말없이 루그를 바라보았다. 속을 꿰뚫어 볼 듯한 시선은 루그의 심기를 불편하게 했다. 루그가 울컥해서 뭐라고 말하려는 순간 그가 입을 열었다.

"메이즈, 너는 불카누스를 버리고 이 인간을 선택한 것을 후회하지 않나?"

"응."

메이즈의 대답에는 한 점의 망설임도 없었다.

그 말에 다르칸은 눈을 감고 심호흡을 했다. 다음 순간 일어난 일은 루그가 예상치 못한 것이었다.

철크럭, 철컥!

루그의 눈앞에서 다르칸의 갑옷이 해체되어서 땅에 떨어졌다. 다르칸은 드래곤을 닮은 3미터의 거구에 간소한 옷만을 걸친 채로 양손을 들어 올렸다. 싸울 의사가 없음을 밝히는 몸짓에 루그가 당황했다.

"메이즈가 운명을 건 당신이 어떤 존재인지 나는 잘 모르겠다. 아마 물어본다 한들 대답을 얻을 수는 없겠지."

루그의 뇌리에 왠지 불길한 예감이 스쳐 갔다. 왠지 이것과 똑같은 상황을 겪은 것 같은 기시감(旣視感)이 느껴지면서 지금 그가 한 말만으로도 그가 뭘 원하는지 알 것 같았다.

볼카르가 말했다.

〈왠지 모르게 그가 무슨 말을 할지 예상이 되는 기분이군. 모르는 새 예지 능력이 생긴 것도 아닐 텐데.〉

─너도 그러냐? 나도 그렇다.

루그는 다음에 벌어질 일이 머릿속에서 그려지는 것을 느끼면서도 설마 하며 다르칸의 말을 기다렸다.

"메이즈가 선택한 인간 용제 루그여."

곧 다르칸은 인간인 루그도 알아볼 수 있을 정도로 뚜렷한, 큰 결심을 한 표정으로 말했다.

"나는 당신이… 나를 지배해 주었으면 한다."

"진짜 이거냐."

루그는 놀라기보다는 기가 막히는 것을 느끼면서 이마를 짚었다. 볼카르가 이죽거렸다.

〈축하한다. 아리따운 노예에 이어 강건한 머슴도 하나 생겼군.〉

"……."

왠지 산처럼 거대한 드라칸이 메이즈와 똑같은 말을 하는 것을 듣고 있자니 기쁘기보다는 오한이 들었지만, 슬프게도 그에게 선택의 여지는 없을 것 같았다.

『폭염의 용제』 제7권에 계속…

저작권 보호!!

장르문학의 성장에 힘이 되어주십시오.

저작물의 무단 전재와 복제, 불법 다운로드!
이것은 관심이 아니라 무관심입니다!

작가님들은 창의적 열정과 시간을 투자해 자신의 꿈과 생계를 유지합니다.
한 권의 책을 만들어 많은 사람들은 자신의 인생과 미래를 설계합니다.

저작물 속에는 여러 사람의 노력과 희망이
담겨 있습니다!

저작물의 무단 전재와 복제, 불법 다운로드는 여러 사람들의 꿈과 생계를
위협함으로써 장르문학을 심각한 상황에 빠뜨리고 있습니다.

이제는 무관심이 아니라 관심으로 장르문학의
성장에 힘이 되어주세요.

[도서출판 **청어람**은 항시적인 저작권 보호를 통해 장르문학과
여러분의 희망을 지키겠습니다.]

도서출판 **청어
람**

SWORD SLAYER

소드 슬레이어

류연 판타지 장편 소설

FANTASY FRONTIER SPIRIT

그날로 돌아간 그 순간부터 입버릇처럼 붙은 한마디.
"생각해라, 아서 란펠지."

귀족 반란에 휘말린 채 죽어야 했던 기사, 아서 란펠지.
600년 전 마룡 카브라로 인해 봉인당한 세 용사의 영혼.
버려진 이름없는 신전에서 그들이 만났을 때
운명은 또 다른 전설의 서막을 알렸다!

소드 슬레이어!

힘없이 죽어간 모든 인연들을 위하여
무력하고 허망했던 어제를 딛고
멈추지 않는 오늘을 달려 내일을 잡아라!

**위선에 가득찬 검들을 향해
여섯 번째 마나 소드, 에스카룬의 검이 질주한다!**

Book Publishing CHUNGEORAM

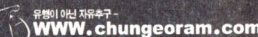
유행이 아닌 자유추구 -
WWW.chungeoram.com

DEMON

FANTASY FRONTIER SPIRIT

홀로선별 판타지 장편.소설

제일좌

BLOOD

**성마대전, 그로부터 20년…
암흑은 스러지고 빛이 찾아왔다.
세상은… 그렇게 평화로워질 것만 같았다.**

전설의 블랙 울프를 다루는 영악한 소년 마로.
하루하루 강도 높은 훈련을 받으며
숙연의 500골드를 달성한 그날!
세상은, 신성(新星)을 맞이한다!

**『기적』의 뒤를 잇는
홀로선별 작가의 또다른 이야기
『제일좌』**

**어둠을 뚫고 솟을 빛이여,
하늘의 제일좌가 되어라!**

Book Publishing CHUNGEORAM

유행이 아닌 자유추구
WWW.chungeoram.com

2011년 대미를 장식할
준.비.된. 작가 정민교의 신무협이 온다!
『낭인무사(浪人武士)』

"죄수 번호 사천이백삼, 담운!"
"……!"
"출옥이다."

만두 하나.
고작 그 하나에 이십 년 옥살이를 한 소년, 담운.
그 답답하고 억울한 마음을 풀어낸다!

무림맹! 구대문파! 명문세가!
겉만 번지르르한 놈들은 다 사라져라!
겉과 속이 다른 너희들을 심판하러 내가 왔다!

Book Publishing CHUNGEORAM

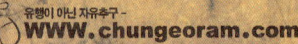
유행이 아닌 자유추구 -
WWW.chungeoram.com